Charlotte & Aaron Elkins

Gefährliches Talent

amazoncrossing

Das Buch

Alix London hat eine glänzende Karriere als Kunstberaterin vor sich, eine schicke Wohnung im besten Viertel von Seattle und eine tolle Figur. Ihr haftet eine Aura von Elite-Uni und altem Geldadel an. Sie hat einfach alles, was man sich wünschen könnte. Oder trügt der Schein? Außer Alix weiß niemand, dass ihr Image nur ein sorgsam aufgebautes Trugbild ist, das die peinliche Wahrheit verschleiern soll. Als ihr Vater, ein namhafter New Yorker Restaurator, vor Jahren wegen Kunstfälschung ins Gefängnis wanderte, stand die vielversprechende Harvard-Studentin vor einem Scherbenhaufen.
Heute steht Alix mit abgebrochenem Studium und leerem Bankkonto da und ihr neuer Job hat ihr nur das Haus-Sitting in einer tollen Wohnung eingebracht. Doch die Dinge nehmen eine neue Wendung, als sie Chris LeMay kennenlernt, eine unerfahrene Kunstsammlerin mit Geld wie Heu, die ein erst kürzlich entdecktes Gemälde der amerikanischen Künstlerin Georgia O'Keeffe kaufen will. Chris engagiert Alix, um das Bild auf seine Echtheit zu prüfen. Dieser Auftrag könnte einen Riesensprung in Alix' Karriere bedeuten. Doch kurz nach ihrer Ankunft in Santa Fe wird sie in ein Netz aus Fälscherei, Betrug und Mord verstrickt. Sie muss um ihr Leben fürchten, aber in dem FBI-Agenten Ted Ellesworth, der ihr anfangs misstraut, findet sie einen Verbündeten. Und dann hilft ihr gänzlich unerwartet ihr schlitzohriger Vater dabei, die Wahrheit über das Bild und die Leute, die dafür über Leichen gehen, aufzudecken. Der intelligente, witzige Thriller bietet überraschende Einblicke in die Abgründe des modernen Kunstbetriebs.

Die Autoren

Charlotte Elkins arbeitete als Kunstbibliothekarin im M.H. de Young Museum in San Francisco, als ihr Mann seinen ersten Kriminalroman veröffentlichte. Schnell kam ihr der Gedanke, dass sie als Schriftstellerin ihrer Reiselust eher frönen könnte denn als Bibliothekarin. Seitdem hat sie elf Romane geschrieben, fünf davon unter dem Pseudonym Emily Spenser und sechs in Zusammenarbeit mit ihrem Mann Aaron Elkins. Ihre Bücher sind in über

20 Ländern erschienen und für *Nice Gorilla* hat sie den Agatha Award für die beste Kurzgeschichte erhalten.
Ihre Reiselust hat sie von ihrem Vater geerbt, einem reisenden Zimmermann, für den Familienleben bedeutete, seine sechs Kinder in seinen Wagen zu laden und die staubigen Straßen des amerikanischen Südwestens entlangzuzockeln.
Charlotte Elkins hat schon im Westen und Nordosten der USA und in fünf verschiedenen Ländern Europas gelebt. Sie hat an der California State University, Hayward, ihren B. A. in Kunst und an der San José State University einen Masters-Abschluss in Bibliothekswissenschaft gemacht.
Derzeit lebt sie mit ihrem Mann und Hund Tayac auf der Olympic-Halbinsel (Washington). Beide wollen nicht mehr umziehen. Deshalb unternimmt sie jetzt Wanderungen durch »ihren Garten«, die wunderschöne, abgeschiedene Wildnis des Olympic-Nationalparks.
Aaron Elkins, von Haus aus Anthropologe, schreibt seit 1982 Krimis und Thriller und hat für *Alte Knochen* den Edgar Allen Poe Award erhalten. Außerdem wurde er mit dem Nero Wolfe Award und gemeinsam mit seiner Frau Charlotte mit dem Agatha Award ausgezeichnet. In seiner fortlaufenden Krimireihe ermittelt ein forensischer Anthropologe, »Knochendetektiv« Gideon Oliver.
Aaron Elkins gilt als Vater des modernen Forensik-Krimis. Bevor 1982 *Fellowship of Fear*, der erste Roman um Gideon Oliver, erschien, hatte es nur die Fernsehserie *Quincy* und viele Jahrzehnte zuvor die Dr.-Thorndyke-Reihe von Austin Freeman gegeben.
In den Achtzigerjahren wurde eine Fernsehserie gedreht, die auf den Gideon-Oliver-Büchern basiert.
Aaron Elkins Bücher sind in zwölf Sprachen übersetzt worden.
Er wohnt mit seiner Frau Charlotte auf der Olympic-Halbinsel (Washington) und ihre Ehe konnte auch die Zusammenarbeit an mehreren Romanen und Kurzgeschichten überstehen.
Obwohl Aaron Elkins sich hauptberuflich dem Schreiben widmet, arbeitet er immer noch als forensischer Anthropologe bei der Spezialeinheit für ungeklärte Kriminalfälle auf der Olympic-Halbinsel.

Charlotte & Aaron Elkins

Gefährliches Talent

Übersetzt von Olaf Knechten

amazon crossing

Die Originalausgabe erschien 2012 unter dem Titel
»A Dangerous Talent« bei Thomas & Mercer, Las Vegas.

Deutsche Erstveröffentlichung bei AmazonCrossing,
Luxemburg, März 2013

Umschlaggestaltung: bürosüd° München, www.buerosued.de
Lektorat: Waltraud Ries
Umschlagmotiv: © Getty Images/ Rich Reid; 73923587
Satz: Monika Daimer, www.buch-macher.de

Printed in Germany
by Amazon Distribution GmbH, Leipzig

ISBN 978-1-611-09828-0

www.amazon.com/crossing

PROLOG

Ghost Ranch, Abiquiu (New Mexico), 7. August 2010

»Aber ich versichere Ihnen, ich bin nicht tot«, erklärte Henry Merriam aufgebracht.

Mit wachsender Fassungslosigkeit hörte er sich die Antwort an. »Ob ich …?« Er hielt das Telefon von seinem Ohr weg, um besser hineinschreien zu können. »Ja, ich bin *vollkommen* sicher!«

Er schrie so laut, dass Barb, die am Empfangspult die Post sortierte, alles mitbekam. Sie lächelte. Es war schön zu hören, dass er wieder der Alte war, streitlustig und voller Energie. Mr Merriam besuchte nun schon seit fast vierzig Jahren im Sommer oder Herbst die Bildungsprogramme der Ghost Ranch und war damit schon länger dabei als alle Verwaltungsmitarbeiter, einschließlich Barb selbst, und fast alle Dozenten. In ihren neunzehn Jahren dort hatte er so ziemlich jeden Kurs belegt, den es gab, von der »Geschichte der Eisenbahn in New Mexico« bis hin zum Hackbrett-Unterricht.

Diese Woche war es »heiteres Korbflechten«, obwohl er alles andere als heiter war, seit er seine Frau Ruth drei Jahre zuvor in einem Pflegeheim für Alzheimerpatienten hatte unterbringen müssen. Seitdem waren seine zwei Wochen hier jedes Jahr eher eine einsame

Flucht aus seinem trostlosen Alltag anstatt wie früher angenehme Bildungsaufenthalte. Aus einem der nettesten Stammkunden, einem heiteren, intelligenten und höflichen älteren Herrn, auf den sie sich jeden Sommer gefreut hatte, war ein wandelnder Geist geworden, einer von vielen einsamen Menschen, die, deprimiert und vom Alter gebeugt, nichts mit sich anzufangen wussten.

Daher freute es sie, ihn so putzmunter zu sehen. Da es auf den Zimmern keine Telefone gab und der Handyempfang auf der Ranch extrem unzuverlässig war, bekam sie oft Privatgespräche mit, wenn Kursteilnehmer das Wandtelefon am Empfang benutzten. Sie hatte schon allerlei seltsame Gesprächsfetzen aufgeschnappt.

Aber »ich bin nicht tot«, das war wirklich einsame Spitze.

»Ich weiß noch ganz genau, was ich in meiner Galerie verkauft habe und was nicht«, sagte er, »und ich versichere Ihnen, ich habe nie … Mir ist egal, was im Katalog steht. Ich …« Er sah Barb an und verdrehte die Augen. »Ich … *Natürlich* ist mir das wichtig! Was glauben Sie denn? Wenn Sie nicht … Also gut, ich fahre selbst runter und kläre die Sache, was halten Sie davon? Ja, morgen, warum nicht? … Alles klar, halb drei. Ja, ja, ich weiß, wo ich hinmuss.«

Mit einem Kopfschütteln legte er auf. »Ist es denn zu fassen?«

»Gibt's Probleme, Mr Merriam?«, fragte Barb mit einem Lächeln. »Kann ich irgendwie behilflich sein?«

»Ach, es ist nichts, Barb. Nur eine Verwechslung. Ist der Kaffee frisch?«

»Kommt drauf an, was Sie mit frisch meinen, aber bedienen Sie sich, falls Sie es riskieren wollen«, sagte sie. »Ich habe zufällig mitbekommen … Sie hatten mal eine Galerie? Ich dachte immer, Sie wären Professor.«

»Ja, stimmt«, sagte er, nahm sich einen Pappbecher von dem Stapel neben der Kanne und goss ihn halb voll. »Aber ganz früher … vor einer Ewigkeit, in einem anderen Leben … da hatte ich tatsächlich eine Galerie in Albuquerque.« Er hielt inne und dachte daran zurück. »Die Galería Xanadu«, fügte er leise hinzu.

»Und?«, fragte Barb nach, während er gedankenverloren Coffee-Mate in seinen Kaffee rührte.

Mit einem Seufzer fand er wieder in die Gegenwart zurück: »Und heute Morgen kriege ich eine E-Mail von einem alten Geschäftsfreund, also von dem Sohn eines alten Freunds, der auch in der Branche tätig ist. Der wollte ein Gemälde für einen Kunden aus Dubai kaufen und hat die Geschichte des Bildes überprüft. Da hat er gelesen, dass es in den Siebzigerjahren mal in meiner Galerie zum Verkauf stand. Er wollte wissen, ob ich das Bild noch vor Augen hätte und ihm sagen könnte, was ich davon halte. Aber ich konnte mich überhaupt nicht dran erinnern, deshalb war ich auch so aufgebracht.«

Barb war ein wenig verwirrt. »Aber das ist doch schon vierzig Jahre her«, sagte sie sanft. »Da kann man doch von niemandem erwarten …«

Er warf ihr einen bösen Blick zu. »So verkalkt bin ich noch nicht, junge Frau. Ich meine nicht, dass ich mich nicht erinnern kann, das Bild verkauft zu haben. Im Gegenteil, ich weiß *ganz genau*, dass ich es *nicht* verkauft habe.«

Sie verstand immer noch nicht richtig. »Ähm …«

»Anders ausgedrückt«, fügte er etwas freundlicher hinzu, »ich bin mir sicher, dass ich das Bild nie in Händen hatte. Ich hätte es ganz bestimmt nicht vergessen. Nicht *dieses* Bild.«

»Sie meinen also … Ehrlich gesagt, ich weiß nicht, was Sie meinen.«

»Ich meine …« Er verzog das Gesicht. »Dieser Kaffee ist wirklich scheußlich.«

»Ich habe Sie gewarnt.«

Er nahm trotzdem noch einen Schluck. »Ich meine, dass dieses Bild nie in meinem Besitz war, das ist alles. Und es gefällt mir gar nicht, dass jemand etwas anderes behauptet. Deshalb habe ich mich beschwert.« Er lächelte matt. »Daraufhin hat man mir erklärt, ich könnte unmöglich ich sein, weil ich schon eine ganze Weile tot wäre. Und … na ja, den Rest haben Sie ja gehört.«

»Ach so, also müssen Sie morgen nach Albuquerque, um die Sache zu klären?«

»Nein, nur nach Santa Fe. Aber das bedeutet, dass ich meinen Workshop morgen Nachmittag verpasse: dekorative Eichengriffe …« Er seufzte. »Darauf hatte ich mich schon gefreut.«

»Ach, Ms Mayfarth wird Ihnen sicher gern über alles berichten, was Sie verpassen.«

»Meinen Sie?« Sein Gesicht hellte sich auf.

»Ganz bestimmt. Ich rede mit ihr. Mr Merriam? Als Sie gesagt haben, Sie seien nicht tot …«

Er sah sie über seinen Kaffeebecher hinweg an, die weißen Augenbrauen fragend hochgezogen.

»Hat man Ihnen da geglaubt?«

Da sah sie ihn zum ersten Mal seit drei Jahren breit lächeln. »Falls nicht, dann gibt es morgen eine große Überraschung, wenn ich dort zur Tür hereinspaziere.«

✦✦✦

Wie seltsam doch alles war. Früher, als Ruthie noch sie selbst war, hatte er sich immer darauf gefreut, allein Auto zu fahren, weil er dann nicht ihre endlosen Wegbeschreibungen, Anweisungen und Warnungen über sich ergehen lassen musste. Jetzt, wo er immer allein unterwegs war, fand er es furchtbar. Was hätte er nicht dafür gegeben, sie neben sich zu haben und sich anzuhören, dass das Tempolimit neunzig und nicht fünfundneunzig Stundenkilometer war. Oder dass auf dem Rastplatz vor ihnen ein alter Pick-up stand, der ihr gar nicht gefiel und der vielleicht ganz plötzlich vor ihm auf die Fahrbahn fahren würde.

Auf dem Rastplatz vor ihm war wirklich ein Pick-up, den er genau beäugte, so als hätte Ruthie tatsächlich etwas gesagt. Er fuhr auf dem Highway 84 zwischen der Ghost Ranch und Abiquiu in südlicher Richtung mitten durch die Wüste. Dies war eine der einsamsten und verkehrsärmsten Strecken im ganzen Land und er fuhr sie zweimal im Jahr, vom Flughafen Albuquerque über Santa Fe und hoch zur Ghost Ranch und dann wieder zurück. Er konnte sich nicht erinnern, jemals zuvor ein Fahrzeug auf diesem primitiven Rastplatz gesehen zu haben, einer kahlen Parkbucht mitten in der Einöde, wo das Unkraut durch die Risse im Asphalt wuchs und ein paar halb verrottete Picknicktische herumstanden.

Plötzlich vorsichtig, fast ein bisschen nervös, drosselte er das Tempo ein wenig. Wenn Ruthie wirklich da gewesen wäre, hätte sie ihn gar nicht fahren lassen – nicht mit fünfundachtzig, nach zwei Herzinfarkten und mit einem Bypass. Aber Dr. Bernstein hatte gesagt, er müsse das Autofahren nicht ganz aufgeben, er solle nur nicht zu schnell fahren und auf längeren Fahrten öfter Pausen einlegen, um sich die Beine zu vertreten.

Er überlegte, selbst auf den Rastplatz zu fahren und ein paarmal um seinen gemieteten Kompaktwagen zu laufen, aber eigentlich gefiel ihm dieser Pick-up auch nicht. Ein schwerer, alter Ford 250. Sein Schwager Walter hatte mal so einen gehabt und damit Brennholz transportiert. Dieser hier war grob mit orange-blauen Flammen bemalt und am Steuer saß ein Jugendlicher mit verkehrt herum aufgesetzter Baseballmütze. Als er näher kam, sah Henry, dass der Junge mit einem dünnen Zigarillo im Mundwinkel in ein Handy sprach. Ihre Blicke trafen sich kurz und der Junge bedachte ihn mit einem, wie er fand, höhnischen Grinsen.

Das gefiel Henry überhaupt nicht und er trat ein bisschen fester aufs Gas, bis der Tacho fünfundneunzig Stundenkilometer anzeigte. Er war froh, als eine Kurve kam und der Pick-up hinter einer roten Felswand verschwand. Er näherte sich dem Teil der Strecke, den er am wenigsten mochte, circa anderthalb Kilometer lang, eng und kurvenreich, links eine senkrechte Felswand, die nicht nur gefährlich nah an die Fahrbahn kam, sondern auch die Sicht behinderte, und rechts ein steiles Gefälle, dreißig Meter hinunter zum Chama River, der träge mäandernd in der Sonne glitzerte. Er ging auf fünfundsechzig zurück. Immer wenn er hier entlanggefahren war, in den ganzen Jahren, hatte er sich vorgenommen, der Verkehrsbehörde vorzuschlagen, an dieser Stelle eine

Geschwindigkeitsbegrenzung einzuführen. Aber natürlich hatte er es nie getan und es gab immer noch kein Tempolimit. Wahrscheinlich war das Verkehrsaufkommen hier so niedrig, dass keine Dringlichkeit bestand. Wieso auch? Zwischen hier und dem Colorado River gab es fast nichts außer der Ghost Ranch …

Als er um eine der vielen Kurven fuhr, kam ihm ein Pick-up entgegen, noch circa vierhundert Meter entfernt. Nein, kein Pick-up … Es war das Führerhaus eines riesigen Sattelschleppers. Er war ein bisschen beunruhigt, denn das Ding war unheimlich breit und die Stelle ziemlich schmal. Nervös blickte er nach rechts und suchte nach einer Ausweichmöglichkeit, aber da war nichts, nur die beängstigend nahe Felskante. Er wurde noch langsamer und sah erstaunt, wie das entgegenkommende Fahrzeug über die Mittellinie auf die falsche Straßenseite fuhr und direkt auf ihn zusteuerte.

Er drückte kräftig und lange auf die Hupe. Der Lastwagen reagierte nicht etwa durch Wechseln der Fahrspur, sondern mit einem schrillen, wütenden Trompeten seines Lufthorns. Henry hatte den Eindruck, als würde der Laster immer schneller. Er war nur noch knapp hundert Meter entfernt. Was zum Teufel war denn mit dem Fahrer los? War er betrunken? Sollte das etwa irgendein verrücktes Spiel sein? Er überlegte, auf die Bremse zu treten, aber dazu war es zu spät. Der Laster steuerte geradewegs auf ihn zu wie eine Lenkrakete. Er würde den Toyota mit Leichtigkeit von der Straße und über die Felskante schieben. Henry blieb nichts anderes übrig, als selbst auf die falsche Straßenseite auszuweichen.

Er schwenkte nach links und war total verdutzt, als er seitlich einen *anderen* Laster rammte. Nein, keinen Laster. Es war der Pick-up vom Rastplatz. Wo in Teufels Namen kam der denn plötzlich her? Er hatte ihn nicht hinter sich herfahren sehen. Instinktiv versuchte er weiter, nach links zu steuern, aber der kleine Kompaktwagen hatte gegen den großen, schweren Pick-up keine Chance. Der ließ sich nicht abdrängen, hielt Schritt und drängte ihn in Richtung Felskante. Seine Augen waren mit der Seitentür des Pick-ups auf einer Höhe; auf der Tür das Bild eines Mädchens im Bikini, von einem Flammenkreis umgeben … »Bimbi«.

Der Pick-up schlenkerte näher heran, schabte am Toyota entlang und stieß ihn auf die Felskante zu.

»Halt! Was machen Sie denn da?«, schrie er. Sein Herz hämmerte in seiner Kehle. Es pochte in seinen Schläfen. »Sind Sie wahnsinnig?« Der Lastwagen aus der Gegenrichtung war jetzt keine fünfzig Meter mehr entfernt, zu nah, um abzubremsen und einen Zusammenstoß zu verhindern, und ohne eine Möglichkeit, die Spur zu wechseln, denn auf der anderen fuhr der Pick-up. Er hielt mit aller Kraft das Lenkrad fest, aber ein weiterer kräftiger Stoß des Pick-ups zwang ihn noch dichter an den Abgrund. Es war schwierig zu … Er musste …

Sein Verstand fing an zu flattern, sich zu verabschieden, ihn im Stich zu lassen. Er konnte nicht mehr richtig denken …

»Ahh!« Plötzlich schnürte es ihm die Brust zu wie mit einem strammen Gürtel, seine Rippen wurden eingedrückt und seine Lungen kollabierten. Fahrzeuge, Straße, Fluss … alles verschwand hinter einem roten Film. Er bekam noch mit, wie die Reifen die Fahrbahn verließen und sich weiterdrehten. Er wartete angespannt auf den Sturz, aber er nahm ihn nicht mehr wahr. Es kam ihm vor, als hinge der Wagen bewegungslos schwebend in Raum und Zeit. Der Film ging von Rot in Schwarz über.

Ruthie.

KAPITEL 1

Seattle, 5. Oktober 2010

Die Eigentumswohnung im dreizehnten Stock des Hauses in Belltown, einem schicken Viertel von Seattle, bot eine umwerfende Aussicht: Der Puget Sound funkelte im fahlen Sonnenlicht des Nordwestens, grün-weiße Fähren glitten wie Spielzeugboote auf ihrem Weg nach Bainbridge Island oder zur Stadt aneinander vorbei, und in der Ferne thronten die gletscherbewehrten Gipfel der Olympic Mountains.

Alix London saß beim Fenster, ohne dieses grandiose Spektakel zu beachten. Ihr Blick, ihre ganze Aufmerksamkeit, jede Faser ihres Seins waren auf das zehn Quadratzentimeter große Segment einer Leinwand konzentriert, auf dem der untere Teil einer Gartenmauer zu sehen war. An dieser einen Stelle hatte die Farbe des fünfundneunzig Jahre alten Ölgemäldes begonnen abzuplatzen und abzublättern. Mit einem weichen Pinsel hatte sie behutsam ein Gemisch aus Bienenwachs und Dammarharz auf die Stelle aufgetragen. Ihre Zunge schaute zwischen den Zähnen hervor, als sie nun mit unendlicher Sorgfalt einen angewärmten Spachtel benutzte, um jedes einzelne abgeblätterte Teilchen wieder sachte auf der Leinwand festzudrücken.

Dies war der schwierigste Teil des gesamten Reinigungs- und Restaurierungsprozesses und bei Weitem der nervenaufreibendste. Es handelte sich schließlich nicht um eins dieser Werke, die sie sonst behandelte, nicht um irgendein trübfarbiges Bild »im Stil von …« aus einem »Antiquitätengeschäft« unter dem Alaskan Way Viaduct, sondern um ein gut dokumentiertes Werk aus der Weißen Periode des halb wahnsinnigen, alkoholabhängigen Impressionisten Maurice Utrillo. Alix wusste, dass Katryn, der die Wohnung gehörte, bei einer Auktion bei Christie's 185 000 Dollar dafür bezahlt hatte.

Schweiß rann ihr über die Schläfen, als sie eine winzige Partikel festdrückte und schließlich erleichtert ausatmete. Sie schnallte sich die Doppellupe vom Kopf, blinkte sich den Schweiß aus den Augen und begutachtete ihr Werk haargenau.

Einfach perfekt. Wunderschön. Puh! Erleichtert lehnte sie sich zurück. Der Rest war ein Kinderspiel. Sie musste nur …

Das Telefon neben ihr surrte. Während sie noch die Dorfszene studierte, nahm sie ab.

»Hallo?«

»Guten Morgen, mein Liebes«, schnurrte eine fröhliche Stimme mit englischem Akzent. »Einen wunderschönen Tag wünsche ich. Es geht dir doch hoffentlich gut?«

»Ja, danke, Geoff«, sagte sie schroff. Sie verzichtete bewusst darauf, sich nach seinem Befinden zu erkunden.

Aber diese Art Begrüßung war er von seiner Tochter gewohnt und wie üblich ging er einfach darüber hinweg. »Die neuste Ausgabe der *Art News* müsste heute in der Post gewesen sein. Hast du schon einen Blick hineingeworfen?«

»Nein, Geoff, noch nicht.« Warum sie es nicht über sich brachte, ihrem Vater zu gestehen, dass sie sich das Abonnement der *Art News* für 39,95 Dollar im Jahr nicht leisten konnte – zumal sie sie in der Bibliothek des Kunstmuseums von Seattle kostenlos lesen konnte –, das war ihr schon seit Längerem ein Rätsel. Schließlich war sie nur deshalb in Finanznöten, weil er auf so spektakuläre Weise ihr Leben ruiniert hatte.

»Die Ausstellung?« In Gedanken war sie noch bei dem Utrillo.

»Zudem bin ich überzeugt, dass ich nicht einfach übersehen wurde. Helen hat mich absichtlich ausgeschlossen. Sie hatte noch nie viel für mich übrig, weißt du?« Sie vernahm ein ganz leises Kichern. »Ich kann mir gar nicht vorstellen, warum.«

»Äh … Helen?«

»Helen Hall-Duncan? Oberkuratorin am Bruce Museum? Greenwich, Connecticut?«

»Ähmm …«

»Hallo? Jemand zu Hause?«

»Entschuldige, Geoff. Ich habe an etwas anderes gedacht.«

»Am Bruce Museum«, wiederholte er geduldig. »Wir waren mal zusammen da, du und ich, als du noch ein kleiner Fratz von neun Jahren warst. Ich habe dich zu dieser reizenden Ausstellung mit lauter Hundebildern mitgenommen. Du warst ganz begeistert. Daran erinnerst du dich doch sicher noch.«

Nein, tat sie nicht, aber Geoffrey London hatte seine kleine Tochter in so viele Museen mitgeschleppt, dass sie sie nicht mehr auseinanderhalten konnte. »So vage«, sagte sie. Sie hatte eigentlich sagen wollen, sie sei beschäftigt, und dann auflegen, aber jetzt war sie neugierig. »Also womit hat dich diese Hall-Duncan denn so verärgert?«

»Verärgert? Mich? Nein, ganz und gar nicht. Ich wollte nur meine rechtschaffene Empörung ausdrücken, zu der ich, wieder du mir gewiss beipflichten wirst, allen Grund habe. Du weißt doch, dass dort eine neue Ausstellung eröffnet wurde? *Fälschungen und Imitationen – die Kunst der Täuschung.*«

Sie erinnerte sich. Er hatte die Ausstellung eine Woche zuvor mal erwähnt. »M-hm. Und wo liegt das Problem?« Verdammt, sie hatte eine winzige Farbpartikel übersehen. Noch nicht richtig abgeblättert, eher ein ganz kleines Bläschen. Aber sie musste sie behandeln, bevor sie endgültig abblätterte. Sie wollte die Stelle nicht mit noch mehr Harzlösung tränken, aber wenn sie den Spatel wieder anwärmte …

»Das Problem ist«, sagte er, »dass sie überhaupt kein Bild von mir haben! Nichts! Ich werde nicht mal erwähnt. Kannst du dir das vorstellen? Meine Constables waren doch mindestens genauso gut wie die von Keating, oder? Und meine Rouaults waren viel besser als die von Hebborn. Aber deren Arbeiten sind reichlich vertreten und ich … Ich werde nicht mal *erwähnt*! Das ist unverschämt, regelrecht kriminell.«

Alix schloss ihre Augen und atmete tief durch. Wer sonst hatte einen Vater, der meckerte – er war zwar heiter und freundlich dabei, aber es war trotzdem Meckern –, weil er nicht als Fälscher von Weltklasse gewürdigt wurde? Und wie um alles in der Welt hatte er sich nach allem, was er durchgemacht hatte, seinen alten Schwung bewahren können?

Sie schüttelte den Kopf. Sie hatte damit gerechnet, dass er nach seiner Verurteilung wegen Fälschung, Diebstahl und Betrug als gebrochener Mann aus der achtjährigen Haft entlassen würde, als verschrumpelte Hülle seiner selbst. Er war immerhin ein hoch angesehener Konservator und Restaurator gewesen und sogar vier Jahre lang Oberkurator am Metropolitan Museum of Art und in der New Yorker Kunstszene allseits beliebt. Seine angenehm seidige Stimme mit englischem Akzent, seine sanften, strahlend braunen Augen, sein rauer Charme (in einem Artikel im *New Yorker* war er als »knuddelig« bezeichnet worden; sie hatte ihn selten so ärgerlich gesehen) und seine offensichtliche Freude am Umgang mit Leuten machten ihn zum gern gesehenen Gast bei Cocktailpartys und Empfängen in den Salons der Upper East Side.

Nach dem Gefängnisaufenthalt, so hatte sie vermutet, würde er sich in das Heer der gebrochenen Ex-Häftlinge einreihen. Er wäre immer noch sehr gefragt, kein Zweifel, aber nur bei den vielen düpierten und extrem wütenden Kunstsammlern, die ihn verklagen wollten.

»Weißt du, was meiner Meinung nach der Grund ist?« Geoff ließ nicht locker. »Es ist schiere Boshaftigkeit und Neid …«

Sie schüttelte den Kopf und seufzte. Sie hatte ihn eindeutig unterschätzt. Nun, da er schon fast ein Jahr aus der Bundesstrafanstalt der mittleren Sicherheitsstufe im kalifornischen Lompoc entlassen war und alle Rechtsstreite beigelegt waren, hatte er anscheinend die gleiche Idee wie sie gehabt, nämlich im Westen ein neues Leben anzufangen, und war in Seattle aufgetaucht (wollte er etwa schon wieder ihr Leben ruinieren?), wo er mit seinem bisschen Geld eine angeschlagene Handelsgesellschaft irgendwo im schmuddeligen, von Autobahnen zerschnittenen Industriegebiet der Stadt gekauft hatte. Venezia hieß die Firma, die sich darauf spezialisierte, Hotels und Restaurants mit importiertem Kunstschrott zu versorgen, so sagte er jedenfalls. Was er genau machte, wusste sie nicht und es interessierte sie auch nicht, aber es schien ihr kein gutes Zeichen, dass seine Angestellten offenbar alle alte Kumpel aus seinen Fälscherzeiten waren. Die meisten genau wie er ehemalige Sträflinge, aber die wenigsten Ex-Knackis hatten sein überschäumendes Temperament, seine stets positive Ausstrahlung oder waren – das musste sie ihm zugestehen – so von Grund auf liebenswert.

»Nun ja, du hast eine Menge Leute im Kunstbetrieb ziemlich verärgert, weißt du?«

»Das stimmt allerdings«, sagte er gelassen und sie wusste, er lächelte in diesem Augenblick sein unwiderstehliches spitzbübisches Lächeln. Sie musste selbst lächeln, als sie es sich vorstellte, und nur eine Sekunde lang wünschte sie sich, sie könnte es sehen. Sie hatte ihren Vater einst geliebt, von ganzem Herzen. Aber jetzt …

Zeit, das Thema zu wechseln. »Apropos Kunstbetrieb«, sagte sie, denn sie musste ihm gegenüber einfach ein bisschen angeben, »ich treffe mich heute Abend mit einer Sammlerin. Bei einem Stifterempfang im Museum. Wenn alles gut läuft, könnte das der Einstieg sein, auf den ich gehofft habe.«

»Ach ja? Noch mehr Reinigungsarbeiten?« Er hatte es nie ausgesprochen, aber sie wusste, er fand, die Gemäldereinigung würde ihren Fähigkeiten nicht gerecht.

»Nein, keine Reinigungsarbeiten. Beratung. Sie braucht fachmännische Beratung beim Kauf eines Kunstwerks und hat irgendwo gehört, ich sei die Richtige für den Job.«

»Na ja, es wird auch Zeit, dass die Leute endlich dein Talent erkennen«, sagte er mit väterlichem Stolz. »Du hast den absoluten

Kennerblick, mein Liebes. Und ich bilde mir ein, dass es was mit deinen Genen zu tun hat.«

Damit hatte er vielleicht sogar recht, dachte sie. So lange sie zurückdenken konnte, drehte sich ihr ganzes Leben um Kunst. Als Jugendliche (bevor sie die Jungs für sich entdeckte) hatte sie so manche verzauberte Stunde nach der Schule in den Ateliers des Metropolitan Museum verbracht, um eifrig bei ihrem Vater zu lernen. Diese Leidenschaft zumindest hatte sie ihm zu verdanken.

»Und was sammelt deine geheimnisvolle Sammlerin so?«, fragte er. »Nicht schon wieder viktorianische Rasierschalen, hoffe ich doch.«

Für seine Verhältnisse ganz schön sarkastisch. Er spielte auf ihren vorherigen Berater-Job an. Er hatte ja keine Ahnung, dass viktorianische Rasierschalen ein Fortschritt gegenüber ihrem Job davor waren. Den hatte sie ihm tunlichst verheimlicht. Sie hatte einen Kunden beim Kauf von Aquariendekoration beraten – Keramiknippes wie überquellende Schatztruhen, blubbernde Tiefseetaucher und Seejungfrauen. Wer hätte gedacht, dass es für dieses Zeug eine richtige Bezeichnung gab oder Leute, die so was sammelten? Sie hatte den Auftrag hauptsächlich angenommen, weil der Kunde ein hohes Tier bei Microsoft war und sie gehofft hatte, dass er sie anderen Leuten aus der Branche empfehlen würde, die vielleicht eher auf ihrer Wellenlänge lagen. Sie hatte sich auch richtig für ihn ins Zeug gelegt und sich stundenlang im Internet und in Bibliotheken in die Materie eingearbeitet. Wie viele wertvolle Gehirnzellen hatte sie wohl mit diesem Unsinn gefüllt?

»Nein, nicht ganz«, sagte sie, jetzt selbst ein bisschen stolz. »Sie ist an Georgia O'Keeffe interessiert.«

Er war tatsächlich beeindruckt. »Alle Achtung! Das ist mal eine Künstlerin, mit der man sich gern beschäftigt. Sag Bescheid, wenn du Hilfe brauchst. Tiny ist so was wie ein O'Keeffe-Experte. Der kann dir vielleicht ein paar Ratschläge geben.«

Tiny (eins zweiundneunzig groß, über hundertdreißig Kilo) war einer von Geoffs Ex-Knacki-Angestellten und auf seine eigene träge, gutmütige Art fast so charmant wie ihr Vater. Er hätte selbst einen hervorragenden Künstler abgegeben – Mischtechnik in Aquarell und Pastell –, aber leider malte er nur zu gern Homers und Whistlers und deshalb hatte er auch gesessen. In ihrer Kindheit hatte sie ihn »Onkel Beniamino« genannt, und auch wenn er nicht mit ihr verwandt war, war er doch ihr absoluter Lieblingsonkel gewesen. Aber das lag weit zurück und sie war kein Kind mehr.

»Danke, Geoff, ich werde dran denken, aber ich muss jetzt Schluss machen. Der Utrillo wartet.«

»Utrillo, aha? Ich habe mal in anderthalb Tagen einen Utrillo hingehauen, der genauso gut war wie ein echter – sogar besser, um ehrlich zu sein. Und wenn ich's recht bedenke, wäre O'Keeffe auch kein Problem. Vielleicht nicht in anderthalb Tagen, aber schlag ein Motiv vor und natürlich die Periode und …«

»Bis dann, Geoff.«

✦✦✦

Was sollte sie zu dem Empfang anziehen?

Sie entschied sich für ein zeitlos schlichtes, aber elegantes Prada-Kostüm, dazu, um es richtig zur Geltung zu bringen, eine dünne Gliederkette, den Blumenjacquard-Blazer von Givenchy in Schwarz und Elfenbein mit den dezenten Schulterpolstern und als besonderen Pfiff die schwarz glänzenden Ferragamo-Sandaletten mit den Acht-Zentimeter-Absätzen. Das perfekte Ensemble für so einen Anlass: halb Geschäftstreffen, halb schicke Cocktailparty.

Sie hatte gerade mal zwei Minuten gebraucht, um das Outfit auszuwählen. Es war nämlich ihr *einziges* Outfit für Geschäftstreffen-Cocktailpartys. Oder für Geschäftstreffen im Allgemeinen. Oder für Cocktailpartys, schick oder nicht. Oder irgendeinen anderen öffentlichen Anlass. Alix hatte zwar eine klassische Garderobe, aber keine sehr umfangreiche. Und es war nichts Neues dabei. Fast alles war Kommissionsware aus Le Frock, einem Secondhandshop im ärmlicheren Teil von Capitol Hill, quasi direkt unter der Interstate 5.

Es hatte mal eine Zeit gegeben, dachte sie verträumt, da hatte sie ihre Kleider direkt im Designerladen gekauft. Das schien eine Ewigkeit her zu sein. Als wäre es das Leben einer anderen gewesen. Ihr war einfach alles in den Schoß gelegt worden. Für sie war es selbstverständlich gewesen, in der Upper East Side zu wohnen, eine Privatloge in der Metropolitan Opera zu haben, den Sommer mit der Familie in Watch Hill, einem exklusiven Seebad auf Rhode Island, zu verbringen (»Wie im *großen Gatsby*«, pflegte ihr Vater zum erheblichen Ärgernis ihrer Mutter zu sagen) und mit den Reichen und Mächtigen zu verkehren. Aber all das hatte schlagartig ein Ende, als Geoff vor Gericht landete. Das Vermögen der Familie wurde von endlosen Anwaltskosten und Vergleichszahlungen aufgefressen und war bald nur noch eine blasse Erinnerung. Das war ein böser Schock gewesen. Der einzige Trost war – wenn es man überhaupt so nennen konnte –, dass ihre Mutter zwei Jahre zuvor gestorben und ihr der Skandal erspart geblieben war.

Alix stand in Harvard kurz vor dem Abschluss und obwohl die Anwälte die sechzigtausend Dollar, die von dem für ihr Studium zurückgelegten Geld noch übrig waren, nicht antasteten, schmiss sie es trotzdem und ließ das Geld bis auf den letzten Cent für Geoff beiseitelegen, aber unter der Bedingung, dass er nicht erfahren durfte, woher es stammte. (Sie wollte nicht von seiner Dankbarkeit erdrückt werden.) Stattdessen sollte er glauben, es handelte sich um Überreste seines einstigen Vermögens. Ihr Studium aufzugeben war ihr sehr schwergefallen. Aber er war immer noch ihr Vater und er wäre fast siebzig, wenn er aus dem Gefängnis kam, verarmt und sein Ruf ruiniert. Die sechzigtausend plus Zinsen sollten ihm über seine verbleibenden Jahre hinweghelfen. So kam es dann auch. Er hatte damit sein neues Geschäft gegründet.

Sie hatte damals gehofft, vielleicht irgendwann in Harvard weiterstudieren zu können, aber das Leben und die Notwendigkeit, ihren Lebensunterhalt zu verdienen, hatten ihr einen Strich durch die Rechnung gemacht.

Ruckartig schüttelte sie den Kopf. Das lag weit zurück, sagte sie sich jetzt schon zum zweiten Mal. Sie sollte sich eher Gedanken über die Zukunft machen.

Und trotzdem musste sie immer noch an Geoff denken. Er hatte bisher noch nicht die Dreistigkeit besessen, bei ihr aufzutauchen, aber er rief regelmäßig an und störte sich kein bisschen an ihrer frostigen Reaktion oder daran, dass sie nie zurückrief. Offenbar war eine Szene nötig, ein Treffen von Angesicht zu Angesicht, damit er es endlich kapierte. Bei dem Gedanken daran graute es ihr.

Es schien ihm ganz gut zu gehen – oder zumindest tat er so und zwar sehr überzeugend. *Ihre* »Karriere« hingegen und eigentlich auch ihr Leben ließen einiges zu wünschen übrig. Aber Alix war, ganz der Vater, nicht nur eine Überlebenskünstlerin, sondern sie sah auch immer das Positive. Nun, meistens jedenfalls. Schließlich lief es doch ganz gut für sie. Sie wohnte in dieser tollen Eigentumswohnung in Seattle. Signor Santullo, der wunderbare alte Mann, bei dem sie in Europa gelernt hatte, hatte das von Rom aus für sie in die Wege geleitet, schon bevor sie in die Staaten zurückgekehrt war: ein Jahr mietfreies Wohnen, während Katryn in der Provence war, und als Gegenleistung reinigte und restaurierte sie sechs Gemälde aus Katryns eindrucksvoller Sammlung von Spätimpressionisten. Wenn das kein Glück war! Die Arbeit ließ ihr sogar noch genug Zeit für andere Jobs, um ihre wenigen Ausgaben zu bestreiten. Und heute erst hatte sich eine wunderbare neue Chance aufgetan …

Sie richtete sich auf, betrachtete sich ein letztes Mal in dem mannshohen Spiegel, zupfte eine Locke an ihrer Schläfe zurecht, rückte ihren Rockbund gerade und dann war es auch schon Zeit.

Die Show konnte losgehen.

KAPITEL 2

Das Seattle Art Museum oder SAM, wie die Einheimischen es nannten, war einer von Alix' Lieblingsorten. Da sie keine Stifterin war, war sie auch noch nie bei einem Stifterempfang gewesen, aber sie war Mitglied (sie hatte die billigste Mitgliedschaftsart gewählt), und da das Museum nur einen kurzen Fußweg von der Wohnung entfernt lag, ging sie mehrmals wöchentlich hin, entweder um die Bibliothek zu benutzen oder um glücklich und zufrieden die Sammlungen zu durchstreifen. Nur das große Atrium hätte sie niemals freiwillig betreten, aber leider ließ es sich nicht vermeiden. Sie musste da durch, um die Ausstellungsräume zu erreichen, raste aber immer in Lichtgeschwindigkeit durch, ohne nach links und rechts zu schauen und vor allem nicht nach oben.

Denn wenn man durchs Atrium ging, musste man unter der zweifellos spektakulärsten Installation des Museums durchlaufen. Sie hieß *Inopportune: Stage One,* und obwohl sie nicht ganz verstand, was das bedeuten sollte, fand sie den Titel doch äußerst passend. *Inopportune: Stage One* bestand aus neun Ford Taurus, die kaskadenförmig taumelnd mit beängstigend dünnen Stahlstangen an der Decke befestigt waren, die ihrer Ansicht nach für diesen Zweck vollkommen ungeeignet waren. Die Autos stiegen im Brotman Forum an einem Ende des Atriums in die Höhe und kamen in der Südhalle am anderen Ende wieder herunter. Man hatte den Eindruck, die Autos würden hüpfen, rotieren oder abstürzen, und jedes versprühte farbige Lichter, sodass es aussah, als würden sie explodieren. Sie hatte auch gelesen, dass sie neun einzelne Filmbilder eines einzigen explodierenden Autos darstellen sollten. Außerdem habe der chinesische Künstler Cai Guo-Qiang dabei an Autobomben und Terrorismus gedacht und daran, wie wir alle trotzdem ganz gelassen unseren Alltagsgeschäften nachgehen.

Es war aber nicht das Thema, das sie davon abhielt, sich lange im Atrium aufzuhalten. Moderne Kunst war ziemlich eklektisch und auch wenn nicht alles nach ihrem Geschmack war, so akzeptierte sie es doch. Nein, es war einfach der Gedanke, länger als unbedingt nötig unter einer Traube tonnenschwerer Autos zu stehen, die drohend zwölf Meter über ihrem Kopf baumelten, noch dazu in einem Erdbebengebiet. Alix war nicht besonders ängstlich, aber beim Gedanken an Erdbeben wurde ihr schon ein bisschen mulmig. Sie stammte aus dem Staat New York und außer vereinzelten Hurrikanen, die in abgeschwächter Form von Süden heraufzogen, gab es nur die winterlichen *Nor'easters*, Stürme, die aus Neuengland herüberbliesen. Aber im Unterschied zu Erdbeben waren diese Stürme, solange man schön zu Hause blieb, nicht lebensgefährlich.

Aber nun stand sie vor einem Dilemma. Einerseits war da das mulmige Gefühl wegen der Autos, andererseits war das Büfett genau darunter aufgebaut. Außerdem sah das Essen fantastisch aus. Und sie hatte plötzlich einen Riesenhunger. Ganz abgesehen davon, dass sie ihr Lebensmittelbudget für die ganze Woche schon Montag gesprengt hatte, weil sie ein bisschen deprimiert gewesen war und sich als Trost zum Mittagessen Dungeness-Krebs gegönnt hatte. Deswegen würde ihr Abendessen zu Hause nur aus Linsensuppe aus der Dose und einem Käsetoast bestehen.

Wenn sie also von den lecker aussehenden, mit Lachs gefüllten Chicoréeblättern kosten wollte oder von den mit Frischkäse gefüllten Kaiserschoten, den Terriyaki-Hähnchenspießen oder – ganz besonders verführerisch – dem *brie en croûte* (sie konnte den Käse schon riechen!), dann musste sie es einfach riskieren. Oder weiter Hunger schieben …

Aber dem *brie en croûte* konnte sie nicht widerstehen. *Ach, was soll's, man lebt ja sowieso nicht ewig,* dachte sie, und wenn sonst nichts dabei herumkam, hatte sie zumindest gut gegessen. Mutig schritt sie auf das Büfett zu und begann, sich Leckereien auf den Teller zu häufen: jeweils zwei von den köstlichen Käseblätterteigtaschen, Frühlingsrollen und einer Art Spinattörtchen. Sie wollte sich gerade eine Serviette nehmen, da brüllte ihr jemand ins Ohr …

»Sie sind Alix London, habe ich mir sagen lassen.« Eine ausgestreckte Hand tauchte vor ihr auf. »Hallo, ich bin Chris LeMay.«

Alix sah sich um und sah eine kräftige, knochige Frau Ende dreißig in schwarzem Rollkragenpulli und weiter, schwarzer Hose, einen auffallend gelb-schwarz gestreiften Schal um ihren Hals drapiert. Alix hatte sie schon vorher bemerkt, wie sie überschwänglich einige Freunde oder Geschäftspartner begrüßte und einem Mann so kräftig auf den Rücken schlug, dass die Olive, die er sich gerade in den Mund gesteckt hatte, wieder herausgeflogen kam. Sie war Alix nicht nur wegen ihrer lebhaften Art aufgefallen, sondern auch, weil sie die größte Frau im Saal war: an die eins fünfundachtzig, und das in flachen Schuhen. Es war ihr gar nicht in den Sinn gekommen, dass es sich bei dieser heiteren und imposanten Erscheinung um die Christine LeMay handeln könnte, nach der sie Ausschau hielt, denn an der Ostküste sahen Kunstsammlerinnen einfach anders aus. Die hungerten sich auf eine erschreckend kleine (manche würden sagen, schicke) Konfektionsgröße zweiunddreißig runter. Von der Sorte hätte man in Chris' Outfit, Größe sechsundvierzig, mindestens zwei unterbringen können.

Mit ihren eins dreiundsiebzig und den acht Zentimeter hohen Absätzen war Alix nicht gewohnt, zu anderen Frauen aufzuschauen, aber sofern sie nicht auf einen Tisch kletterte, blieb ihr bei Chris nichts anderes übrig.

Sie stellte ihren Teller ab, nahm die ausgestreckte Hand und machte sich auf einen schmerzhaften Händedruck gefasst, aber

Chris schonte sie. »Ich freue mich so, Sie kennenzulernen, Chris. Und danke, dass Sie mir eine Einladung besorgt haben.«

Chris winkte ab.

»Hmm, was ist das? Egal, es sieht auf jeden Fall köstlich aus.« Ihre Stimme hatte etwas ungewöhnlich Kehliges, Heiseres an sich – böse Zungen hätten behauptet, sie krächzte –, aber sie klang trotzdem angenehm, so als würde Chris ein Lachen unterdrücken und nur auf eine Gelegenheit warten loszuprusten. »Ich besorge mir einen Teller, lade ihn voll und dann gehen wir irgendwohin, um uns zu unterhalten …« Chris sah hoch zu den aufgehängten Autos. »… Bevor das nächste Erdbeben kommt.«

Alix musste grinsen. Die Frau gefiel ihr jetzt schon. »Ich bin so froh, dass Sie das sagen. Ich dachte, ich wäre die Einzige. Ich bin aus New York. Mit dem Gedanken an Erdbeben habe ich mich noch nicht anfreunden können.«

»Ich möchte den kennenlernen, der sich damit anfreunden kann«, sagte Chris, während sie Appetithäppchen auf ihren Teller stapelte. »Sehen Sie mal, ist das Champagner?« Sie hatte einen Kellner erspäht, der sich seitwärts durch Menschentrauben hindurchschlängelte und dabei sein Tablett mit Sektkelchen hoch in der Luft hielt. Mit Alex im Schlepptau steuerte Chris geradewegs auf ihn zu und nahm sich zwei Gläser. »Setzen wir uns da vorne hin«, sagte sie und deutete mit dem Kinn auf eine Gruppe kleiner Tische an einer Wand. »Ich glaube, da fallen uns keine Autos auf den Kopf.«

Sie bahnten sich ihren Weg durch die lärmende, immer noch anwachsende Masse größtenteils gut gekleideter Leute, von denen viele Chris offenbar kannten und sie grüßten. Aber der letzte freie Tisch wurde ihnen vor der Nase weggeschnappt.

»Na ja, sieht so aus, als müssten wir die Teller in der Hand halten«, sagte Chris. »Tja, das Leben spielt einem manchmal übel mit, nicht wahr?« Sie fanden eine Marmorfensterbank, die ihnen als Tisch diente, und Chris spießte mit einem Zahnstocher ein Törtchen auf, steckte es in den Mund, verdrehte genussvoll die Augen, nahm einen Schluck Champagner und sah Alix unverwandt an. »Sie sind Geoffrey Londons Tochter, stimmt's?«

Alix' Kehle wurde plötzlich staubtrocken. Das war praktisch das Erste, was diese Frau sagte, und worum ging's? Worum schon? Um ihren Vater. Würde er ewig ein Mühlstein um ihren Hals sein, wohin sie auch ging, wie weit sie Manhattan auch hinter sich ließ? Im Google-Zeitalter, wo Informationen immer und überall verfügbar waren, lautete die Antwort wohl ja.

»Ja, stimmt«, antwortete sie und versuchte, sich nichts anmerken zu lassen, aber sie merkte, wie sie automatisch ihre Lippen zusammenpresste und sich ihre Kiefermuskeln verkrampften.

Ihre Gefühle zu verbergen, war nicht gerade ihre Stärke, und Chris war von der plötzlichen Stimmungsänderung verdutzt. »He, habe ich was Falsches gesagt? Ich wollte nur … Ich wollte nur sagen … Also, ich bin nicht gerade berühmt für mein diplomatisches Geschick und ich bin wohl mal wieder ins Fettnäpfchen getreten. Puh …« Sie machte eine Atempause. »Okay, noch mal von vorn. Ich wollte nur sagen, Sie sind zwar irgendwie vorbelastet, aber lassen Sie sich davon nicht aufhalten. Sie sind jetzt im Wilden Westen, Schätzchen, in Seattle, und hier läuft's anders als im Osten. Familiennamen, Familiengeschichte … so was zählt hier nicht viel. Hier zählen vor allem Ihre Fähigkeiten, nicht wer Ihr Vater ist.« Sie lachte. »Das ist auch gut so, denn bei meiner verkorksten Familie würde ich hier sonst mit einem Tablett auf der Schulter rumlaufen.«

Alix spürte, wie sie rot wurde. »Danke, Chris. Es tut mir leid, es war einfach ein Missverständnis. Ich … Ich glaube, ich bin ein bisschen …«

»Sehen Sie mal«, sagte Chris, »ganz hinten in der Ecke ist ein freier Tisch. Schnappen wir uns den, bevor jemand anderes kommt. Sie gehen direkt zum Tisch und ich halte Ihnen den Rücken frei.«

Andere hatten den gleichen Gedanken, kamen aber nicht an Chris' stattlicher Figur vorbei, und so erreichten die beiden als Erste den Tisch. »Cheers«, sagte Chris und hob ihr Glas, als sie es sich bequem machten.

»Cheers«, erwiderte Alix und stieß mit ihr an. Aber nach einem Höflichkeitsschluck stellte sie ihr Glas ab. »Hören Sie, Chris, es tut mir wirklich leid, dass ich so …«

Chris winkte ab. »Ach, kommen Sie, Sie müssen sich nicht entschuldigen.«

»Danke, aber … es ist schon seltsam.« Sie schüttelte den Kopf. »Es ist fast neun Jahre her, seit Geoff mein Leben ruiniert hat – und sein eigenes – und seitdem habe ich es ganz allein ziemlich weit gebracht und eigentlich müsste ich doch mittlerweile drüber hinweg sein. Man hat mir geraten, meinen Namen zu ändern, aber das will ich einfach nicht, verstehen Sie? Ich hänge dran.«

»Natürlich. Und außerdem hätte es Ihnen wahrscheinlich auf die Dauer auch nichts genutzt, jedenfalls nicht, wenn Sie weiter in dieser Branche arbeiten. Wir leben in einer neuen Zeit, Schätzchen, und früher oder später würde es über irgendwelche Links oder Suchmaschinen oder so was doch rauskommen. Außerdem«, sagte sie mit einem kurzen Anflug von Wärme, »haben Sie sich ja nichts zuschulden kommen lassen, sondern er.«

Sie machte eine Redepause, um geziert eine Kaiserschote mit Frischkäse zu naschen und sich dann ziemlich ungeziert Käse von den Fingerspitzen zu lecken. »Wissen Sie, um ehrlich zu sein, beneide ich Sie sogar ein bisschen um Ihren Vater. Der ist wenigstens interessant. Mein Vater war Bauunternehmer.« Dann schüttelte sie ungehalten ihren Kopf. »Ach, so ein Quatsch. Warum mache ich das nur immer? Mein Vater war Stuckateur, mehr nicht, und nicht mal ein besonders guter, jedenfalls nicht, wenn er einen im Karren hatte, was meistens der Fall war.« Sie verdrehte wieder die Augen, aber diesmal nicht vor Genuss. »Sehen Sie, Sie sind nicht die Einzige mit einem peinlichen Vater.«

Alix lächelte. »Na ja, Geoff ist sicher interessant. Das lässt sich nicht abstreiten.«

»Glauben Sie mir, ich kann mir vorstellen, wie schwierig es für Sie war. Es wurde ja überall darüber berichtet. Da hätte man schon auf dem Mars wohnen müssen, um nicht von der Sache zu hören. Ich meine: ›Prominenter Experte des Metropolitan Museum angeklagt …‹« Sie verzog das Gesicht. »Ups, schon wieder. Sehen Sie, was ich meine? Mpfh ...« Sie machte eine Geste, als würde sie ihren Mund mit einem Reißverschluss verschließen.

»Nein, ist schon in Ordnung, ehrlich«, sagte Alix lachend. »Aber meinetwegen können wir gern das Thema wechseln. Wie haben Sie mich gefunden? Über meine Anzeige im Gallery Directory?«

»Äh-äh. Einer meiner Gäste – ich habe ein kleines Weinlokal – ist Christopher Norgren …« Chris ging wohl davon aus, dass ihr der Name etwas sagte. Alix schüttelte nur den Kopf.

»Der ist hier im Museum für Barock und Renaissance zuständig.«

Sie schüttelte wieder mit dem Kopf. »Den kenne ich nicht.«

»Na, der kennt Sie aber oder er weiß zumindest, wer Sie sind. Er hat gesagt, Sie seien hervorragend und hätten jahrelang bei Fabrizio Santullo in Rom studiert. Sogar ich weiß, dass es keinen besseren als Santullo gibt. Und als ich ihn angerufen habe, hat er Sie wärmstens empfohlen.«

»Sie haben tatsächlich mit Fabrizio gesprochen?«

»Oh ja, gut zehn Minuten. Er hat Sie über den grünen Klee gelobt. Ihre natürliche Begabung, Ihre Kenntnis der Techniken und Materialien, Ihr Verständnis für Stilrichtungen und Malweisen … außergewöhnlich.«

»Hat er das wirklich gesagt?«, fragte Alix angenehm berührt. »Er war ein sehr anspruchsvoller Lehrmeister. Er hat mich nicht gerade mit Lob überschüttet.«

»Ach, das ist doch ein ganz Lieber. Er hat übrigens geradezu ehrfürchtig erwähnt, dass Sie den absoluten Kennerblick hätten. Dass Sie einen besseren Blick für Kunst hätten als sonst jemand, den er kennt. Und wenn Fabrizio Santullo so etwas sagt, muss ich Sie natürlich engagieren.«

»Ach, Kennerblick ist nur so ein Ausdruck, der besagen soll …«

»Schon gut, erklären Sie's mir ein andermal. Wie wär's, wenn wir direkt zur Sache kommen? Erst mal … Ich freue mich sehr, dass Sie für mich arbeiten werden, Alix.«

Werde ich das?, dachte Alix. *Heißt das, ich bin engagiert?* Sie hoffte nur, dass ihr ihre Aufregung nicht anzumerken war, jedenfalls nicht so deutlich wie ihre Verärgerung, als ihr Vater erwähnt wurde.

»Ich würde gern so schnell wie möglich loslegen«, fuhr Chris fort. »Falls es nicht zu viel verlangt ist, könnten Sie sich in Ihrem Terminkalender dieses Wochenende freihalten? Dann könnten wir nach Santa Fe fahren. Wenn das nicht möglich ist, könnten wir vielleicht …«

Alix hätte beinah losgelacht. Was für ein Terminkalender? Da gab's natürlich die Restaurierungsarbeiten für Katryn, aber es wäre eigentlich ganz gut, mal ein Wochenende zu pausieren. Trotzdem tat sie so, als ginge sie im Geiste ihre Termine durch, während sie innerlich den Gedanken genoss, dass sie es tatsächlich geschafft hatte. Sie hatte einen Job. Sie war auf dem Weg nach oben. »Nein, ich glaube, das geht in Ordnung«, sagte sie, als hätte sie es abwägen müssen. »Dieses Wochenende passt.«

»Und wie hoch ist Ihr Honorar?«

»Mein Honorar …«, sagte Alix und räusperte sich. »Also mein Honorar … Das hängt natürlich von, ähm …«

Chris rettete sie. »Das Ganze würde so zwei bis drei Tage in Anspruch nehmen. Ich weiß, das ist ungewöhnlich, deshalb dachte ich … Also, wären Sie mit tausend Dollar pro Tag einverstanden? Zuzüglich Spesen, versteht sich.«

Alix hatte schon allen Mut zusammennehmen und fünfhundert Dollar am Tag verlangen wollen, was für diese Art Job ziemlich wenig gewesen wäre, aber sie war nun einmal keine erfahrene Expertin mit einer ellenlangen Liste von Referenzen. »Ach nein, das wäre etwas übertrieben, Chris. Ich bin doch nur eine Anfängerin. Fünfhundert wären völlig ausreichend.«

»Nein, ich habe tausend dafür veranschlagt und deshalb zahle ich auch tausend.«

»Nun gut, sagen wir siebenhundertfünfzig. Das ist mehr als genug.«

»Auf gar keinen Fall. Achthundertfünfzig, keinen Cent weniger. Schließlich …«

Beide brachen gleichzeitig in prustendes Gelächter aus. »Ich glaube, gute Verhandlungstechnik sieht anders aus«, sagte Alix.

»Ach, was soll's? Verhandlungen hin oder her. Tausend am Tag und damit basta!«

Alix gab sich mit einem Lächeln geschlagen. »Na gut, ich akzeptiere.«

Chris beugte sich vor und stützte die Ellbogen auf den Tisch. »Nun, da das geklärt ist, erzähle ich Ihnen, worum's geht. Meine Freundin Liz Coane hat eine Galerie in Santa Fe. Bis vor fünf Jahren konnte ich einen Picasso nicht von einer Pizza unterscheiden, aber Liz hat sich schon immer für Kunst interessiert. Also, wir haben bei demselben Technologieunternehmen gearbeitet, Sytex, und sie hat immer davon geredet, dass sie, wenn sie genug Geld zusammenkriegt, eine Galerie in Santa Fe oder Taos oder so eröffnen und eine ganz große Nummer in der Kunstszene da unten werden wollte. Sie wollte sich auch ein paar jugendliche Liebhaber kaufen, die ihr das Alter versüßen sollten. Oder eher mieten, nehme ich an«, sagte sie und lachte ihr seltsames Lachen, das wie der Schrei einer Wildgans klang.

»Und hat sie es getan?«

»Und ob. Als Sytex an die Börse ging und unsere Optionen fällig wurden, haben wir eine Menge Geld gemacht. Und ich meine wirklich eine *Menge*. Und drei Monate später hat Liz die Galerie Blue Coyote eröffnet, direkt auf der Canyon Road, wo alle angesagten Galerien von Santa Fe sind, wie Sie sicher wissen.«

»Ja, ich weiß. Ich freue mich schon darauf, das alles mit eigenen Augen zu sehen.«

»Und sie ist wirklich eine ganz große Nummer«, sagte Chris ein bisschen erstaunt. »Sie ist die treibende Kraft hinter der Konferenz über neue Richtungen in der Kunst, die jedes Jahr in Taos stattfindet. Da kommen Künstler und Händler von überallher. Äußerst renommiert.«

»Sehr eindrucksvoll. Und wie steht's mit den jugendlichen Liebhabern?«

»Oh ja, daran arbeitet sie auch sehr hart. Immer wenn ich sie sehe, hat sie einen neuen jungen ›Künstler‹ im Schlepptau. Und immer der gleiche Typ. Eine Art Möchtegern-James-Dean, mysteriös, launisch, ernst, ein bisschen gefährlich …«

»Nicht mein Typ«, sagte Alix, obwohl sie noch nicht herausgefunden hatte, was eigentlich ihr Typ war.

»Meiner auch nicht!«, sagte Chris entschieden. »Ich mag lieber erwachsene Männer. Am liebsten welche mit Manieren. Einige von den schrägen Vögeln, mit denen Liz rumhängt … Aber was soll's? Leben und leben lassen. Was verstehe ich schon von Männern?«

Sie schien sich wirklich kurz schmunzelnd mit dieser Frage auseinanderzusetzen, gab dann aber mit einem Schulterzucken auf und fuhr fort: »Egal, vor ein paar Jahren, als ich plötzlich diesen Haufen Geld hatte, aber nichts Rechtes mit meinem Leben anzufangen wusste, da habe ich ein kleines Weinlokal in Belltown eröffnet. Es sollte ein dezent eleganter Laden für Kunstinteressierte sein. Gesetztes Publikum, verstehen Sie? Mit richtiger Musik. Und nicht so laut, dass man schreien muss, wenn man sich unterhalten will … wo man sich gepflegt bei einem guten Glas Wein unterhalten kann. Das Lokal heißt Sangiovese. So heißt eine …«

»… rote Rebsorte aus der Toskana«, sagte Alix und bedauerte es sofort. Sie wusste nicht einmal, warum sie es gesagt hatte. Wahrscheinlich, um Chris zu zeigen, dass sie sich auskannte, aber es hatte sich sogar für sie selbst angeberisch und schlaumeierisch angehört.

Falls Chris sich daran störte, ließ sie es sich nicht anmerken. »Natürlich, stimmt. Ich hatte ganz vergessen, dass Sie lange Zeit in Italien zugebracht haben. Haben Sie schon mal von meinem Lokal gehört?«

»Ich glaube ja«, sagte Alix. »Stand nicht vor einiger Zeit was darüber im *Weekly*? Junge Künstler sollen ja über Leichen gehen, um bei Ihnen ausstellen zu dürfen.«

»Na ja, ich habe wechselnde Ausstellungen, stimmt, und ich bemühe mich, interessante Sachen zu zeigen, und die Künstler waren bis jetzt auch ganz zufrieden mit den Verkäufen. Den Gästen gefällt es anscheinend auch.«

»Ich wohne in Belltown, gar nicht weit von Ihrem Lokal, und ich wollte immer mal reinschauen, aber …« Aber bei den Preisen, die dort angeblich verlangt wurden, hätte sie für ein Glas Wein und ein bisschen Fingerfood so viel wie sonst für zwei Abendessen hingeblättert. »Na, Sie wissen ja, wie das ist«, war ihre lahme Ausrede.

»Ich würde mich wirklich freuen, wenn Sie mal vorbeikämen, Alix. Glauben Sie mir, ich mache mir nichts vor. Ich habe keine Ahnung von Kunst und ich freue mich schon darauf, etwas von Ihnen zu lernen.«

»Sie haben sicher mehr Ahnung, als Sie glauben. Sonst wären Ihre Ausstellungen nicht so erfolgreich.«

»Na, bis jetzt habe ich Glück gehabt«, sagte Chris, »aber ich kenne mich gut genug aus, dass ich diesen Cody Mack Burley – nennen wir ihn mal Liz' neusten Schützling – nicht bei mir ausstellen will. Sie hatte mich dazu überredet. Ich hatte nur drei Fotos von seinen Bildern gesehen, die sie mir per E-Mail geschickt hatte, und die sahen auch ganz interessant aus. Also habe ich zugesagt, schließlich ist sie eine alte Freundin. Dann hat der arme Kerl sich wohl einen Wolf gemalt und fünfzehn Bilder produziert. Die hat Liz mir geschickt. Aber die waren ganz anders als die in der E-Mail. Sie gefielen mir einfach nicht. Überhaupt nicht«, fügte sie noch betonend hinzu.

»Nicht gut gemalt?«, fragte Alix.

»Na ja, das kann ich nicht so genau beurteilen, aber sie waren, na ja, grässlich. Absichtlich grässlich, wissen Sie? Seltsam verrenkte Frauen, irgendwie von innen nach außen gestülpt, sodass man ihre Eingeweide sehen konnte.« Sie schauderte. »Arrgh.«

»Sie haben sie also nicht ausgestellt?«

»Nein, ich habe sie sofort wieder eingepackt – mir nicht mal alle angesehen – und sie am selben Tag noch zurückgeschickt. Ich wollte die Bilder nicht mal in meiner Nähe haben. Liz hat nicht viel dazu gesagt. Was sollte sie schon sagen? Es ging schließlich um *mein* Lokal. Aber ich weiß, sie war gekränkt, und ich wollte es irgendwie wiedergutmachen. Und dann fiel mir wieder ein, dass Blue Coyote ab und zu Bilder von Georgia O'Keeffe anbietet, und eine Künstlerin wie die könnte ich mir als Einstieg für meine Sammlung vorstellen; meine Privatsammlung meine ich. Also habe ich sie gebeten, sich für mich umzuschauen und mir Bescheid zu sagen, falls etwas angeboten wird, das mir gefallen könnte. Und letzte Woche hat sie mich angerufen und gesagt, sie hätte eins, und hat mir ein paar nette Fotos geschickt. Ob ich interessiert wäre.«

»Klar waren Sie interessiert«, sagte Alix.

»Ja, sicher.« Sie wirkte einen Moment lang verunsichert. »Ähm … oder war das falsch?«

»Nein, überhaupt nicht. Ihre Freundin Liz mag bei diesem Cody Mack vielleicht falsch liegen«, sagte sie, »aber was Georgia O'Keeffe angeht, hat sie eine gute Nase bewiesen. Wenn Sie an amerikanischer Moderne interessiert sind, dann wäre so ziemlich jedes Bild von ihr eine fantastische Ergänzung für Ihre Sammlung … für jede Sammlung. Einen besseren Einstieg gibt es kaum.«

»Wirklich?« Chris' Gesicht hellte sich auf und ihr Stirnrunzeln verschwand. »Sehen Sie? Ich bin jetzt schon froh, dass ich Sie engagiert habe.«

»Wissen Sie, woher sie dieses Bild hat? Wer es verkaufen will?«

»Nein, Liz kann es mir nicht sagen. Es ist wohl ein Erbstück, schon seit Jahrzehnten im Besitz der Familie, aber jetzt haben sie Geldprobleme. Sie wollen aber nicht, dass es publik wird.«

Bei Alix klingelten die Alarmglocken. Das war eine Variante der alten Geschichte, die betrügerische Kunsthändler schon seit Jahrhunderten auftischten: *Das Bild ist schon seit vielen Jahren im Besitz einer alten italienischen Familie aus einem berühmten Adelsgeschlecht. Leider macht die Familie schwere Zeiten durch und muss sich schweren Herzens von dem Bild trennen. Ihr Name muss allerdings geheim bleiben. Weil es so peinlich ist, verstehen Sie …*

Chris bemerkte Alix' veränderten Gesichtsausdruck und runzelte wieder die Stirn. »Ist das ein Problem?«

»Nicht unbedingt«, sagte Alix halbwegs ehrlich. Sie wollte Chris nicht jetzt schon Angst machen, aber ihr gefiel die Sache nicht. Georgia O'Keeffes Werk hatte viele Fälscher inspiriert. Je mehr Informationen es über dieses Bild gab, die sich auch einigermaßen gut belegen ließen, desto zufriedener würde Alix sein. Anderseits war es nicht unbedingt problematisch, dass der Name des Besitzers geheim gehalten wurde. Das kam relativ häufig vor, besonders bei Auktionen. Aber man musste es im Hinterkopf behalten, vor allem für den Fall, dass noch weitere Zweifel aufkamen. »Wie viel will sie dafür haben?«, fragte sie.

»Zwei Komma neun Millionen. Ich …« Chris unterbrach sich mit einem Schnauben, was bei ihr wohl als Kichern durchging. »Ich kann es kaum glauben. Haben Sie gemerkt, wie beiläufig ich diese Zahl erwähnt habe?« Sie spielte ein geziertes Gähnen und klopfte sich mit den Fingerspitzen auf den Mund. »Mal eben so zwei Komma neun Millionen hinlegen, wen kratzt das schon?«

»Das ist sehr viel Geld«, sagte Alix.

»Wem sagen Sie das? Ich kann mich einfach nicht dran gewöhnen, so viel Zaster zu haben.«

»Nun, jeder hat seine Probleme. Sie schaffen das schon.«

Chris grinste. »Ja, sicher. Auf jeden Fall habe ich mit der Kuratorin für moderne Kunst hier am Museum geredet. Die hat sich die Fotos angesehen und meint, auf den ersten Blick sei der Preis angemessen, sogar eher ziemlich niedrig. Also habe ich gezahlt.«

»Was, Sie haben das Bild schon gekauft? Wozu brauchen Sie mich …«

»Na ja, ich habe nicht alles bezahlt, aber ich habe es gekauft. Ich habe eine ziemlich hohe Anzahlung gemacht. Aber der Kaufvertrag hat eine Rücktrittsklausel. Ich habe zehn Tage Zeit, um mir das Bild in Santa Fe anzusehen. Wenn ich es dann nicht mehr will, wird der Verkauf rückgängig gemacht.«

»Und wann sind die zehn Tage um?«

»Nächsten Mittwoch. Deshalb will ich auch so schnell wie möglich hin. Na ja, als ich die Anzahlung hingeblättert hatte, dachte ich auf einmal: *Was verstehe ich eigentlich davon? Ich brauche jemanden, der Ahnung hat, einen Experten.* Und das ist Ihr Part.«

»Weiß Ihre Freundin Liz etwa nicht, dass ich komme?«

»Nein, natürlich nicht. Bis heute wusste ich es ja selbst nicht. Aber ich rufe sie vor dem Wochenende noch an. Keine Angst, ich warne sie vor.« Schon wieder dieser unsichere Gesichtsausdruck. »Habe ich was falsch gemacht? Ist der Preis zu hoch? Verdammt, ich wusste doch, dass ich Sie zuerst hätte fragen sollen, aber ich kannte Sie ja noch gar nicht und ich war so aufgeregt. Ich hatte

Angst, jemand anderes würde mehr bieten und … Habe ich Mist gebaut?«

»Also der Preis klingt für ein O'Keeffe-Bild ganz gut, aber dazu müsste man es erst mal in echt sehen. Da Liz eine alte Freundin von Ihnen ist, kann ich mir nicht vorstellen, dass sie Sie übers Ohr haut.«

»Ich habe die Fotos dabei«, sagte Chris und griff nach ihrer Handtasche, aber Alix stoppte sie.

»Nein, ich will sie nicht sehen.«

»Ach, nein?« Chris hatte die Hand noch in der Tasche.

»Nein, ich will nicht mit einer vorgefassten Meinung da rangehen. Ich warte lieber, bis ich das Bild selbst sehe.« Sie lächelte. »Das hat was mit dem besagten ›Kennerblick‹ zu tun.«

»Ganz wie Sie meinen. Sie sehen ja selbst, dass ich keine Ahnung habe, und außerdem macht mich die Sache ein bisschen nervös.«

Alix wollte gerade beruhigend auf sie einreden, aber Chris' Laune besserte sich ganz von selbst. »Ich weiß nicht, wie's Ihnen geht«, sagte sie und machte die Tasche wieder zu, »aber ich könnte noch so einen Hähnchenspieß vertragen, vielleicht auch zwei. Das wird ja ein richtiges Gelage, aber das ist bei mir immer so. Ich habe überhaupt keine Selbstdisziplin. Anschließend gehen wir mal zu Tony Whitehead da drüben, dem Museumsdirektor, um Hallo zu sagen. Und dann will ich Sie noch ein paar anderen unbedarften Sammlern vorstellen. Die würden Sie bestimmt gern kennenlernen. Und umgekehrt. Einverstanden?«

»Einverstanden wäre die Untertreibung des Jahres«, sagte Alix grinsend. »Ich würde mich riesig freuen, Chris.«

Alix folgte Chris durch die Menge und konnte nicht aufhören zu grinsen. Sie fühlte sich richtig euphorisch. Ihr Glück hatte sich endlich gewendet.

Das Leben war schön.

✦✦✦

Als sie in die Wohnung zurückkam, hatte sie schon wieder Hunger, und nachdem sie in ihren weiten, bequemen Jogginganzug geschlüpft war, in dem sie in letzter Zeit schlief, trottete sie in die Küche, öffnete eine Dose Linsensuppe, goss etwas in einen Becher und stellte ihn in die Mikrowelle. Während die Suppe heiß wurde, sah sie auf dem Anrufbeantworter im Wohnzimmer nach, und als es nicht blinkte, fühlte sie eine düstere Stimmung in sich aufkommen. Verwirrt, die Hand auf dem Telefon, runzelte sie die Stirn. Warum dieser Stimmungsumschwung? Von wem erwartete sie einen Anruf? Kannte sie denn jemanden außer Chris, über dessen Anruf sie sich gefreut hätte? Kannte sie überhaupt jemanden?

Ihre Euphorieblase war geplatzt und sie ging zurück in die Küche, um langsam ihre Suppe zu schlürfen. Was war ihr Problem? Einsamkeit? Durchaus möglich. Irgendwann, es war eine Ewigkeit her (neun Jahre, um genau zu sein, kurz nach Geoffs Verurteilung), da war sie mal kurz verheiratet gewesen. Eine absolute Katastrophe. Und dazu noch die Blamage durch ihren Vater. Am Ende war sie ziemlich fertig gewesen. Sie hatte sich monatelang verkrochen, sich ach so leidgetan und war anderen Menschen aus dem Weg gegangen, sogar ihren Freunden. Dann in ihrem ersten Jahr in Italien machte ihr die Sprachbarriere zu schaffen, bis sie schließlich fließend Italienisch sprechen konnte. Aber im Laufe der Zeit war sie ungewollt zur Einzelgängerin geworden. Und das mit neunundzwanzig.

Sie war jetzt schon fast acht Monate in Seattle. Wann hatte sie zum letzten Mal ein Date gehabt oder zumindest so was in der Art? Wann hatte sie zuletzt in einem Weinlokal wie dem von Chris mit einer Freundin bei einem Glas zusammengesessen und gequatscht? Wie viele echte Freunde hatte sie? Antworten: a) vor zwei Monaten; b) noch nie; c) keinen einzigen.

Niedergeschlagen, regelrecht melancholisch ging sie um zehn ins Bett. Wie seltsam, wie irrational Stimmungen doch sein konnten.

✦✦✦

Ausnahmsweise hatte sie einmal daran gedacht, vorm Zubettgehen den Timer der Kaffeemaschine zu stellen, deshalb wurde sie von verführerischem Duft geweckt, erholt und guter Laune. Draußen war es so neblig, dass sie das andere Ufer des Puget Sound nicht mehr ausmachen konnte, aber wen kratzte das schon? Es war ein neuer Tag und es gab viel zu tun. Ihre miese Stimmung vom Vorabend war nur auf den unvermeidlichen Adrenalinabfall nach den aufregenden Erlebnissen des Tages zurückzuführen gewesen, das war ihr jetzt klar.

Sie holte sich eine Tasse Kaffee und ging zurück ins Bett. Während sie mit einem Kissen im Rücken dasaß und das aromatische, schwarze Gebräu genoss, dachte sie zufrieden an die Ereignisse des Vorabends zurück und malte sich aus, was noch auf sie zukommen würde. Sie würde den Morgen in der Museumsbibliothek verbringen und sich eingehend mit Georgia O'Keeffe und der aktuellen Kunstszene von Santa Fe beschäftigen. Dann würde sie, um Zeit zu sparen, in der Museumscafeteria zu Mittag essen und zurück in die Bibliothek gehen …

Sie hielt schon das Telefon in der Hand, bevor sie sich überhaupt bewusst wurde, dass es geklingelt hatte. »Hallo?«

Die fröhlich glucksende Stimme rief schallend in ihr Ohr: »Guten Morgen, Schatz …«

Sie verzog das Gesicht. Ihr Vater. Wann würde sie endlich mal dran denken, die Anruferkennung zu aktivieren?

»Hallo Geoff«, murmelte sie und fiel zurück in ihr Kissen.

»Mein Liebes, ich wollte nur fragen, wie es gestern mit deiner O'Keeffe-Sammlerin gelaufen ist.«

»Ganz gut.« Sie spürte, wie Ärger in ihr aufstieg und sich ihre Nackenmuskeln verspannten. Wie gelang es ihm nur immer, im richtigen Moment anzurufen – oder im falschen – und ihr die Laune zu vermiesen?

»Hast du den Job gekriegt?«

»Ja.«

»Und es geht um O'Keeffe?«

»Ja. Hör mal, Geoff, ich muss …«

»Ich habe Tiny davon erzählt, Liebes, und er hat ein paar warnende Worte für dich. Er steht direkt neben mir. Tiny …«

»Nein, ich mochte jetzt lieber nicht mit ihm reden.«

Eine kurze Pause. »Kein Problem. Wenn du nicht willst.«

Sie hörte Tinys träge, gekränkte Stimme im Hintergrund. »Sie will nicht mit mir reden?«

Es zerriss ihr das Herz. Sie hatte zum ersten Mal seit über zehn Jahren »Onkel Beniaminos« Stimme gehört. Er war ein liebenswerter, dicker – um nicht zu sagen, massiver – Mann, eine Seele von Mensch, im Oberstübchen nicht allzu üppig ausgestattet, aber ein genialer Handwerker, der jeden Künstler imitieren konnte. Zu ihrem vierzehnten Geburtstag hatte er einen wunderschönen ovalen Wandspiegel für sie angefertigt, der in eine bemalte Holzplatte gefasst war, auf der Putten in Wolken herumtollten. Es sah aus wie der Hintergrund eines italienischen Renaissance-Porträts. Bei seinen Riesenpranken und Wurstfingern war das schon eine ungeheure Leistung. Bevor sie nach Italien gegangen war, um bei Santullo zu studieren, hatte sie alles verkauft, inklusive ihrer Kleidung, nur diesen Spiegel nicht.

»Nein«, sagte sie mit zusammengebissenen Zähnen. »Ich muss jetzt aufhören, Geoff.« Dann legte sie auf.

Sie kochte vor Wut. Typisch Geoff, ihr wegen Tiny ein schlechtes Gewissen zu machen. War sie Tiny irgendwas schuldig? Okay, er war nett zu ihr gewesen, als sie klein war. Das war's aber auch. Er war ein Gauner und ein Schwindler genau wie Geoff. Der war auch ein Gauner und ein Schwindler und ein Schmarotzer obendrein. Immer wenn Tiny bei ihnen in Manhattan aufgetaucht war, gemeinsam mit den anderen »Freunden« ihres Vaters, da hatten sie sicher ausgeheckt, wie sie wieder irgendeine hilflose alte Witwe übers Ohr hauen konnten, die die Sammlung ihres Mannes geerbt hatte und vollkommen überfordert damit war.

Trotzdem hatte sie ein schlechtes Gewissen, verdammt! Aber warum eigentlich *sie*? Warum hatte denn ihr Vater kein schlechtes Gewissen? Und überhaupt, wenn es ihn so brennend interessierte und er sich so sehr um ihr Wohlergehen sorgte, warum hatte er sich dann erst morgens nach dem Treffen erkundigt? Sie hatte ihm am Vorabend endlich etwas Persönliches anvertraut, das derzeit Wichtigste in ihrem Leben, und trotz seines angeblichen Interesses hatte er nicht mal angerufen, jedenfalls nicht vor morgens. Warum hatte er denn nicht schon abends anrufen können? Wenn sie ihm so viel bedeutete, warum hatte er keine Nachricht auf ihrem Anrufbeantworter hinterlassen …?

Moment, das ist doch lächerlich! Ich bin sauer, wenn er anruft, und wenn er nicht anruft, bin ich auch sauer? Was soll das eigentlich? Es ist fast, als ob … als ob …

Als der unliebsame Gedanke schließlich die Mauer durchbrach, mit der sie sich dagegen zu schützen versuchte, da konnte sie es einfach nicht glauben. Sie weigerte sich, es zu glauben. Aber ganz tief im Innern wusste sie, dass es stimmte.

Am Abend zuvor hatte sie sich so sehr gewünscht, eine Stimme auf dem Anrufbeantworter zu finden, die Stimme eines Menschen, der wissen wollte, wie ihr Treffen mit Chris gelaufen war … wie es ihr im Allgemeinen ging … die Stimme ihres Vaters. Aber warum sollte sie …

Da die Mauer eingerissen war, brachen plötzlich noch andere Gedanken über sie herein, unbequeme, lästige Gedanken, die lange Zeit irgendwo gelauert hatten. Was war der wahre Grund dafür gewesen, ihr Studium in Harvard aufzugeben? Hatte sie wirklich nicht weiterstudieren können, weil sie ihr Geld Geoff gegeben hatte? Hätte sie mit ihren erstklassigen Noten nicht ein Stipendium oder Darlehen beantragen können, um ihr Studium weiterzuführen? Sie wäre mittlerweile außerordentliche Professorin an einer guten Universität, hätte ein geregeltes Einkommen und Freunde. Stattdessen war sie mit fast dreißig ein Häufchen Elend, vollkommen abgebrannt, wohnte in einer fremden Eigentumswohnung und strampelte sich ab, um es in diesem harten, unsicheren Beruf zu etwas zu bringen. Falls man bei »Kunstberatung« überhaupt von Beruf reden konnte.

War das wirklich Geoffs Schuld? Hätte er das Geld überhaupt angenommen, wenn er gewusst hätte, dass es sich um Rücklagen für ihr Studium handelte? Die Antwort kannte sie natürlich. Sie hatte sie auch damals schon gekannt. Warum hätte sie sich sonst solche Mühe gegeben, es vor ihm geheim zu halten?

Es hatte so viele Scheidewege in ihrem Leben gegeben, die dorthin geführt hatten, wo sie nun war, und die absolut nichts mit Geoff zu tun hatten. Sie hatte selbst die Richtung bestimmt. Andererseits war es natürlich Geoff mit seiner Habgier und seinem Egoismus gewesen, der sie ursprünglich aus der Bahn geworfen hatte. Wenn er nicht …

Sie schüttelte den Kopf. Warum grübelte sie ausgerechnet jetzt darüber nach? Sie hatte neun lange Jahre Zeit gehabt, sich darüber Gedanken zu machen und es zu begreifen. Stattdessen hatte sie ihre Wunden geleckt und ihrem Vater die Schuld für all ihre Probleme gegeben. War sie etwa auf dem bestem Wege, einer dieser Jammerlappen zu werden, die mit vierzig oder fünfzig Jahren immer noch ihre Eltern für alles verantwortlich machten, was in ihrem Leben schieflief, weil diese sie gar nicht oder zu wenig oder zu viel geliebt hatten?

Sie schüttelte wieder den Kopf und seufzte. Eins stand fest: Es war höchste Zeit, dass sie mal mit sich selbst ins Reine kam.

KAPITEL 3

Der Mann war groß, schlank, gut aussehend und gleichmäßig gebräunt. Mitte dreißig. Er hatte etwas Schurkiges an sich, aber das lag vielleicht einfach an der Rundum-Pilotenbrille und der gelassen arroganten Art, wie er sich auf seinem Stuhl fläzte. Liz Coane hatte ihn beim Reinkommen sofort bemerkt und ihn seitdem beobachtet – natürlich diskret aus dem Augenwinkel. Er schien Geld zu haben. Nicht dass er es zur Schau stellte, aber man konnte sehen, dass es ihm gut ging. Liz hatte einen Blick dafür. Sie sah es an seiner Kleidung: Gucci-Slipper aus weichem Leder, siebenhundert Dollar das Paar, und ein wunderbar weiches, kaffeebraunes Kaschmirsakko aus der aktuellen Brioni-Herbstkollektion, das locker dreitausend Dollar gekostet haben musste. Aber er hatte die Sachen ganz schlicht mit einem weißen Hemd mit offenem Kragen und verwaschenen Jeans kombiniert (Designer-Jeans, klar, aber natürlich verwaschen wie früher, nicht etwa »*acid-washed*«). Seine dunklen Haare hatte er sich auch nicht beim Friseur an der Ecke schneiden lassen. Einen so akkuraten, wunderbar gestuften Caesarschnitt bekam man dort einfach nicht. Mindestens zweihundert Mäuse.

Er war nicht ihr Typ, viel zu glatt und gestylt. Männer mit Ecken und Kanten waren ihr lieber. Aber er war auf jeden Fall

… interessant. Sie konnte förmlich riechen, dass bei ihm Geld zu machen war. Und das brauchte Liz Coane gerade ganz dringend, noch dringender als sonst.

Er saß ein paar Tische weiter ausgerechnet mit Doris Goudge zusammen, der hohlköpfigen Alten, der die Kitschgalerie Avanti auf der Gallisteo Street gehörte. Die beiden waren tief in ein Gespräch über Kunst vertieft. Nicht dass sie nah genug dran gewesen wäre, um mitzuhören, aber worüber sollten sie sonst reden? Es war schließlich Freitagnachmittag und sie saßen im Santacafé. Es war quasi ein ehernes Gesetz: Gingen an einem sonnigen Freitagnachmittag in Santa Fe ernsthafte Kunstgeschäfte über die Bühne, dann stets im von Bäumen beschatteten und von Lehmmauern umgebenen Innenhof des Santacafé.

Alle Tische waren besetzt und an jedem saßen zwei oder drei Leute – Kunsthändler, Sammler, etablierte Künstler und andere, die den Durchbruch suchten –, alle widmeten sich mit zusammengesteckten Köpfen dem Kunstgeschäft: kaufen und verkaufen, werben und schwindeln. Herrje, wenn ahnungslose Touristen, die über die Küche und die gepflegte Atmosphäre des hundertfünfzig Jahre alten Etablissements gelesen hatten, an einem Freitagnachmittag hier hereinspazierten und ein vernünftiges Essen erwarteten, dann mussten sie sich auf eine herbe Enttäuschung gefasst machen. Der Kunsthandel hatte in Santa Fe immer Vorrang. Davon lebte die Stadt. Was die Bevölkerungszahl amerikanischer Städte anging, kam Santa Fe nach der letzten Volkszählung auf Platz 508. Trotzdem gab es hier den drittgrößten Kunstmarkt der USA. Den drittgrößten! Nur in New York und Los Angeles wurde mehr Geld mit Kunst gemacht.

Im Restaurant kannte natürlich jeder jeden – oder fast jeden –, aber Liz hatte diesen Typ mit der Sonnenbrille noch nie gesehen. Allerdings hatte sie so eine Ahnung, wer er sein könnte, und wollte sie gern bestätigt haben. Sie nippte noch einmal an ihrer Margarita und stellte ihr Glas ab. »Cody Mack, weißt du, wer das da ist?«, fragte sie ihren Begleiter. »Da drüben. Der Typ, der sich mit Doris unterhält.«

Cody Mack mampfte weiter seine Hähnchen-Enchilada und sah sich um.

Liz verdrehte die Augen. »Mensch, doch nicht so auffällig!«

»Nein, kenne ich nicht«, sagte Cody Mack und fügte dann mürrisch hinzu: »Was interessiert dich der Typ überhaupt?«

Oh Gott, steht da etwa ein Wutausbruch bevor?, dachte Liz. *Der Wunderknabe ist doch nicht etwa eifersüchtig?*

Besagter Wunderknabe war Cody Mack Burley, Liz' neuster Schützling auf ihrer allzu langen Liste von Wunderknaben und Schützlingen – oder besser gesagt, ihr baldiger Ex-Schützling. Als Künstler gerade mal mittelprächtig, war er im Bett eine Kanone, wenn auch nicht übermäßig sensibel oder einfallsreich, und da er und Liz schon seit sechs Monaten zusammen waren und sie es nie länger mit einem Typ aushielt, würde er in Kürze den Laufpass bekommen. Eigentlich hatte sie ihn schon längst abserviert, er wusste es nur noch nicht, denn ihr graute vor der unvermeidlichen öden Szene, die ihr bevorstand, wenn er erfuhr, dass auch der schönste Körper, der sinnlichste Südstaatenakzent und die animalischste Geilheit auf die Dauer langweilig wurden, wenn sie nicht mit Grips oder Charakter einhergingen. Wenn Cody Mack doch wenigstens eine dieser Eigenschaften besessen hätte …

Auch mit seinem Wahrnehmungsvermögen war es nicht weit her. Liz hatte schon seit mehr als zwei Wochen etwas mit seinem Ersatzmann und Cody Mack hatte nicht das Geringste gemerkt. Selbst die Tatsache, dass der nachdenkliche, intelligente und atemberaubend gut aussehende polnische Künstler Gregor Gorzynski an diesem Abend in der Galerie Blue Coyote eine Vernissage hatte, konnte Cody Macks eintöniger Selbstverliebtheit nichts anhaben. Natürlich war auch Gregor kein großer Künstler und es war schon ziemlich großzügig, ihn überhaupt Künstler zu nennen. Er nannte sich »postminimalistischer Konstruktivist« und verwendete ausschließlich Zahnstocher, M&M's, Bindfaden, Nudeln und Sekundenkleber. Liz war der Meinung, das Zeug gehörte auf den Müll, aber Müll verkaufte sich dieser Tage ganz gut, deshalb hielt sie sich mit ihrer Kritik zurück.

»Mach dir keine Sorgen, er ist nicht mein Typ.« Aber sie konnte es sich nicht verkneifen hinzuzufügen: »Und um Gottes willen, mach doch beim Kauen den Mund zu.« Das kam davon, dachte sie, wenn man sich mit Vierundzwanzigjährigen abgab. Wann würde sie das endlich begreifen? (Immerhin war Gregor schon siebenundzwanzig.)

Cody Mack zog ein Gesicht. »Ich habe nicht mit offenem Mund gekaut.«

Doch, hast du, dachte Liz, *aber was soll's.*

Er sah sie weiter böse an. Warum war ihr vorher nie aufgefallen, dass er, wenn er schmollte, aussah wie ein tumber, finster dreinschauender Neandertaler? Die vorstehende Stirn, dieser gemeine Zug um die fleischigen Lippen …

»Und glaub bloß nicht, ich weiß nicht, dass das da eine doppelte Margarita ist.«

»Was zum Teufel geht es dich denn an, was ich …«, begann sie, verstummte dann aber plötzlich und sah sich um. Niemand sah zu ihnen herüber. Gut. Hier war nicht der richtige Ort für eine Szene. *Das ist dein letztes Essen auf meine Kosten, Freundchen,* dachte sie. *Deine Henkersmahlzeit. Ich werde mein Glück mit einem anderen versuchen.* Wieso in drei Teufels Namen hatte sie überhaupt mit diesem Typ was angefangen? Cody Mack … Was war das überhaupt für ein Name für einen Künstler? Und seit wann gab es Künstler in Mississippi?

Der Fremde war aufgestanden und im Lokal verschwunden. »Bleib hier«, sagte sie zu Cody Mack. »Ich bin sofort wieder da.«

»Was soll ich denn …«

»Bleib einfach da sitzen. Und halt die Klappe. Und mach beim Kauen den Mund zu.«

Cody Mack wurde knallrot und warf seine Gabel hin. »He, du kannst mich doch nicht rumkommandieren. Du bist doch nicht meine verd…«

»Ach, lass es gut sein, verdammt noch mal.«

Sie ging um den alten, original spanischen Brunnen herum, der, frisch restauriert und mit hübschem Dach versehen, das Prunkstück des Innenhofs darstellte, und bahnte sich ihren Weg durch die Menge, wobei sie auf Schritt und Tritt Leuten zunickte, sie anlächelte und mit gespielter Begeisterung begrüßte. Als sie Doris' Tisch erreichte, setzte sie sich.

Doris sah von ihrem Apfelkuchen auf. »Ach, hallo Liz. Entschuldige, ich bin in Begleitung. Er ist nur mal kurz rausgegangen, weil sein Handy geklingelt hat. Die dicken Lehmmauern stören den Empfang.«

»Ich weiß, Doris. Ich bleibe auch nur eine Minute. Ich wollte nur fragen, wer dein Freund ist.«

»Er ist nicht wirklich ein Freund von mir. Ich habe ihn erst gestern kennengelernt. Er ist in den Laden gekommen. Ein Kunsthändler aus Boston. Er heißt Roland de Beauvais. Aber sein Spitzname ist Rollie«, sagte sie mit einem affektierten Lächeln.

»Roland de Beauvais«, wiederholte Liz. »*Oh, là, là*. Etwa Franzose?«

»Nein, nur französischer Abstammung. Ein typischer Bostoner«, sagte sie, wobei sie den Bostoner Akzent nachahmte. »Er ist erst seit ein, zwei Tagen hier.« Während sie redete, verschlang Doris gierig und geräuschvoll ihren Kuchen. Liz musste wegsehen. *Gott, bin ich die Einzige in Santa Fe, die beim Kauen den Mund zumacht?* »Gary Selway hat ihn zu mir geschickt, aber ich weiß nicht, ob ich ihm helfen kann.«

»Ja, ich habe gehört, dass ein Kunsthändler von der Ostküste sich hier umsieht. Wonach sucht er denn?«

»Amerikanische Moderne.«

»Amerikanische Moderne?«, wiederholte Liz und zog die Augenbrauen hoch. Das lief ja besser als erhofft. »Ich bekomme diese Woche einen Chadwick in Kommission und ich bin sicher, dass ich noch mehr auftreiben kann. Marsden Hartley auch. Vielleicht sogar …« Sie zögerte, denn sie wollte nicht zu dick auftragen. Andererseits hatte sie es mit Doris Goudge zu tun, da war Subtilität unangebracht. »Und vielleicht sogar das ein oder andere Bild von Georgia O'Keeffe«, sagte sie abschließend.

»Nun, so was habe ich nicht zu bieten«, sagte Doris resigniert, doch dann schaute sie sie mit einem leicht gierigen Funkeln in den Augen an. »Soll ich ihn an dich vermitteln?«

»Hat er eine Ahnung, was so was kostet?«

»Oh ja, er kennt sich ganz gut aus. Außerdem habe ich den Eindruck, das Geld keine Rolle spielt.«

»Na, dann würde ich mich doch freuen, wenn du ihn mir vermittelst.« *Genau* darauf hatte sie es abgesehen. Sie schenkte Doris ihr charmantestes, dankbarstes Lächeln. Da die mit ihrem Kuchen fertig war, konnte sie ihr wieder ins Gesicht sehen.

Doris zögerte. »Äh, Standardbeteiligung? Fünf Prozent von allem, was er bei dir kauft?«

Liz' Augen verengten sich. »Bei mir gibt's keine Standardbeteiligung, Doris«, sagte sie kalt. »Zwei Prozent.«

»Aber … aber alle machen …«

»Aber ich nicht. Nun, ich könnte mich auch direkt an ihn wenden, aber das möchte ich lieber nicht. Wenn du es allerdings so …«

»Nein, nein«, sagte Doris hastig. »Zwei Prozent sind in Ordnung. Ich meine, wenn das deine übliche Kommission ist.«

Liz lächelte. »Danke, Doris«, sagte sie herzlich. »Ich weiß deine Hilfe sehr zu schätzen.«

»Ich werde sehen, was ich für dich tun kann, Liz …« Sie zögerte, anscheinend besorgt und hin- und hergerissen, und sagte schließlich: »Ich sollte vielleicht noch sagen … Nun, ich wäre ein bisschen vorsichtig. Ich glaube … Also, ich glaube, er ist vielleicht … nicht ganz koscher, weißt du? Ich möchte nicht, dass du Schwierigkeiten bekommst.«

»Nicht ganz koscher! Wie kommst du darauf?« Die Sache wurde von Minute zu Minute interessanter.

Doris zuckte mit den Schultern. »Er hat nichts Schlimmes gesagt oder getan. Es ist nur so ein Gefühl.« Sie sah sich um, um sich zu vergewissern, dass er nicht gerade zurückkam. »Er wirkt irgendwie … durchtrieben.«

Liz beugte sich vor und runzelte die Stirn. »Durchtrieben?«

»Im Sinne von *unmoralisch*. Ich glaube, es ist ihm völlig egal, woher die Bilder stammen oder wie sie hier gelandet sind.«

»Hat er das gesagt?«

»Nein, es ist eher, was er nicht gesagt hat. Kein Wort darüber, dass ihn die Provenienz interessiert, auch nichts über Katalogeinträge oder Verkaufsunterlagen, verstehst du? Das kam mir etwas seltsam vor.« Wieder zuckte sie mit den Schultern. »Aber da war noch was. Ich weiß auch nicht, aber er kommt mir einfach irgendwie komisch vor. Zu glatt vielleicht. Richtig aalglatt und zu selbstbewusst. Du wirst ja sehen. Jedenfalls wollte ich dich vorwarnen. Aber du hast wahrscheinlich mehr Menschenkenntnis als ich.«

Da könntest du recht haben, Herzchen, dachte Liz, *und je mehr ich über diesen bestimmten Menschen höre, desto besser gefällt er mir.* Rollie de Beauvais schien ihr jemand zu sein, mit dem sie ins Geschäft kommen könnte. »Danke, Doris, ich passe schon auf mich auf. Und noch mal danke für die Hilfe. Ich gehe jetzt besser wieder zurück an meinen Tisch.«

Als sie zurückkam, war Cody weg. Auf dem Tisch fand sie nur einen Teller mit angetrockneter Chilisoße und die unbezahlte Rechnung, mit der Rückseite nach oben, auf der in großen Lettern stand: FICK DICH.

Sehr nett.

✦✦✦

Der große Mann mit der Brioni-Jacke und den Gucci-Slippern war nicht wirklich draußen auf der Straße, um zu telefonieren. Sein Handy hatte zwar geklingelt, aber auf dem Weg ins Lokal hatte er nur hastig hineingemurmelt: »Ich rufe dich in einer Minute zurück.« Dann hatte er es zugeklappt, und anstatt auf die Washington Avenue hinauszugehen, hatte er an der Theke haltgemacht, von wo aus er unentdeckt durch eine Glastür den Innenhof überschauen konnte. Die Barfrau war auf ihn zugekommen, aber er hatte nur gelächelt und den Kopf geschüttelt. Er hatte seine Pilotenbrille abgenommen und man konnte seine stechend blauen Augen sehen, die in überraschendem Kontrast zu seinem dunklen Haar standen. Sein Blick war auf den Tisch gerichtet, von dem er gerade aufgestanden war, und heimlich beobachtete er Liz Coane mit ebenso viel Interesse wie sie ihn zuvor (ebenso heimlich, aber nicht unbemerkt).

Diese Frau war ein interessantes Studienobjekt: Mit ihren zweiundvierzig (er wusste, wie alt sie war und noch viel mehr) setzte sie schon etwas Fett an und ließ sich gehen: Backen und Kinnpartie sackten und ihre zu stark blondierten, zu jugendlich stachelig geschnittenen Haare zeigten einen dunklen Ansatz. Ihre Kleidung war reinster Santa-Fe-Look wie aus einer Modezeitschrift. Sie trug schön geschnittene Bluejeans mit Schlag. Die Beine waren entlang der Außenseite mit eleganten Stickereien verziert, ebenso wie ihre kurze Jacke. Ein bisschen mexikanisch angehaucht, dachte er, und es stand ihr nicht einmal schlecht. Der tiefe Ausschnitt ihrer weichen, weißen Seidenbluse wurde von einer silbernen Navajo-Kette mit Türkisen betont. Den Ausschnitt fand er ein bisschen gewagt, denn dazu war sie zu vollbusig. Alles in allem war sie aber ganz gut beieinander und musste mal eine Schönheit gewesen sein. Sie sah auch intelligent aus. Das gefiel ihm. Er würde seinen Spaß mit ihr haben.

Er setzte die Sonnenbrille wieder auf und ging auf die Straße hinaus. Er stellte sich in den Schatten der Veranda, die sich den ganzen Block entlang erstreckte, lehnte sich gegen die Lehmmauer des Restaurants und klappte sein Handy auf. Er drückte die Kurzwahltaste. Das Telefon surrte und wählte brav die Nummer: 202-324-3447.

202 war die Vorwahl für Washington, D. C.

322-3447 war der Telefonanschluss, der zur Adresse »935 Pennsylvania Avenue, NW« gehörte.

Und dort befand sich das J. Edgar Hoover Building, die Zentrale des Federal Bureau of Investigation.

✦✦✦

Er hieß gar nicht Roland de Beauvais, war auch nicht französischer Abstammung oder Kunsthändler. Er stammte tatsächlich aus Boston, aber das war auch so ziemlich das Einzige, was an seiner Geschichte stimmte. Er hieß Ted Ellesworth und gehörte einer kleinen Eliteeinheit des FBI an. Die offizielle Bezeichnung seiner Einheit war »Art Crime Team«, aber sie war allgemein als »Art Squad« bekannt und bestand aus dreizehn Special Agents, drei Strafverteidigern und einem Operations Specialist. Ted war Special Agent und einer von nur zwei verdeckten Ermittlern. Der Anruf war von seinem unbezahlbaren Operations Specialist Jamie Wozniak gekommen. Jamie war für »Ermittlungsunterstützung« zuständig, ein schwammiger Begriff, der ihre Computerkenntnisse, ihre Spürnase und ihr Talent, bürokratische Hürden zu überwinden, nur sehr unzureichend beschrieb.

Er sah sich auf der Straße um. Niemand in Hörweite. Gut. Er war froh, den dick aufgetragenen Bostoner Akzent für eine Weile ablegen zu können. »Hi Jamie, was ist los?«

»Wie läuft's denn so?«, fragte sie zurück. »Hast du schon Kontakt mit der Zielperson aufgenommen?«

»Bin kurz davor. Wenn ich mich nicht irre, versucht Ms Coane gerade in diesem Augenblick, Kontakt zu mir zu knüpfen. Ich bin sicher, dass sie sich morgen bei mir meldet. Vielleicht sogar schon heute Nachmittag.«

»Mann, wieso hast du so lang dafür gebraucht? Du bist doch schon mindestens einen Tag da.«

»Muss an der Höhenluft liegen. Ich fühle mich ein bisschen schlapp.«

»Im Ernst, läuft alles glatt?«

»Wie geschmiert.«

Es lief wirklich gut. Liz Coane stand im Mittelpunkt der Ermittlungen in einer Betrugsserie, bei der extrem teure Kunstfälschungen an Käufer aus Asien und dem Nahen Osten verkauft wurden. Da die meisten Bilder die Galerie Blue Coyote durchliefen, musste Liz zwangsläufig eine Hauptrolle dabei spielen. Es war aber nicht sicher, ob sie selbst an kriminellen Handlungen beteiligt war oder ob sie nur benutzt wurde. Ted vermutete, dass sie mit drinsteckte, und er war als der elegante, aber aalglatte Roland de Beauvais nach Santa Fe gekommen, um die Wahrheit herauszufinden.

Bei einem solchen Einsatz musste man die Zielperson in dem Glauben lassen, dass sie selbst den Kontakt hergestellt hatte. An seinem ersten Tag in der Stadt hatte er bei verschiedenen Galerien reingeschaut – nur nicht in der Galerie Blue Coyote –, damit sich in der Kunstszene rumsprach, dass ein Neuer da war, ein Geschäftsmann mit jeder Menge Geld, der offenbar nicht großartig von moralischen Bedenken gequält wurde. Auf einen Hinweis von Jamie hin (wie fand sie so was nur immer raus?) hatte er sich mit Doris in *dem* Lokal zum Mittagessen verabredet, wo sich freitagnachmittags alles einfand, was im Kunstbetrieb von Santa Fe Rang und Namen hatte. Und es hatte einfach wunderbar funktioniert. Liz Coane hatte offenbar schon von ihm gehört (in der Kunstszene sprach sich anscheinend alles fast so schnell rum wie im Knast). Er hatte sich kaum hingesetzt, da merkte er schon, wie sie ihn abcheckte.

»Aber sag mal«, fragte er, »warum hast du denn angerufen? Gibt's was Neues?«

»Oh ja«, sagte Jamie begeistert. »Du erinnerst dich doch noch an Geoffrey London, oder?«

»Wie könnte ich den vergessen? Wegen dem bin ich ja zu dieser merkwürdigen Spezialeinheit gekommen.«

Das war neun Jahre zuvor gewesen. Damals war er erst seit einem Jahr beim FBI und arbeitete in der New Yorker Dienststelle, wo er sich auf Wirtschaftskriminalität spezialisierte. Die Art Squad in Washington hatte Unterstützung von einem Agenten angefordert, der sich in der New Yorker Kunstszene auskannte. Ted kam dafür am ehesten in Frage, denn er wusste ziemlich gut über Kunst Bescheid. Sein Vater hatte 1962 auf der Newbury Street in Boston den Kunst- und Antiquitätenhandel Ellesworth eröffnet und diesen bis 2004 geführt. Ted hatte dort drei Jahre lang während seines Studiums gearbeitet. Damit war er mehr als qualifiziert für die Art Squad und wurde sofort für eine kurzzeitige verdeckte Ermittlung herangezogen. Er spielte in der London-Affäre keine besonders wichtige Rolle, war aber fasziniert von der Welt, die sich ihm da auftat. Als er zwei Jahre später von einer freien Stelle bei der Art

Squad erfuhr, bewarb er sich darum. Und seitdem war er dabei. Er war mit seinem Beruf verheiratet, klagte seine Mutter manchmal, da ihr gut aussehender Sohn anscheinend keine feste Partnerin fand (und auch nicht wirklich suchte).

»Also … wusstest du, dass er schon seit einiger Zeit wieder auf freiem Fuß ist?«

»Nein.«

»Und dass er eine Tochter hat?«

»Auch nicht.«

»Und dass die Tochter in Europa bei einigen der Besten ›Restaurierung‹ studiert hat?«

»Ach, du meinst, sie tritt in die Fußstapfen ihres Vaters? Dass sie sich auf eine Verbrecherlaufbahn vorbereitet hat?«

»Ja, das ist mir durch den Kopf gegangen«, sagte Jamie. »Und wusstest du, dass besagte Tochter auf dem Weg nach Santa Fe ist? Und noch dazu in einem Privatflugzeug?«

»Jamie«, antwortete er geduldig, »wenn ich nicht wusste, dass er eine Tochter hat, woher soll ich denn dann wissen, wohin sie gerade unterwegs ist?«

»Sei doch nicht so. Ich versuche doch nur, ein bisschen Pep in dein Leben zu bringen und die Spannung zu steigern.«

»Das ist dir gelungen. Ich bin total verspannt.«

»Großartig. Möchtest du auch erfahren, warum sie gerade in diesem Augenblick nach Santa Fe düst?«

»Ja, schon, aber könntest du auch ein bisschen auf die Tube drücken? Ich muss nämlich wieder zurück.«

»Ach so, na gut. Und zwar düst sie deshalb gerade in diesem Augenblick nach Santa Fe, weil sie jetzt als ›Kunstberaterin‹ arbeitet – frag mich nicht, was das ist – und in Santa Fe die ›Echtheit‹ eines Bildes, das angeblich von Georgia O'Keeffe stammt, bestätigen soll, das anscheinend ganz plötzlich aus dem Nichts aufgetaucht ist. Keine Angaben zur Provenienz, keine Verkaufsunterlagen, keine …«

»Das ist ja alles ganz interessant, aber ich glaube nicht …«

»Noch interessanter ist, welche Galerie dahintersteckt. Dreimal darfst du raten.«

»Aha. Blue Coyote?«

»Volltreffer.«

»Jetzt bin ich aber doch interessiert«, sagte er. »Wer hat sie denn engagiert? Liz Coane selbst oder der potenzielle Käufer?«

»Das weiß ich nicht. Es gibt einen potenziellen Käufer, aber ich weiß nicht, wer das ist.«

»Wie? Das *weißt* du nicht? Ich bin schockiert, Jamie.«

»Was soll ich sagen? Ich bin eben auch nicht perfekt – noch nicht. Keine Sorge, das finde ich schon raus, aber ich würde erst mal davon ausgehen, dass sie für den Käufer arbeitet. Warum sollte Ms Coane für teures Geld jemanden aus Seattle holen, noch dazu in einem Privatflugzeug? In Santa Fe wimmelt es wahrscheinlich von Kunstsachverständigen.«

»Ja, aber wimmelt es auch von *unehrlichen* Kunstsachverständigen?«, fragte Ted nachdenklich. »Vielleicht hat Liz im Vorfeld irgendetwas mit ihr abgesprochen. Es ist doch schon seltsam: Mal ganz abgesehen davon, was es kostet, jemanden aus Seattle einzufliegen, warum sollte jemand, der noch alle beisammen hat – Käufer oder Händler –, sich solche Mühe machen, um ausgerechnet Geoffrey Londons Tochter zu engagieren? Da ist doch was faul. Meinst du nicht?«

»Tja, ich weiß auch nicht. Das ist zu hoch für mich.«

»Wie heißt seine Tochter denn, Jamie? Ich nehme an, sie hat ihren Nachnamen geändert.«

»Nein, sie heißt Alix London.«

»Alix London«, wiederholte Ted. »Ich schreibe es mir auf. Und sieh zu, was du sonst noch rauskriegen kannst.«

KAPITEL 4

Der Tag hätte gar nicht besser anfangen können. Chris hatte Alix mit Chauffeur abgeholt und sie waren zusammen zum Flughafen gefahren, wo Chris' schimmernder, weißer Privatjet – nun ja, ein Gulfstream G200, der ihr zu einem Sechzehntel gehörte – auf sie wartete. Aus irgendeinem Grund waren beide gut aufgelegt und in Plauderstimmung und so scherzten und lachten sie während der ganzen Fahrt. Als Alix das Flugzeug von innen sah, murmelt sie nur: »Wow.« Auf Hochglanz poliertes Mahagoni und weiches, schwarzes Leder. Als sie saßen, schlug die Stimmung aber plötzlich um. Der Pilot, Craig Soundso, kam aus dem Cockpit, um sich vorzustellen und sie zu begrüßen. Alix mochte ihn auf Anhieb. Er war groß, adrett, mit sandfarbenem Haar, einem akkurat gestutzten Schnäuzer und sanften braunen Augen. Er schien überrascht zu sein, Chris zu sehen. Er riss die Augen auf, aber strahlte sie dann sofort an. Chris' Reaktion hätte unterschiedlicher nicht sein können. Als sie ihn sah, versteinerte ihr Gesicht.

»Oh nein«, sagte sie leise, eher zu sich selbst, aber Craig hatte sie ganz offensichtlich gehört und bemerkt, wie sie sich versteifte. Sein anfänglich schüchternes, aber freundliches Lächeln erstarrte und mit monotoner Stimme rasselte er, während er fast die ganze Zeit an die Decke starrte, Standardinformationen über Notausgänge, Schwimmwesten, Sicherheitsgurte, Toilette, Getränke und Snacks herunter.

»Was war das denn um Himmels willen?«, fragte Alix, als er ins Cockpit zurückging. »Ist er kein guter Pilot?«

»Das ist ein Blödmann«, murrte Chris. »Ein Idiot, ein Trottel, ein totaler Hohlkopf.«

»Ach so, das ist ja beruhigend«, sagte Alix. »Und ich hatte schon Angst bekommen, mit ihm zu fliegen.«

Aber der bis dahin so freundlichen, geschwätzigen Chris war die Lust auf Scherze vergangen. Sie machte schnell klar, dass sie über das Thema nicht weiter reden wollte, und war während des ganzen Flugs so gesprächig wie ein Fisch.

Und so wurde der Flug, auf den Alix sich eigentlich gefreut hatte – drei behagliche, müßige Stunden, um Chris besser kennenzulernen –, eine herbe Enttäuschung, langweilig und angespannt. Endlos. Als die Maschine endlich auf der Landebahn des kleinen Flughafens von Santa Fe aufsetzte, seufzte sie erleichtert, aber auch da wurde es nicht besser.

Im Terminal wartete Liz Coane auf sie, mit rotem Kopf und entgleisten Gesichtszügen (War sie etwa angetrunken? Es war nicht mal zwei Uhr), und verkündete überschwänglich, sie habe den von Chris georderten Wagen mit Chauffeur abbestellt und würde sie persönlich zum Hotel fahren. Als Liz den Piloten erblickte, kreischte sie vor Überraschung, warf ihre Arme um seine Schultern und gab ihm einen feuchten Kuss (mit Zunge). Der völlig perplexe Craig reagierte, als hätte ihm ein Warzenschwein die Zunge in den Hals geschoben. Unwillkürlich verzog er das Gesicht und schreckte zurück. Alix hatte den Eindruck, dass er sich am liebsten den Mund mit dem Handrücken abgewischt hätte.

Aber Liz bemerkte davon nichts. »Du brauchst doch auch eine Mitfahrgelegenheit in die Stadt, Craig.« Sie ließ ihren Blick liebevoll zwischen Chris und Craig hin- und herschweifen und grinste vergnügt. Ja, sie hatte ganz sicher schon einen oder zwei intus, dachte Alix. »Stellt euch vor, wir drei wieder zusammen. Hier in Santa Fe. Das wird toll, so wie in den guten, alten Zeiten.«

»Was für gute, alte Zeiten?«, fragte Craig frostig. »Und falls du mich mitnehmen wolltest, danke, aber ich muss mich um die Maschine und die Papiere kümmern.« Er drehte sich um und ging in Richtung Terminal.

Chris war ein wenig höflicher, aber nur ein wenig. »Es war wirklich nicht nötig, uns abzuholen. Der Mietwagen hätte vollkommen gereicht.«

»Mann, liebt mich denn keiner mehr?«, fragte Liz. »Ich dachte, ich würde euch einen Gefallen tun.«

»Na ja, wir wissen das natürlich zu schätzen, Liz«, sagte Chris ein wenig freundlicher. »Es war gut gemeint.« Sie seufzte. »Also gut, danke. Wo hast du geparkt?«

Alix hätte beinah etwas gesagt. Der Gedanke, dass die nicht ganz nüchterne Liz sie chauffieren würde, beunruhigte sie, aber so wie die Stimmung war, sagte sie lieber nichts. Außerdem hatte Liz die Strecke von der Stadt zum Flughafen überlebt, deshalb standen die Chancen gut, dass sie es auch wieder zurückschaffen würde.

Liz reagierte mit einiger Verzögerung auf die frostige Begrüßung und als sie ihr Auto erreichten, war sie offenbar zu dem Schluss gekommen, dass ihre Gefühle verletzt worden seien. Deshalb war die Fahrt, glücklicherweise nur zwanzig Minuten lang, genauso schrecklich wie der Flug: Liz konzentrierte sich mürrisch auf das Fahren, während Chris aus dem Fenster starrte.

Alix saß einfach ganz still auf der Rückbank und versuchte, sich so gut wie möglich gegen die vergiftete Stimmung abzuschirmen, die die anscheinend unangenehme Erinnerung an alte Zeiten erzeugt hatte. Was auch zwischen Chris, Craig und Liz vorgefallen sein mochte, sie würde sich nicht in irgendetwas reinziehen lassen. Sie war da, um ihre Arbeit zu machen, für die sie sehr gut bezahlt wurde, und genau das würde sie auch tun und nicht mehr. Wenn aus diesem Job eine neue Freundschaft hervorging, denn danach hatte es bis zu diesem Morgen ausgesehen, dann wäre das wunderbar. Und wenn nicht, wäre das auch in

Ordnung. Sie hatte genug mit den Geistern ihrer eigenen Vergangenheit zu tun, um sich freiwillig mit denen anderer Leute auseinanderzusetzen.

Erst gegen Ende der Fahrt taute die Stimmung leicht auf. Liz sagte in halbwegs versöhnlichem Ton, sie würde sich freuen, wenn sie beide abends zu einer sehr interessanten Vernissage in ihre Galerie kämen. Die Ausstellung sei der amerikanische Einstand des jungen polnischen Genies Gregor Gorzynski, das frischen Wind in die Kunstszene bringen würde. »Mein Schützling.«

»Klar, das wäre nett«, sagte Chris in fast herzlichem Ton.

»Alix?«, fragte Liz.

»Natürlich, ich freu mich drauf. Können wir dann auch einen Blick auf das O'Keeffe-Gemälde werfen oder haben Sie das nicht in der Galerie?«

»Doch, es befindet sich gerade in der Galerie. Ich habe es heute Morgen für euch aus dem Tresorraum geholt. Kommt doch einfach vor dem Empfang vorbei. Sagen wir halb fünf? Dann werde ich's bei mir im Büro haben und ihr könnt euch dran ergötzen. Ihr bekommt auch Champagner. Den guten, nicht das billige Zeug für die Eröffnung.« Sie lächelte Chris an. »Wir können auf alte Zeiten anstoßen.«

Da wurde die Stimmung wieder frostig. »Liz, wir gehen uns jetzt besser anmelden.«

Liz zuckte mit den Schultern und grinste. »Bis später, Mädels.«

»Ich hoffe nur, sie fährt auf dem Rückweg niemanden tot«, sagte Chris auf dem Weg zur Rezeption. »Sie hatte schon ganz schön Schlagseite.«

»Den Eindruck hatte ich auch. Hat sie früher auch schon getrunken?«

»Wenn, dann hat sie's gut verheimlicht«, sagte Chris – und dann, ein wenig milder: »Sie scheint nicht sehr glücklich zu sein.«

✦✦✦

Die Hacienda Encantada bestand trotz ihrer zentralen Lage, nur wenige Blocks von der Plaza entfernt, aus einer gut drei Hektar großen, üppig bepflanzten Anlage, die Unterkunft sowohl im Hauptgebäude – einem zweigeschossigen, von Hollywood inspirierten »Indianer-Pueblo« – als auch in einzelnen Bungalows, Casitas genannt, bot. Die Casitas lagen an Wegen verstreut, die sich über das Grundstück schlängelten. Alix' Stimmung hob sich. Das Hotel war wunderschön, ebenso wie die Stadt, obwohl sie noch nicht viel gesehen hatte. Nur die Wüstenluft war kälter als erwartet.

»Schön, dass Sie uns mal wieder besuchen, Ms LeMay«, sagte die junge Frau am Empfang lächelnd (»Caitlin« stand auf ihrem Messingnamensschild). »Sehen wir mal nach«, sagte sie, tippte auf der Tastatur herum und schaute auf den Bildschirm. »Wir haben Sie in der Desert Canyon Suite hier im Hauptgebäude untergebracht. Ms London, für Sie haben wir die Roadrunner Casita reserviert, eine der schönsten.«

»Habe ich nicht zwei Suiten nebeneinander gebucht?«, fragte Chris.

»Ähm … nein …«, sagte Caitlin skeptisch. »Hier steht …«

»Ach, das macht doch nichts«, sagte Alix. »Eine Casita ist doch ideal.« Mehr als ideal. Die Stimmung hatte sich immer noch nicht ganz geklärt und sie war nur allzu froh, sich ein wenig zurückziehen zu können.

»Nun gut«, sagte Chris. »Es ist vielleicht wirklich nicht so wichtig.« Sie schaute auf ihre Uhr. »Viertel nach zwei. Der Canyon Drive ist keine zehn Minuten von hier entfernt. Sollen wir uns um Viertel nach vier in der Lobby treffen? Wir können hinlaufen, wenn Sie Lust haben.«

»Na klar. Ich würde mir gern die Beine vertreten.« Aber andererseits waren zwei Stunden ganz allein, um die Gemüter zu kühlen, vielleicht für beide ein bisschen viel. »Aber wie wär's, wenn wir uns stattdessen um drei treffen? Das Georgia O'Keeffe Museum dürfte ganz in der Nähe sein …«

»Stimmt«, sagte Caitlin. »Nun, ein paar Blocks entfernt.«

»Großartig. Sollen wir uns dort mal umschauen, bevor wir uns Ihr Bild ansehen, Chris?«

»Ja, das hört sich gut an.«

Caitlin drückte auf die Klingel auf dem Empfangstresen und innerhalb von zwei Sekunden erschienen zwei Pagen. Der eine lud Chris' Taschen (sie hatte drei dabei) auf einen Kofferkuli, während der jüngere Alix' einsamen Koffer nach draußen trug und ihn hinten auf einem rosa Golfmobil mit Fransendach verstaute.

»Steigen Sie ein. Ich fahr Sie hin. Man verläuft sich leicht, wenn man noch nie hier war.«

Er war ein freundlicher, pummeliger Junge mit rosigen Wangen (»Tommy« stand auf seinem Namensschild), der eher auf einen Traktor irgendwo in Indiana gepasst hätte als auf ein aufgemotztes Golfmobil in Santa Fe. Es machte ihm eindeutig Spaß, mit dem Wagen herumzupreschen, aber als er merkte, dass sie zitterte, wurde er langsamer.

»Es liegt an der Höhe. Alle glauben, bei uns wäre es warm. Wie in Phoenix, wissen Sie? Aber hier ist es nicht warm. Wir sind mehr als zweitausend Meter über dem Meeresspiegel«, sagte er stolz. »Es kann hier noch viel kälter werden. Wo sind Sie her?«

»Ich?« Nicht leicht zu beantworten, dachte sie, und entschied sich einfach für: »Seattle.« Was ja auch irgendwie stimmte.

»Da regnet es oft«, bemerkte Tommy schlau.

»Stimmt«, sagte sie.

Vor der Casita sprang er vom Wagen. »Ich mache Feuer im Kamin, dann haben Sie es in null Komma nichts schön warm.«

Sie folgte ihm ins Zimmer, das ihr auf Anhieb gefiel: abgerundete Lehmwände, freigelegte Deckenbalken, rote Tonfliesen, ein gewölbter Propangas-Kamin in Lehmbauweise, Einrichtung im regionalen Stil … Plötzlich blieb sie mitten im Zimmer stehen und runzelte die Stirn. »Warten Sie mal. Können Sie das auch riechen?«

Er kniete vor dem Kamin und wollte gerade den Zündknopf umdrehen. Jetzt hielt er seine Stupsnase hoch, um zu schnuppern. »Wie ein totes Tier?«

»Eher nach faulen Eiern«, sagte sie. »Machen wir, dass wir hier rauskommen. Es riecht, als würde irgendwo Propangas austreten. Fahren wir zurück zum Empfang.«

»Nein«, sagte er. »Das kann's nicht sein.« Er hatte immer noch die Hand am Zündknopf. »Propangas riecht nicht. Das weiß ich, weil ...«

»Tommy, halt! Nicht anzünden!«, schrie sie. »Raus hier!«

Er blinzelte und nahm die Hand vom Zündknopf. »Ja, Ma'am. Ähm ... soll ich Ihren Koffer nicht reinholen?«

Zur Antwort packte sie ihn mit beiden Händen fest am Kragen und zog ihn hoch. »Raus hier! Schnell!«

Im Golfmobil auf dem Weg zurück zum Empfang beruhigte sie sich langsam und fragte sich, ob sie vielleicht überreagiert hatte. »Es ist wahrscheinlich gar nichts, Tommy. Aber Sie haben zwar recht, dass Propangas geruchlos ist, aber genau deshalb wird ein Geruchsstoff zugesetzt, damit man merkt, wenn irgendwo Gas austritt. Als ich in Italien gelebt habe, da gab es diese furchtbaren kleinen Propangasflaschen, die dort *bombole* heißen. Sehr passend, denn wenn man nicht aufpasst ...«

Plötzlich spürte sie einen heißen Luftstoß im Nacken. und bevor sie begriff, was los war, hörte sie einen Riesenknall, eine gewaltige Detonation – oder eher eine schnelle Abfolge von Detonationen wie bei an einer Schnur aufgereihten chinesischen Knallkörpern, nur dumpfer und viel heftiger.

Erschrocken trat Tommy auf die Bremse und blitzschnell drehten sie sich um. Sie konnten gerade noch sehen, wie Trümmer und Bruchstücke von Deckenbalken herunterregneten. Die Casita war nur noch ein einziges Flammenmeer, das Ruß und feurige Geysire ausspie. Die Fenster waren rausgerissen, die Tür stürzte zehn Meter entfernt ins Gras und vom Dach war nichts mehr zu sehen.

»Heiliges Kanonenrohr«, sagte Tommy, ganz blass um die Nase. »Wenn Sie nicht ... hätten wir ... wären wir ...«

»Wir wären umgekommen«, sagte sie grimmig. »Tot.«

Er nickte nur stumm und starrte auf die Ruine, aus der zischende Flammen und Rauch aufstiegen. »Absolut mausetot«, sagte er staunend.

✦✦✦

Cognac am Nachmittag war für Alix keine Alltäglichkeit, aber nur knapp dem Tod zu entrinnen auch nicht. Mit Hochgenuss nahm sie noch einen großen Schluck und wohlige Wärme rann ihre Kehle hinunter.

»Wie schön, noch am Leben zu sein«, sagte sie.

Chris, die sich einen Gin Tonic gönnte, nickte zustimmend. »Sehen Sie, ich habe doch gesagt, Sie brauchen einen Drink. Und ich kann auch einen vertragen.« Sie schüttelte den Kopf und sagte leise: »Was für ein Tag! Und er ist noch nicht mal vorbei.«

Alix lächelte und nahm noch einen Schluck. »Danke, aber mir reicht die Aufregung für heute. Hoffentlich wird der Abend schön langweilig.«

Der Tumult nach der Explosion war riesig, aber beruhigend gewesen. Sirenen, Feuerwehrmänner, tüchtige, fürsorgliche Hotelmitarbeiter … Einer hatte sogar ihr Zittern bemerkt und ihr eine riesige mexikanische Decke gebracht, groß genug, um sie dreimal um ihre Schultern zu wickeln. Das alles wirkte sich beruhigend auf ihre Nerven und ihren Puls aus. Außerdem kümmerte sich Chris fast wie eine Mutter um sie und Alix ließ sich gern verhätscheln. Nach so vielen Jahren der Einsamkeit – natürlich selbst verschuldet – fand sie es erstaunlich angenehm, sich so umsorgen zu lassen.

Sie war in ein Zimmer im Hauptgebäude verlegt worden (»Selbstverständlich übernachten Sie kostenlos, Madam«), man hatte ihr Gepäck hochgetragen und sie hatten Getränke aufs Haus bekommen. Dann hatte Chris sie einfach reden lassen. Und nun saßen sie in harmonischer Stille in der menschenleeren Cottonwood Bar, die zur Hacienda gehörte. In bequeme Sessel direkt am Kamin gekuschelt – Gott sei Dank echtes, knackendes und knisterndes Holzfeuer und kein Propangas –, nippten sie an ihren Drinks und erfreuten sich daran, dass die Welt wieder ihren gewohnten Lauf nahm.

»Alix …«, sagte Chris. Zum ersten Mal bemerkte Alix so etwas wie Zögern oder Unsicherheit in ihrer Stimme. »… Ich muss mich bei Ihnen entschuldigen. Ich war auf dem Flug hierher so übel gelaunt, aber das hatte wirklich nichts mit Ihnen zu tun.«

»Das habe ich auch nicht angenommen, Chris.«

»Es war nur, weil …« Sie drehte ihr Glas zwischen ihren Fingern und starrte es an. »Es war nur, weil … ach, verdammt, nur weil …«

Auch Alix zögerte. Nur eine knappe Stunde zuvor hatte sie sich selbst ermahnt, sich bloß aus den Problemen anderer Leute rauszuhalten, aber jetzt war alles anders. Sie war nur knapp dem Tod entronnen und sie betrachtete Chris immer mehr als Freundin, als echte Freundin …

Sie atmete ganz tief durch und fasste sich ein Herz. »Weil Sie und Craig, der Pilot, mal was miteinander hatten«, sagte sie. »Und Liz war irgendwie auch in die Sache verwickelt. Oder Craig und Liz hatten was miteinander und Sie waren darin verwickelt. Eine Dreiecksgeschichte jedenfalls. Etwas in der Art?«

Chris brach in Gelächter aus. »War das so offensichtlich?«

Alix lächelte. »Ich fürchte, ja. Also wie rum war's denn jetzt?« Sie nahm noch einen Schluck Cognac. »Oder wollen Sie nicht drüber reden?«

»Doch, doch«, sagte Chris. Sie leerte ihr Glas und hielt es dem Barmann zum Nachfüllen hin. »Nicht so viel Gin diesmal«, rief sie. »Und könnten wir ein paar Chips oder so was haben?«

Chris lehnte sich in ihrem Sessel zurück und sah Alix an. »Mit Ihrer ersten Vermutung lagen Sie richtig. Craig und ich waren mal zusammen, aber es war schon irgendwie seltsam. Ich war nämlich eine Zeit lang seine Vorgesetzte.«

»Das muss aber schwierig gewesen sein.« Als der Barmann sie fragend ansah, winkte sie ab.

»Ja, aber ganz so problematisch war's auch nicht. Ich war nur zwei Monate lang seine Vorgesetzte. Das Projektmanagement bei Sytex war so organisiert, dass Zuständigkeitsbereiche ständig wechselten. Außerdem war die Atmosphäre ziemlich entspannt und persönliche Beziehungen zwischen Angestellten interessierten niemanden sonderlich – eigentlich gar nicht –, selbst zwischen Vorgesetzten und ihren Mitarbeitern. Hauptsache, im Büro gab man sich professionell. Da wir alle wie verrückt arbeiteten, sieben Tage die Woche, machte es auch irgendwie Sinn. Wer hatte schon Zeit für einen Partner außerhalb der Firma? Ach, ich war damals übrigens auch Liz' Vorgesetzte.«

»Langsam wird die Sache interessant«, bemerkte Alix.

»So sehr auch nicht. Danke«, sagte sie, als der Barmann einen Gin Tonic und einen unterteilten Teller mit Kartoffelchips und Nüssen auf das Beistelltischchen zwischen sie stellte. Chris nahm eine Handvoll Nüsse und einen Schluck von ihrem Drink, und während sie vor sich hin kaute, beobachtete sie Alix über ihre Brille hinweg. »Sie haben doch in Europa studiert, nicht wahr, während des Hightech-Booms?«

Alix nickte. »Ja. Natürlich habe ich damals von den neuen Technologieunternehmen gehört, von Erstemissionen und Aktienoptionen – die Italiener haben da im großen Stil mitgemischt –, aber es ging alles zum einen Ohr rein und zum andern wieder raus. Ich weiß immer noch nicht, was eine Erstemission ist. Es hatte nichts mit meinem Leben zu tun. Aber mitten im Geschehen zu sein, war sicher aufregend.«

»Ja, es war wirklich unglaublich. Sytex war damals nur eins von vielen Start-up-Unternehmen, aber wir alle hatten das Gefühl, an einer Riesensache beteiligt zu sein. Deshalb war es so wahnsinnig aufregend. Die Atmosphäre war unbeschreiblich. Alles war möglich. Jedenfalls, Craig und ich, wir waren nicht verlobt oder so – wir waren alle viel zu beschäftigt, um übers Heiraten nachzudenken –, aber allen war klar, dass wir zusammen waren, oder zumindest glaubte ich das bis zu einem ganz bestimmten Samstag. Craig, Liz und ich bereiteten übers Wochenende zusammen mit ein paar anderen Mitarbeitern eine wichtige Präsentation vor. Um fünf verabschiedete ich mich, aber auf dem Heimweg fiel mir ein, dass Liz einige Unterlagen hatte, die ich vor der Besprechung am Montagmorgen noch mal durchsehen wollte. Ich gehe also in ihr Büro und …«

Bei der Erinnerung zog sie die Mundwinkel herunter. »Und die beiden … oh verdammt … die beiden treiben's auf dem Teppich direkt vor mir, auf dem Boden … wie brünstige Tiere.«

»Oh nein!«

»Oh doch«, murmelte Chris.

»Und was haben Sie dann gemacht?«

Sie lachte freudlos. »Was schon? Ich habe auf dem Absatz kehrtgemacht. Ich war total entsetzt.«

»Natürlich. Ich meinte …«

»Ich weiß, was Sie meinten«, sagte sie leise und tonlos.

»Chris, Sie müssen nicht darüber reden, wenn Sie nicht wollen. Tut mir leid, wenn ich …«

Aber Chris fuhr verbissen fort: »Natürlich war ich auf beide stinksauer, aber Liz kam noch am gleichen Tag zu mir, total zerknirscht: Sie hätte es ja nicht geplant; es sei das erste Mal gewesen, aber Craig hätte ihr seit Wochen Zeichen gegeben – eine ›versehentliche‹ Berührung hier, ein zu langer Händedruck dort, lange, unmissverständliche Blicke – und in einem schwachen Augenblick, – er war schließlich ein attraktiver Mann – da hätten ihre Hormone die Oberhand gewonnen und sie habe einfach nachgegeben.« Chris zuckte mit den Schultern. »Sie war in Tränen aufgelöst. Sie fühlte sich schrecklich, sagte sie. Sie hätte mir so etwas nie angetan, wenn sie bei Sinnen gewesen wäre und Craig nicht so hartnäckig … und so weiter, und so weiter. Sie flehte mich an, ihr zu verzeihen.«

»Und?«

»Und ich habe ihr verziehen.« Wieder zuckte sie lethargisch mit den Schultern. »Wir sind alte Freundinnen – ich kenne sie schon viel länger als Craig – und wir hatten so viel zusammen erlebt. Craig … Craig, das war eine ganz andere Geschichte.«

Er hatte gesagt, es tue ihm leid, und er hatte es wohl auch ernst gemeint. Aber das war alles. Er hatte sich nicht gerechtfertigt, Liz' Anschuldigungen nicht abgestritten, keine Erklärung abgegeben, nur dass es ein großer Fehler gewesen sei und es nicht wieder vorkommen sollte. Er hatte gesagt, wenn Chris ihn nicht um sich haben wollte, würde er bei Sytex kündigen und sich was anderes suchen. Sie bräuchte es nur zu sagen.

»Also habe ich es gesagt«, sagte Chris leise. »Ich war so verletzt. Ich konnte einfach nicht glauben, dass er mich so enttäuscht hatte.

Ich wollte ihn nie wiedersehen. Es spielte wohl noch etwas anderes mit. Ich wollte, dass er dafür bezahlt. Ich war wirklich stinkwütend.« Sie lächelte. »Mann, und wie er dafür bezahlt hat! Acht Monate nach seiner Kündigung ging die Firma an die Börse, Liz und ich haben ein Vermögen gemacht und Craig war nur einer von vielen arbeitslosen Informatikern. Und als ein paar Monate später die Dotcom-Blase platzte, war er einer von vielen Informatikern ohne Hoffnung auf einen neuen Job.«

Vor Alix' geistigem Auge huschte Craigs offenes, sympathisches Gesicht vorbei. Kaum vorzustellen, dass er sich mit der albernen, ungepflegten Frau auf dem Boden rumgewälzt hatte. Natürlich war Liz damals nicht so ungepflegt gewesen. Aber trotzdem …

»Autsch«, sagte sie nur.

»Allerdings! Liz und ich haben Millionen gemacht. Craig hat für all seine Mühe keinen Cent gekriegt. Eigentlich habe ich deswegen ein schlechtes Gewissen.«

»Na ja, er nagt ja nicht gerade am Hungertuch. ShareJet-Piloten verdienen nicht schlecht.«

»Stimmt.« Dann kam wieder ein spürbares Zögern. »Er weiß nichts davon«, sagte sie mit gesenktem Blick, »aber ich habe ihm die Stelle besorgt.«

»Was wollen Sie damit sagen?« *Die Sache wird wirklich immer interessanter,* dachte Alix.

»Also ich hatte damals beruflich mit einem Manager von ShareJet zu tun. Ich wusste, dass Craig Amateurpilot war, aber zu wenig Flugerfahrung hatte, um allein Passagierflugzeuge zu fliegen. Deshalb habe ich meinen Geschäftsfreund überredet, ihn als Kopilot einzustellen, während er seinen Berufspilotenschein machte. Natürlich hatte Craig keine Ahnung, dass ich meine Finger im Spiel hatte. Wenn er sich bewährte, sollte er auch für Soloflüge eingesetzt werden. Er hat sich bewährt und wurde fest eingestellt. – Sie sehen verwirrt aus.«

»Ich bin auch ein wenig verwirrt. Wenn Sie ihn nie wiedersehen wollten, warum fliegen Sie dann mit ShareJet und nicht mit einem anderen Unternehmen?«

»Bei Sytex haben wir schon ShareJet benutzt und ich bin einfach dabei geblieben. Eigentlich gab es eine Abmachung, dass ich nie mit Craig fliegen würde. Ich weiß nicht, was da schiefgelaufen ist. Es ist noch nie passiert. Essen Sie gar keine Chips? Die schmecken gut – extra dick!«

Alix schüttelte den Kopf. »Ich habe noch immer ein bisschen Flattern im Bauch. Aber was Craig angeht: Sie wollen sagen, Sie haben ihn heute zum ersten Mal gesehen, seit … seit der Sache mit Liz?«

Sie nickte. »Sie können sich ja vorstellen, wie ich mich gefühlt habe, als er nach so langer Zeit plötzlich hereinspaziert kam. Den wollte ich nun wirklich nicht wiedersehen. Es hat mich total aus der Fassung gebracht. Ich habe einfach … Ach, Mist.« Sie blickte hinunter auf ihr Glas und verzog ihr Gesicht. »Was für eine verkorkste Situation.«

Mensch, du liebst ihn immer noch, dachte Alix.

»Ich habe heute den ganzen Tag immer wieder darüber nachgedacht«, sagte Chris müde. »Habe ich es damals versaut? Hätte ich Liz nicht glauben sollen? War ich zu hart? Habe ich mich zu voreilig von Craig getrennt?«

»Mag sein«, sagte Alix. »Wir haben alle unsere schwachen Momente. Und wir machen alle Fehler.«

Chris dachte darüber nach und schüttelte dann den Kopf: »Nein, das war mehr als ein Fehler. Die vielsagenden Blicke, die ›versehentlichen‹ Berührungen … das ging wochenlang.«

»Das sagt Liz.«

Chris sah sie neugierig an. »Was wollen Sie damit sagen?«

»Es ist eben nur Liz' Version. Sie haben es nur von ihr gehört, nicht von Craig. Vielleicht ist das nicht die ganze Wahrheit. Oder vielleicht war's auch umgekehrt und *sie* ist *ihm* nachgestiegen.«

»Was für einen Unterschied macht das schon, wer wem nachgestiegen ist?«

»Ja, sicher. Aber war das nicht der Grund, warum Sie weiter mit Liz befreundet sind, aber ihm den Laufpass gegeben haben?«

»Ich habe ihm nicht den Laufpass gegeben«, begann Chris und zuckte dann mit den Schultern. »Ja, okay, stimmt wohl«, sagte sie unsicher. Sie machte eine kurze Pause. »Ehrlich gesagt, ich hatte so meine Zweifel, was Liz angeht. Schon damals hatte sie so was … Aber es spielt keine Rolle mehr, Alix. Ich habe ihm eine Chance gegeben, sich zu rechtfertigen, es zu erklären und Liz die Schuld zu geben, wenn es denn so war … Tief in meinem Innern habe ich's gehofft, aber er tat es nicht. Warum nicht?«

»Sie haben recht, es ist reine Spekulation, aber könnte es nicht sein, dass er sich nur wie ein Gentleman verhalten wollte? Vielleicht wollte er Verantwortung für sein Verhalten übernehmen? Vielleicht meinte er, Liz die Schuld in die Schuhe zu schieben, wäre nicht sehr – ich weiß nicht – galant?«

Chris lachte ihr bellendes Seehundlachen. »Galant! Das Wort hört man heutzutage aber nicht mehr sehr häufig.« Dann wurde sie wieder ernst. »Aber wissen Sie«, sagte sie wehmütig, »er ist der Typ Mann, für den so etwas tatsächlich wichtig sein könnte.«

»Sehen Sie?«

»Sehe ich was? Und wieso ergreifen Sie Partei für ihn und nicht für Liz?«

»Ich ergreife doch gar nicht …«

»Doch, tun Sie.«

»Okay, stimmt vielleicht.«

»Also?«

»Weil …« Aber sie konnte schlecht sagen, dass sie Craig auf Anhieb gemocht hatte und Liz gegenüber vom ersten Moment an nur Misstrauen und Abneigung verspürte. »Weil ich gesehen habe, wie er Sie angeschaut hat, als er aus dem Cockpit kam.«

»Wie hat er mich denn angeschaut?«

»Er hat sich gefreut, Sie zu sehen. Er war vielleicht ein wenig nervös, etwas unsicher, aber er sah geradezu begeistert aus. Wenigstens eine Sekunde lang. Aber in dieser einen Sekunde konnte ich sehen, dass er nichts dagegen hätte, sich wieder mit Ihnen anzufreunden.«

Chris war ehrlich überrascht. »Machen Sie Witze? Er hat doch nur seinen auswendig gelernten Spruch runtergerasselt – hier ist der Ausgang, da ist die Toilette – und ist zurück ins Cockpit getrottet.«

»Stimmt, aber das war, nachdem Sie irgendwas gemurrt und total dichtgemacht hatten.«

Chris runzelte nachdenklich die Stirn. »Alix, war es wirklich so? Ich habe das ganz anders in Erinnerung.«

»Genau so ist es abgelaufen, Chris.«

»Oh Gott«, seufzte Chris und sackte in ihren Sessel zurück. »Ich kann nicht mehr richtig denken. Ich muss erst mal über die ganze Sache schlafen. Aber jetzt würde ich lieber einen Blick auf mein O'Keeffe-Bild werfen, als hier rumzusitzen und zu grübeln. Haben Sie immer noch Lust auf einen Spaziergang?«

Alix war aus ihrem Sessel aufgesprungen, noch bevor die Frage ausgesprochen war. »Und wie!«, sagte sie.

KAPITEL 5

»Roland de Beauvais, Kunstankauf, Boston«, las Liz laut von der Leinenstruktur-Visitenkarte mit Prägedruck ab, die Michael, einer ihrer beiden Assistenten, ihr auf den Schreibtisch gelegt hatte. Darunter stand eine Telefonnummer. Das war alles. Teurer Leinenkarton, schlichte, schwarze Schrift, kein Logo. Dezent, aber stilvoll. Sie legte die Karte wieder auf den Schreibtisch und konnte sich ein zufriedenes Lächeln nicht verkneifen. Der Fisch hatte ziemlich schnell angebissen. Sie hatte angenommen, er würde erst am nächsten Tag vorbeikommen.

»Ich habe ihm gesagt, dass du in einer knappen Stunde eine Ausstellungseröffnung hast«, berichtete Michael, »und vorher noch eine Verabredung, und er hat gesagt, wenn er ungelegen käme, würde er morgen wiederkommen.«

»Nein, nein, lass ihn nicht gehen. Hol ihn sofort rein«, sagte Liz und stellte ihr halb leeres Champagnerglas ab. Sie würde ihn nicht entwischen lassen, nur damit jemand anderes sich ihn an Land ziehen konnte. Außerdem war der Zeitpunkt ideal. Gerade erst hatte sie das O'Keeffe-Bild auf einer Staffelei aufgebaut. Das würde ihn sicher schwer beeindrucken. Sie schob die Staffelei aber ein wenig zur Seite, damit es nicht so aussah, als wollte sie ihn beeindrucken, sondern als stände das Bild nur ganz zufällig da. Als wäre so ein Bild in ihrer Galerie nichts Ungewöhnliches. Total normal.

Sie brachte ihren Schreibtisch in Ordnung, kippte den Rest ihres Champagners hinunter, stellte Glas und Flasche in den Kühlschrank, warf einen kurzen Blick in den Spiegel, bemühte sich vergebens, mit einem angefeuchteten Finger ein paar störrische Haarsträhnen zu ordnen, korrigierte mit demselben Finger die Konturen ihres verschmierten Lippenstifts, und gerade als sie sich wieder hinter den Schreibtisch setzte, ging die Bürotür auf und er kam herein.

Er trug wieder die Sonnenbrille, hatte sich aber umgezogen. Im Santacafé hatte er ein Kaschmirsakko, ein weißes Hemd und Jeans getragen – sportlich-leger. Jetzt, da es langsam Abend wurde, war er immer noch lässig-elegant, aber einen Hauch förmlicher: blauer Blazer, blasslila Hemd mit offenem Kragen und Umschlagmanschetten – unter den Jackenärmeln lugten goldene Manschettenknöpfe hervor – und graue Hose. Die braunen Gucci-Slipper hatte er gegen schwarze Guccis mit Troddeln ausgetauscht. *Das ist schon ein cooler Typ*, dachte sie, während sie sich quasi die Lippen leckte, *und vor allem ein ganz schön reicher Typ.*

»Ich werde Sie nicht lange aufhalten«, sagte er, allerdings mit dem typischen Akzent der Bostoner Oberschicht: affektiert, etepetete und strotzend von übermäßigem Selbstwertgefühl. Gott, er sprach wie Thurston Howell III, der Millionär aus *Gilligans Insel.* »Ich habe mich heute Nachmittag zufällig mit Ms Goudge unterhalten, die zufällig erwähnte, dass Sie mir eventuell behilflich sein könnten, ein paar Bilder aufzutreiben, an denen meine Kunden interessiert sind.« Dann ließ er kurz ein Lächeln aufblitzen, das alles Mögliche bedeuten konnte.

Dieser Typ war nicht nur cool und reich, dachte Liz, sondern genauso aalglatt wie er aussah. Wie er in seiner kurzen Rede zweimal das Wort »zufällig« untergebracht hatte – »ich habe mich *zufällig* mit Ms Goudge unterhalten, die *zufällig* erwähnte« – und das Wort beide Male fast unmerklich betont hatte: Das sollte sich einerseits ganz unverfänglich anhören, aber andererseits wollte er damit signalisieren, dass er von ihrer Vereinbarung mit Doris wusste, ihn in ihre Galerie zu lotsen, und dass es ihm überhaupt nichts ausmachte.

So was brachte nicht jeder fertig, dachte sie bewundernd. Hier stand ein betrügerischer Kunsthändler vor ihr und gab vor, hochanständig zu sein, aber gleichzeitig sendete er Signale aus, dass er genau wusste, was los war, und dass es ganz an ihr lag, wie die Sache lief. Nicht einfach, aber er hatte es gemeistert wie ein Profi, der er offenbar auch war. Sie spürte – und bei so etwas täuschte sie ihr Instinkt selten –, dass sie wunderbar miteinander auskommen würden, trotz seines nervigen Akzents.

»Wie wär's mit einem Glas Champagner, Mr de Beauvais?«, fragte sie. »Ich wollte gerade eine Flasche aufmachen. Vor einer Ausstellungseröffnung trinke ich gern schon ein Glas. Warum sollen schließlich nur die Gäste Spaß haben?«

»Ja, gern«, sagte Ted. »Aber sicher doch.« Wieder dieser Akzent …

»Hoffentlich mögen Sie Moët et Chandon.«

»Wenn Sie keinen Dom Perignon haben«, sagte er und beide fingen an zu lachen.

✦✦✦

Er schätzte, ihr Zustand war irgendwo zwischen angeschwipst und stockbetrunken. Deshalb war er schneller zur Sache gekommen. Sie hatten nur ein paar Minuten gebraucht, um sich gegenseitig einzuschätzen und die Spielregeln festzulegen. Ted hatte erklärt, er vertrete mehrere extrem wohlhabende Kunden aus dem Ausland, die alle ungenannt bleiben wollten. Sie seien an Künstlern der amerikanischen Moderne interessiert, insbesondere Marsden Hartley, Arthur Dove und Georgia O'Keeffe. Liz hatte dann erwähnt, dass sie vielleicht, aber nur vielleicht ein paar Bilder dieser Künstler auftun könnte, und zwar zu attraktiven Preisen. Allerdings könnte es ein paar Probleme – geringfügige, irrelevante Probleme – mit der Provenienz der Bilder geben, also was Unterlagen über ihre Entstehung und vorherige Besitzer anging, und außerdem mit den Echtheitsgarantien. Ob ihm das etwas ausmachen würde.

Aber keinesfalls, hatte Ted gesagt, er habe sowieso nie viel von Provenienz und Echtheitsgarantien gehalten. Die seien zu leicht zu fälschen, und überhaupt bräuchte jemand, der sich auskennt, keinen Papierkram, um zu bestimmen, ob ein Gemälde echt war. Da sollte man sich auf seine Erfahrung und Intuition verlassen können. Ob sie ihm da nicht zustimmen würde. Oh ja, sagte Liz ganz ernst, sie stimme ihm hundertprozentig zu. Sie sei ganz seiner Meinung.

»Also das O'Keeffe-Bild auf der Staffelei da«, sagte Ted. »Es ist wahrscheinlich aussichtslos, aber ist das noch zu haben?«

»O'Keeffe?«, fragte Liz mit hochgezogenen Augenbrauen. Sie drehte sich um. »Ach, das da. Das hatte ich ganz vergessen. Ist es nicht wunderbar, Mr de Beauvais?«

»Rollie.«

»Rollie. Aber das ist leider schon verkauft. Es ist erst vor Kurzem aufgetaucht, wissen Sie, deshalb gibt es, ähm, noch keine Unterlagen für das Bild.«

»Das ist ja interessant.«

»Ja, interessant.« Es entstand ein gar nicht peinliches Schweigen, während das Wort »interessant« mit all seinen Assoziationen im Raum hing. »Es ist eins von mehreren«, fuhr sie fort. »Es gehört zu einer Serie aus der Abiquiu-Periode, aber keins der Bilder wurde damals verkauft. Möglicherweise wurde die ganze Serie zusammen verschenkt. Was für ein Geschenk, was? Vielleicht fand sie sie nicht gut genug. Obwohl man sich das kaum vorstellen kann. Ist es nicht wunderschön?«

»Ja, sehr schön«, stimmte Ted ehrlich zu. »Also … diese anderen Bilder …sind die zufällig auch zu verkaufen?«

»Ja, ich könnte das arrangieren. Natürlich weihe ich nicht jeden in diese Sache ein. Nur meine Freunde …« Sie hob ihr mit Lippenstift verschmiertes Glas und lächelte. »… Und Leute, denen ich bedingungslos vertraue. Diskretion ist ein absolutes Muss. Ich brauche Ihnen ja nicht zu sagen, was mit den Preisen passiert, falls rauskommt, dass noch ein Dutzend Bilder von Georgia O'Keeffe entdeckt worden sind. Angebot und Nachfrage, Sie verstehen …«

»Natürlich verstehe ich das.« Er stieß mit ihr an. »Ihre Freunde und die Leute, denen Sie bedingungslos vertrauen … Hoffentlich zähle ich wenigstens zu einer dieser Kategorien, vielleicht noch nicht jetzt, aber bald.«

Sie trank ihren Champagner aus und schürzte die Lippen. »Wir werden ja sehen«, sagte sie leicht lallend und mit einem verstohlenen Kichern. Bald würde sie voll sein wie eine Strandhaubitze.

»Liz, können Sie mir ein paar ungefähre Zahlen nennen? Sagen wir mal, ich würde gern vier Bilder kaufen – oder vielleicht fünf. Wie viel würden Sie verlangen?«

Er konnte quasi sehen, wie die Dollarzeichen über ihre Augäpfel ratterten. Ihre Stimme war plötzlich belegt. »Na ja, das kommt drauf an.« Sie griff nach der Flasche und schenkte ihnen beiden Champagner nach. »Also gut«, sagte sie mit einem verschwörerischen Lächeln, »wie viel bieten Sie denn?«

KAPITEL 6

Die Canyon Road war vor Urzeiten mal ein Indianerweg gewesen, der die Pueblos des Rio Grande mit denen des Pecos verband. Später kamen nacheinander Spanien, Mexiko und die Konföderierten Staaten mit ihren Armeen. Dann, als Frieden einkehrte, verkam der Weg zu einem Eselspfad, der nur gelegentlich von der Landbevölkerung genutzt wurde, die in den mit Kiefern bestandenen Hügeln jagte und Holz sammelte. Im achtzehnten Jahrhundert entstanden unter den Pappeln die ersten bescheidenen Lehmziegelhäuser. Zweihundert Jahre später folgten weit weniger bescheidene Lehmziegelhäuser.

Nun krochen, wo einst Konquistadoren marschierten, dunkel schimmernde Mercedes und Porsches mit schnurrenden Motoren im Tempo der alten Eselkarren dahin. Wer schneller fuhr, riskierte, einen der Touristen zu überfahren, die, mit Kamera um den sonnenverbrannten Hals, die Straße, eine der Hauptattraktionen Santa Fes, entlangschlenderten und schwatzten und dabei immer wieder, ohne es zu merken, auf die Fahrbahn gerieten.

Mit ihren Dutzenden von Edelgalerien, etliche in renovierten, zweihundert Jahre alten Lehmbauten untergebracht, wo edle Kunstwerke zu entsprechenden Preisen angeboten wurden, war die

Canyon Road sicher die protzigste Galeriemeile Amerikas (obwohl die alte Garde diesen Rang noch immer der West 57th Street in Manhattan zusprach) und ohne Zweifel die hübscheste. Sicher, man konnte hier auch billigen Ramsch finden, aber wenn man so etwas suchte – mit Kojoten bedruckte T-Shirts, winzige Kakteen in Fingerhüten und erotische Kunst mit schwulen Cowboys (ja, die gab's wirklich) –, dann war man in den Läden auf der Palace Avenue oder dem Old Santa Fe Trail in der Innenstadt besser bedient.

An diesem freundlichen Oktobernachmittag war die Straße bereits für den berühmten Freitagabend-Kunstbummel gesperrt worden, und die Galerien mit neuen Ausstellungen hatten Schilder hinausgestellt, aber die Besuchermassen waren noch nicht eingetroffen. Ein paar Grüppchen von Frühankömmlingen schlenderten durch die Straße, darunter auch Alix London und Chris LeMay. Sie waren relativ zügig vom Hotel hergelaufen und hatten noch eine halbe Stunde bis zu ihrer Verabredung mit Liz, also machten sie bei ein paar Galerien halt und flanierten durch attraktive Innenhöfe mit üppigen, duftenden Pflanzenarrangements, Bronzeskulpturen und plätschernden maurischen Brunnen. Alles war sogar noch schöner, als Alix erwartet hatte.

Liz' Galerie war in einem der moderneren Gebäude untergebracht, aber die Architektur fügte sich harmonisch in die Umgebung mit ihren jahrhundertealten Lehmbauten ein. Beim Betreten des Hauptausstellungsraums fiel Alix sofort angenehm auf, wie professionell und schlicht die Exponate präsentiert wurden. Nur das Nebeneinander von Western-Bronzen, zeitgenössischer europäischer Malerei, japanischer Keramik, Navajo-Sandbildern und amerikanischen Trompe-l'œuil-Gemälden verursachte ihr ein unangenehmes Kribbeln. Niemand konnte sich wirklich mit dieser Bandbreite von Kunst auskennen und schon gar nicht Liz Coane. Außerdem wusste Alix, dass betrügerische Kunsthändler solche Sammelsurien manchmal zu ihrer Verteidigung anführten, wenn gegen sie ermittelt wurde. *Woher sollte ich denn wissen, dass es eine Fälschung war? Woher sollte ich wissen, dass es gestohlen wurde? Sie können doch unmöglich erwarten, dass ich mich mit all diesen Kunstsparten auskenne.*

Nein, Moment mal, das war nicht fair. Sie hatte Liz von Anfang an nicht gemocht und was Chris erzählte hatte, hatte diese Antipathie nur verstärkt. Deshalb war sie auch von vornherein misstrauisch gegenüber Liz, ihrer Galerie und dem O'Keeffe-Bild. Aber nun reichte es, ermahnte sie sich selbst. Sie musste doch wohl in der Lage sein, das Bild vollkommen unvoreingenommen zu beurteilen. Jedenfalls hatte sie das vor.

Sie sagten einem der Assistenten, dass sie mit Liz verabredet waren, und er führte sie zu einer Tür im hinteren Bereich der Galerie. Er klopfte zweimal und stieß die Tür auf. Alix stach sofort das Bild ins Auge, das auf einer Staffelei seitlich an der Wand stand – das für Chris bestimmte O'Keeffe-Gemälde. Liz saß an ihrem Schreibtisch und unterhielt sich mit einem dunkelhaarigen Mann, der mit dem Rücken zu ihnen saß. Auf dem Schreibtisch standen zwei halb leere Champagnergläser, eins davon mit Lippenstift verschmiert. *Mein Gott*, dachte Alix, *die Frau scheint nur von Alkohol zu leben.*

Liz, die sich bequem auf ihrem braunen Lederstuhl zurückgelehnt hatte, setzte sich abrupt auf und starrte die beiden an. »Was machen *Sie* denn hier?«

»Es ist halb fünf«, sagte Chris. »Wir wollten uns doch das Bild ansehen. Aber wie's aussieht, kommen wir ungelegen …«

»Ach was, ist es wirklich schon halb fünf?« Perplex und mit leicht getrübtem Blick sah sie auf ihre Uhr. »Mein Gott, tatsächlich! Ich muss … ich meine … Ach Gott, es tut mir leid …«

»Ich fürchte, das ist meine Schuld.« Höflich stand der Mann auf. Alix' spontane Reaktion war: *Kleiderständer*. Seine Kleidung war sportlich-elegant, aber mit Bedacht ausgewählt. Dieser Mensch zog sich nicht wahllos irgendwelche Klamotten über, er plante sein Outfit und brauchte wahrscheinlich eine Stunde, um sich zwischen goldenen und silbernen Manschettenknöpfen zu entscheiden. Auch seinen Haarschnitt hatte ihm nicht der Billigfrisör an der Ecke verpasst. Nein, vor ihr stand ein Mann, der viel Zeit auf sein Aussehen verwandte. Und eine Menge Geld. Zum zweiten Mal an diesem Tag traf Alix jemanden, den sie auf Anhieb unsympathisch fand, was eher untypisch für sie war. Vielleicht lag es nur an ihrer Stimmung. Wenn man gerade nur knapp einer Explosion entronnen war, sah man die Welt sicher eine Zeit lang mit anderen Augen.

»Ich bin einfach ohne Termin bei Ms Coane reingeplatzt«, war seine schmierige, offensichtlich nicht ernst gemeinte Entschuldigung. »Ich weiß, ich hätte einen Termin für morgen machen sollen, aber die Gelegenheit …«

Während er redete, war Liz auch aufgestanden. »Nein, es ist meine Schuld. Ich habe einfach die Zeit vergessen. Das ist Roland …«

»Rollie«, korrigierte er sie.

»… Rollie de Beauvais, ein renommierter Kunsthändler aus Boston. Er hat gehofft, ich könnte ihm helfen, ein paar Sachen für seine Kunden zu finden. Er war übrigens ziemlich an deinem O'Keeffe-Bild interessiert, Chris, aber zu seinem Pech …«

»*Ihr* O'Keeffe-Bild?«, sagte de Beauvais zu Chris mit sichtlich wachsendem Interesse. »Also Sie sind die Glückliche. Gratulation, es ist ein außergewöhnliches Bild.«

»Ja«, sagte Chris zwar ein wenig schüchtern, aber ungewollt klang auch etwas Selbstzufriedenheit mit durch. »Ich bin in der Stadt, um es mir genau anzusehen. Oh, Verzeihung, ich bin Chris LeMay.« Sie streckte ihre Hand aus. »Aus Seattle.«

»Ach, sieh mal an«, sagte de Beauvais mit einem, wie Alix fand, besonders öligen Lächeln, als er Chris die Hand schüttelte. Zu Alix' Verärgerung schmolz Chris regelrecht dahin.

✦✦✦

Aha, dachte der FBI-Agent, *also du bist die geheimnisvolle Käuferin. Dann ist deine Freundin hier wohl diese London.* Was für ein glücklicher Zufall. Die Sache wurde von Minute zu Minute interessanter.

Mit geschultem Blick schätzte er Alix in Sekundenschnelle ab und was er sah, gefiel ihm gar nicht. Na ja, in *dem* Sinn gefiel sie ihm schon. Sie war sicher ganz attraktiv: hellbraunes Haar mit rötlichen Strähnchen, schön geschnitten, sodass es ihr hübsches Gesicht einrahmte; schlanke, sportliche Figur, schlichte, elegante Kleidung, einfacher Schmuck … Aber er mochte *sie* einfach nicht. Nicht dass sie ihm wie eine Betrügerin vorkam, was er eigentlich erwartet hatte, sondern ganz im Gegenteil. Sie sah aus wie das Mädchen von nebenan – wenn nebenan eine Zweieinhalbtausend-Quadratmeter-Villa am Strand von East Hampton bedeutete. Arrogant, herablassend, verwöhnt, eingebildet … All diese Eigenschaften standen ihr regelrecht in ihr makelloses Gesicht geschrieben. Alles an ihr – ihre Haltung, ihr Aussehen, ihre spürbare Selbstgefälligkeit – wies auf eine privilegierte Kindheit hin, die sie den Betrügereien ihres Vaters zu verdanken hatte.

Falls hier eine Gaunerei vor sich ging und sie darin verwickelt war, würde er sie mit dem größten Vergnügen hochgehen lassen. Er schlüpfte wieder in seine Rolle, lächelte sie an und ließ seinen ganzen geschliffenen Charme spielen (der aber zumindest auf Alix abstoßend wirkte). »Und Sie? Verraten Sie mir auch, wer Sie sind?«

»Alix London«, sagte sie brüsk und sah ihn kaum an. Sie wandte ihren Blick dem O'Keeffe-Bild zu.

Ted war zwar ein Profi, aber er war auch ein Mann, und sein männlicher Stolz hatte gerade einen Schlag erlitten. Er mochte es gar nicht, wenn man ihm die kalte Schulter zeigte, und war es auch nicht gewohnt, weder als Ted noch als Rollie. Aber ob als Mann oder als Profi, so schnell gab er sich nicht geschlagen.

»Ich habe mir gedacht …«, wandte er sich an Chris.

In dem Moment erschien ein gestresst wirkender junger Mann in der Tür. »Liz, Gregor ist da und er ist ziemlich unzufrieden.«

Liz atmete hörbar aus, mit deutlicher Fahne. »Was ist denn jetzt schon wieder, verdammt?«

»Ihm gefällt die Beleuchtung nicht. Zu sanft, sagt er. Er will schärfere Schatten.«

»Nun, daran ist jetzt nichts mehr zu ändern. Er hätte früher was sagen sollen.«

»Und er sagt, *Wet Dream Number 3* hängt falsch herum.«

Liz verdrehte die Augen. »Ja, klar. Als wenn das irgendjemand merken würde. Okay, okay, ich kümmere mich um ihn. Tut mir leid, Chris, es passt jetzt wirklich nicht. Meine Schuld. Vielleicht nach der Vernissage? Gegen acht? In der Zwischenzeit könntet ihr euch die Ausstellung ansehen, am Kunstbummel teilnehmen und vielleicht was essen oder so.«

»In Ordnung«, sagte Chris. »Hat mich sehr gefreut, Sie kennenzulernen, Mr de Beauvais. Hoffentlich finden Sie, was Sie suchen.«

»Danke. Äh … ich habe mir gedacht … falls Sie beide Zeit und Lust haben, könnten wir zusammen etwas trinken und vielleicht einen Happen essen. Ich würde mich sehr freuen.«

»Nun, das wäre …«, begann Chris.

»Wir haben zu tun«, sagte Alix barsch. »Bis später, Liz.« Und schon ging sie davon, ohne Ted eines Blickes zu würdigen, und Chris blieb nichts anderes übrig, als ihr zu folgen.

KAPITEL 7

»Was um Himmels willen sollte das denn?«, fragte Chris perplex, als sie Alix im Flur auf dem Weg zum Ausstellungsraum einholte. »Was hat der arme Kerl Ihnen denn getan?«

»Ach, er hat mir gar nichts getan«, knurrte Alix. »Er ist nur ... Ich kann ihn nur ... Ich weiß auch nicht. Ich kann ihn nicht ausstehen. Argh!«

»Aber warum denn nicht? Ich fand ihn cool.«

»Das konnte man sehen«, sagte Alix mit einem Lächeln und zuckte mit den Schultern. »Ich weiß auch nicht so genau, was mich an ihm gestört hat, Chris.« Sie waren am Eingang zur Ausstellung stehen geblieben und standen jetzt seitlich davon, um die langsam eintrudelnden Besucher vorbeizulassen. »Doch, ich weiß. Es war dieses schmierige Getue, so als müssten wir ihn alle anschmachten. Eingebildet, arrogant, verwöhnt, egozentrisch ...«

Chris sah sie nur an und lachte. »Das haben Sie alles in fünf Sekunden mitgekriegt? Der Typ hat doch kaum was gesagt.«

Alix grinste. »Das ist mein berühmter Kennerblick«, sagte sie und entspannte sich. »Chris, es tut mir leid, dass ich Sie einfach so übergangen habe. Aber um es auf den Punkt zu bringen: Er hat mich zu sehr an meinen Ex-Mann erinnert.«

Chris sah sie erstaunt an. »Sie waren schon mal verheiratet?«

»Ja, warum überrascht Sie das?«

»Ich weiß auch nicht … Ich dachte nur …. Also ich weiß nicht, Sie haben es nie erwähnt. Ich habe wohl angenommen …«

»Da haben Sie was Falsches angenommen. Ja, ich war wirklich schon mal verheiratet. Ganze zehn Tage lang war ich Mrs Paynton Whipple-Pruitt.«

Chris machte große Augen. »Meinen Sie etwa *die* Whipple-Pruitts?«

Alix nickte. »Aus Boston, Watch Hill und Palm Beach. Allesamt Kunstmäzene, Klatschspaltenfutter, Stilikonen und Trendsetter.«

»Wow, alle Achtung.« Chris zog Alix in einen Nebenraum voller Verpackungsmaterial. »Mrs Paynton Whipple-Pruitt«, wiederholte sie. »Das ist ja … Moment, habe ich richtig gehört? Zehn Tage?«

»Fast elf.«

»Ach, elf. Das ist natürlich was ganz anderes.«

Jetzt konnte Alix darüber lachen, aber damals war es alles andere als amüsant gewesen. Sie war zwei Monate mit Paynton verlobt gewesen, als ihr Vater so unerwartet und so spektakulär unterging und ihre Welt auf den Kopf stellte. Im Grunde hatte sie da schon ernsthafte Zweifel gehabt, was ihren Verlobten anging. Je länger sie ihn kannte, desto mehr wurde ihr klar, dass er ein echter Spross der Whipple-Pruitt-Dynastie war: eingebildet, versnobt und hochnäsig. Und großkotzig. Und nicht sehr helle. Aber dennoch, als er immer noch bereit war, sie trotz des unverhohlenen Verdrusses seiner Familie zu heiraten, hatte sie dankbar eingewilligt. Überaus dankbar, denn sie kam sich vor wie ein Passagier auf der Titanic und er bot ihr einen Platz in seinem privaten, äußerst komfortablen Rettungsboot an.

Natürlich hätte sie erkennen müssen, dass die Aussichten nicht allzu rosig waren, als seine Familie auf einem Ehevertrag bestand, demzufolge sie leer ausging, falls die Verbindung weniger als ein Jahr hielt. Aber sie stand wegen der Blamage durch ihren Vater noch unter Schock – und um ganz ehrlich zu sein, auch wegen ihrer Finanznöte –, also stürzte sie sich in die Ehe. Vier Tage nach der

Hochzeit drang die Wahrheit endlich zu ihr durch und sie begriff, dass sie einen katastrophalen Fehler begangen hatte.

Das Ganze beruhte anscheinend auf einem Missverständnis. Der arme Paynton hatte das Angebot, sie trotz allem zu heiraten, nur aus falsch verstandenem Pflichtgefühl gemacht. Er war eigentlich selbstverständlich davon ausgegangen, dass sie unter diesen Voraussetzungen das einzig Richtige tun und ablehnen würde. Als sie einwilligte, tat Paynton, nun seinerseits unter Schock, was ihm seine Mannesehre gebot: Er biss die Zähne zusammen und zog es durch. Als Alix das begriff, war die Ehe natürlich vorbei. Am fünften Tag ihres Lebens als Mann und Frau trennten sie sich ganz offiziell und am elften Tag reichten sie die Scheidung ein. Den Kollektivseufzer der Erleichterung, den Paynton und seine Familie ausstießen, konnte man bis nach West-Connecticut hören.

Aber sie wollte jetzt nicht mit Chris darüber reden. Vielleicht später einmal. »Und die elf Tage zogen sich ziemlich hin«, war alles, was sie sagte.

»Aha, verstehe. Und Rollie de Beauvais erinnert Sie an Ihren Verflossenen. Aber um ganz ehrlich zu sein«, sagte sie mit dem Anflug eines Lächelns, »mit einem Kerl, der aussieht wie dieser de Beauvais und so viel Geld hat wie die Whipple-Pruitts, könnte ich es viel länger aushalten als elf Tage.«

»Ja, schon, aber Paynton hatte diese Art, diese Gewohnheit zu …« Sie schüttelte den Kopf. »Es ist nicht leicht zu erklären. Es war nur …«

Chris hob sachte die Hand. »Tut mir leid, dass ich so verdammt neugierig bin, Alix. Hören Sie, wenn Sie irgendwann mal das Bedürfnis haben, drüber zu reden, haben Sie in mir eine geduldige Zuhörerin. Bis dahin reden wir nicht mehr drüber, okay?«

»Einverstanden«, sagte Alix dankbar. »Hören Sie, ich hätte vorhin nicht so überheblich sein dürfen. Ich hätte einfach sagen sollen, dass ich keine Lust habe, etwas mit ihm zu trinken. Ich hätte Sie nicht mit einbeziehen sollen. Wir könnten doch einfach zurückgehen. Falls er noch da ist, können Sie …«

»Nein, auf gar keinen Fall. Wenn ich recht darüber nachdenke, war er vielleicht ein bisschen *zu* cool. Oder zu schmierig. Oder zu irgendwas. Kommen Sie, sehen wir uns die Ausstellung an. Vielleicht finde ich ja noch was, was ich kaufen möchte. Es ist immer aufregend zu …« Sie unterbrach sich und blinzelte, als sie den Raum betraten. »Hups! Nein, eher nicht. Scheibenkleister!«

Allerdings Scheibenkleister, dachte Alix. Die Schöpfungen des »genialen jungen Gregor Gorzynski« gehörten zu dem, was ihr Vater verächtlich »europäischen Kunst-Trash« nannte: absurd, prätentiös und pseudointellektuell, meist Werke von Anarcho-Jünglingen, die mehr Interesse daran hatten, einen reichen Mäzen aufzutun – oder besser noch eine naive, nicht mehr ganz junge, aber zuwendungsbedürftige Mäzenin –, als sich wirklich ihrer »Kunst« zu widmen. Mitten im Raum stand Gorzynski selbst in abgewetzter Lederjacke und kunstvoll zerrissenen Jeans und ließ sich lebhaft, mit theatralischem Gehabe und starkem Akzent, über die subtilen Vorzüge seiner Werke aus: überdimensionale, ungerahmte und ungleichmäßige Leinwände mit ausgefransten Rändern, mit lang gezogenen, spiraligen Klebstoffklecksen, Bindfäden und, wie's schien, M&M's bedeckt. Hie und da standen Skulpturen (im weitesten Sinne): notdürftig zusammengenagelte Kanthölzer, mit Schnüren, Frühstücksflocken und zerfaserten Seilen dekoriert. Über die Schnüre waren, ganz daliesk, schlaff aussehende, aber gehärtete Stränge von durchsichtigen Reisnudeln drapiert.

»Ehrlich gesagt«, meinte Chris, »ich kann mir nicht vorstellen, mir so was jemals ins Haus zu holen, selbst wenn die Preise nicht so absurd hoch wären. Oder was sagt meine neue Kunstberaterin dazu?«

»Ihre neue Kunstberaterin ist ganz Ihrer Meinung.«, flüsterte Alix. »Ihre neue Kunstberaterin verrät Ihnen eine einfache Regel, die Sie immer beherzigen sollten: Hängen Sie sich nie was an die Wand, das biologisch abbaubar ist.«

»Wollen Sie etwa sagen, M&M's seien biologisch abbaubar?«, sagte Chris lachend. »Wer hätte das gedacht?«

Neben ihnen standen ein jüngerer Mann mit blondem Bart und eine Frau, die andächtig eine Komposition aus Bindfaden, Klebstoff und M&M's auf einer leuchtend blau bemalten Sperrholzplatte betrachteten. »Ich finde gut«, sagte die Frau, »dass er die kleinen M draufgelassen hat, als wollte er die Grenzen zwischen der Realität und der Idee der Realität, wie sie in der Kunst Ausdruck findet, verwischen.«

»Ja«, antwortete er nach kurzem Nachdenken. »Ist dir auch aufgefallen, wie er die blaue Fläche als das einzig verbindende Element einsetzt, das Rationalität und Ordnung schafft, sodass nicht nur formell-strukturelle Aspekte hervorgehoben werden, sondern auch die symbolische Bedeutung?«

Chris und Alix sahen sich an. »Glauben die diesen Quatsch wirklich«, flüsterte Chris aus dem Mundwinkel, »oder wollen die nur angeben?«

Alix lächelte. »Das erinnert mich an etwas, das mein Vater immer gesagt hat. Er meinte, es würde deshalb so viel unverständliches Zeugs über die sogenannte Kunst von heute geschrieben und gefaselt, weil man sie sonst nicht von Müll unterscheiden könnte.«

»Kluger Mann, Ihr Vater«, sagte Chris.

Alix wollte gerade antworten, da wurde sie von Liz' schriller Stimme unterbrochen, die praktisch in ihr rechtes Ohr schrie. »Cl-lyde! Kommen Sie rein, Cl-lyde. Schauen Sie sich um und trinken Sie ein Glas Champagner.«

»Keinen Champagner für mich, danke«, sagte der Angesprochene zimperlich. »Ich bin nur gekommen, um ein paar Kataloge mitzunehmen. Wie Sie mittlerweile wissen müssten, trinke ich keinen Alkohol.«

Der gereizt wirkende Mann mit Halbglatze war der erste Mensch im Anzug, den Alix in Santa Fe sah, und noch dazu mit Fliege, und zwar mit Zebramuster – eine fertig gebundene, die man mit einer Spange befestigt, aber immerhin eine Fliege.

»Ganz wie Sie wollen«, sagte Liz. »Clyde, das ist Chris LeMay, eine alte Freundin von mir. Sie will sich eine Kunstsammlung aufbauen und ist diejenige, die das O'Keeffe-Bild ersteht, mit dem Sie mir behilflich waren. Und das hier ist ihre Beraterin, Alix London. Ladys, darf ich euch meinen geschätzten Freund und Geschäftspartner Clyde Moody vorstellen? Clyde ist Bibliothekar im Twentieth Century.«

Mit »Twentieth Century« war natürlich das renommierte Southwest Museum of Twentieth-Century American Art gemeint, das ein paar Blocks von Santa Fes zentralem Platz entfernt lag.

»*Archivar*«, korrigierte Moody sie ein wenig schroff. »Und zu den zahlreichen und vielfältigen Pflichten meiner Position gehört es«, erklärte er Chris und Alix, »Kataloge aus den wichtigsten Galerien New Mexicos zu archivieren, selbst wenn die Ausstellung meiner unmaßgeblichen Meinung nach …«, er ließ seinen Blick bedeutungsvoll durch den Raum schweifen, »… so viel mit Kunst zu tun hat wie *Garfield* mit der *Mona Lisa*.«

Daraufhin brach Liz in trunkenes Gelächter aus, was ihr böse Blicke, an die Lippen gehobene Zeigefinger und sogar hie und da ein *Psst!* von Besuchern einbrachte, die keine Ahnung hatten, dass die laute Frau mit dem ordinären Lachen ihre Gastgeberin war und die Leckereien besorgt hatte, die sie verputzten. Liz merkte von alledem nichts. Sie legte einen Arm um Moodys schmale Schulter, dem diese Vertraulichkeit ganz offensichtlich unangenehm war. »Dieser Mann wirkt nur so miesepetrig. Unter der rauen Schale verbirgt sich …«

»Ja, ich weiß«, sagte Moody und versuchte erfolglos, sich unter ihrem kräftigen Arm herauszuwinden. »Ein Herz aus Gold, rein und unverfälscht. Elizabeth, bitte, ich bin nur wegen des Katalogs hier, wenn ich also …«

»Dieser Mann …«, sagte Liz und drückte ihm freundschaftlich die Schulter, »dieser Mann wirkt vielleicht unscheinbar, aber in seinem kleinen Spitzkopf steckt das Hirn eines Giganten. Er ist ein wandelndes Lexikon. Ich weiß nicht, was ich ohne ihn anfangen würde. Ihr würdet staunen, was man in seinem schimmligen, alten Archiv so alles findet. Ihr würdet staunen.« Sie warf ihm einen kokett verschwörerischen Blick zu. »Ich könnte euch Geschichten erzählen …«

Aber Moody war es schließlich gelungen, sich zu befreien, und er eilte bereits zur Tür. »Bye, Cl-lyde«, rief ihm Liz lachend hinterher und schwebte davon, um Gorzynski anzuhimmeln, hakte sich bei ihm ein und sonnte sich in seinem Ruhm.

»Also meinetwegen können wir gehen«, sagte Alix. »Ich habe alles gesehen, was ich wollte.«

»Mehr als ich wollte«, sagte Chris. »Hauen wir ab.«

Da sie noch fast drei Stunden Zeit hatten, bis sie sich das O'Keeffe-Bild ansehen sollten, schlug Chris vor, essen zu gehen. Aber Alix erhob Einspruch. Erstens litten ihre Nerven noch unter den Nachwirkungen der Explosion und sie hatte überhaupt keinen Appetit. Zweitens hatte sie schon seit Jahren so viel über die Canyon Road und den berühmten Kunstbummel am Freitag gehört, und da sie auf dem Weg zur Blue Coyote Gallery nur einen kleinen Vorgeschmack bekommen hatte, wollte sie jetzt mehr sehen.

»Wissen Sie was«, sagte Chris, als sie hinausgingen. »Am Ende der Straße ist ein Restaurant, El Farol. Gehen wir doch in die Richtung und sehen uns unterwegs alles an. Ich esse dann dort eine Kleinigkeit. Sie bummeln nach Herzenslust weiter und kommen gegen Viertel nach sieben zurück zum Restaurant, wir trinken noch ein Glas Wein und kommen dann zurück hierher. Wie hört sich das an?«

»Perfekt, aber auf Wein habe ich im Moment keine Lust. Höchstens Kaffee.«

✦✦✦

Sie blieben einen Moment auf der Ziegelterrasse vor der Galerie stehen, um sich zu orientieren. Die Sonne stand niedrig am Horizont und die Pappeln warfen lange Schatten auf die von Lehmbauten gesäumte Kunstmeile, auf der jetzt kleinere und größere Gruppen hin- und herschlenderten und sich schwatzend in Galerien schoben oder wieder hinaus. Alix war von der ganzen Atmosphäre begeistert: der berauschenden Luft des Wüstenhochlands, den malerischen, gewundenen Straßen (oder eher Gassen), den Leuten und dem selbst in der Abenddämmerung noch wunderbar klaren Licht.

Sie machten ab und zu bei einer Galerie halt und so brauchten sie eine Stunde bis zum Restaurant. Da Alix unbedingt noch mehr sehen wollte, ließ sie Chris dort zurück und zog allein weiter, während es langsam dunkel wurde und die Straßenlaternen angingen. Als sie an einer Galerie mit zeitgenössischer Kunst vorbeikam, sah sie einen Mann in mittleren Jahren und ein hübsches zehn- oder elfjähriges Mädchen herauskommen, die sich an den Händen hielten und plauderten. Beide lachten vergnügt und hatten nur Augen füreinander. Das Mädchen sah den Mann voller Bewunderung an und sein Blick war so von Stolz und Zärtlichkeit erfüllt, dass es Alix den Atem verschlug.

Und das im wahrsten Sinne des Wortes. Als hätte jemand ihr Herz gepackt und würde zudrücken. Sie wurde stocksteif, urplötzlich von Gefühlen übermannt. Geoff und sie hatten so oft wie diese beiden lachend und sich an den Händen haltend Galerien und Museen durchstreift … und einander dabei ebenso liebevoll angesehen.

Das Mädchen und sein Vater gingen an der regungslosen Alix vorbei, ohne sie zu bemerken. »Das war so *lustig,* Daddy!«, sagte die Kleine kichernd. Auch Geoff hatte diese wunderbare Gabe gehabt, sie zum Lachen zu bringen – mit seinen albernen Witzen, Rätseln und Nonsensreimen. An ein Gedicht konnte sie sich noch erinnern, bei dem sie sich immer vor Lachen geschüttelt hatte, auch wenn er es noch so oft aufsagte: »Dunkel war's, der Mond schien helle, grün war die beschneite Flur, als ein Wagen blitzeschnelle, langsam um die runde Ecke fuhr …« Auch jetzt reizte es sie zum Kichern, aber gleichzeitig verspürte sie solche Verbitterung, dass es ihr die Brust zuschnürte.

»Alles in Ordnung, Miss?«, fragte ein älterer Herr. »Kann ich Ihnen helfen?«

»Oh … nein, mir geht's gut, danke. Ich war nur … in Gedanken.« Langsam lief sie weiter, verirrt im Labyrinth ihrer Erinnerungen, von widersprüchlichen Gefühlen geplagt. Fast als wäre es ohne ihr Zutun dorthin gelangt, hielt sie plötzlich ihr Handy in der Hand. Wie wär's, ihn jetzt anzurufen? Genau in diesem Augenblick? Da fiel ihr etwas auf: Der Morgen, an dem er angerufen hatte – nach ihrem Treffen mit Chris –, als sie sich geweigert hatte, mit Tiny zu sprechen, und ärgerlich aufgelegt hatte … Das war sein letzter Anruf gewesen und schon drei Tage her. Ziemlich lang für ihn. Sie war so sehr mit Georgia O'Keeffe und ihren Reisevorbereitungen beschäftigt gewesen, dass es ihr gar nicht aufgefallen war. Nein, das stimmte nicht. Sie hatte bewusst jeden Gedanken an ihn verdrängt und beschlossen, später ernsthaft über alles nachzudenken und eine Entscheidung zu treffen.

Hatte er aufgegeben? Hatte er ihr abweisendes Verhalten gegenüber Tiny als endgültige Aufforderung aufgefasst, sich zu verdünnisieren? Sie ein für alle Mal in Ruhe zu lassen? Sie wusste zwar nicht, was sie wollte, aber jedenfalls wollte sie nicht, dass mit diesem fürchterlichen Telefongespräch der Kontakt zwischen ihnen abbrach.

Sie löste sich aus der Fußgängermasse und setzt sich auf eine Lehmmauer, klappte ihr Handy auf und wollte gerade mit zitternden Fingern seine Nummer wählen, da hielt sie plötzlich inne. Sie konnte ihn nicht anrufen. Sie hatte seine Nummer gar nicht. Seine Adresse hatte sie auch nicht. Sich beides aufzuschreiben, hätte ihrer Ansicht nach bedeutet, ihm eine Tür zu öffnen. Damit hätte sie zugestanden, dass irgendwann in Zukunft wieder eine Beziehung zwischen ihnen möglich war.

Sie blieb erst mal sitzen, in einem Morast widersprüchlicher Gefühle. War sie enttäuscht oder erleichtert, dass sie nicht anrufen konnte? Sie wusste es wirklich nicht. Das Ganze war wie ein Gefühlskrampf, ein Anfall, eine Nostalgieattacke, ausgelöst vom Anblick des Vaters mit seiner Tochter. Aber mittlerweile waren die beiden schon einen Block entfernt, außer Sicht- und Hörweite. Sie konnte regelrecht fühlen, wie sich wieder Kälte um ihr Herz legte, und sie war dankbar dafür. Die alten Zeiten waren zwar wunderbar gewesen – *er* war wunderbar gewesen, das ließ sich nicht abstreiten.

Aber all die märchenhaften Kindheitserinnerungen verblassten gegenüber der Tatsache, dass er alles riskiert hatte – seinen mühsam erkämpften Ruf, seine Freiheit und das Wohl seiner Tochter – und sein seltenes, gottgegebenes Talent für Gaunereien missbraucht hatte. Er war schlicht und einfach ein Schwindler, ein Nassauer.

Vielleicht konnte sie das alles ja irgendwann einmal hinter sich lassen. Aber jetzt jedenfalls nicht. Noch nicht. Vielleicht auch nie.

Sie stand langsam auf, steckte ihr Handy weg und hatte das Gefühl, beinah einen Fehler begangen zu haben. Außerdem fühlte sie sich wie durch die Mangel gedreht. Ein Glas Wein mit Chris würde ihr jetzt doch ganz guttun.

KAPITEL 8

Bei dem Glas Wein blieb es nicht. Dazu kamen noch eine Tasse Kaffee und zwei von den Tapas, die Chris ihr wärmstens empfahl: Chorizo mit Feigenaioli und marokkanisch gewürzte Schweinefleischspieße. Als sie beim Kaffee saßen, kam Alix ein seltsamer Gedanke.

»Chris«, sagte sie zögernd, »als wir in Liz' Büro kamen, wissen Sie noch, was sie da gesagt hat?«

»Ja, sie hat gesagt, sie sei überrascht, uns zu sehen.«

»Nein, sie hat gesagt: ›Was machen Sie denn hier?‹«

Chris runzelte die Stirn. Sie begriff offensichtlich nicht, worauf Alix hinauswollte.

»Ist das nicht das Gleiche?«

»Nicht so ganz. Wen hat sie mit der Frage gemeint?«

»Was soll diese Frage? Uns natürlich. Alix, worauf wollen Sie …«

Alix schüttelte den Kopf. »Nein. Mir ist gerade bewusst geworden, dass sie mir dabei direkt ins Gesicht gesehen hat. Außerdem hat Ihre alte Freundin ›Sie‹ gesagt. Was machen *Sie* denn hier?«

»In Ordnung, und worauf wollen Sie hinaus?«

Nachdenklich spielte Alix mit ihrer Kaffeetasse und dann sagte sie: »Ich glaube, sie war vor allem überrascht, mich zu sehen, nicht uns beide.«

Chris verschränkte die Arme und lehnte sich zurück. »Alix, ich verstehe überhaupt nichts mehr.«

»War sie etwa überrascht, mich zu sehen«, sagte Alix, »weil sie dachte, ich wäre tot?«

Es dauerte eine Weile, bis Chris begriff, und dann sah sie sie überrascht an. »Sie glauben, die Explosion … Sie glauben, Liz … Sie glauben, sie hat versucht, Sie in die Luft zu jagen?« Bei den letzten Worten stieg ihre Stimme um eine Oktave.

»Nein, das kann ich mir nicht vorstellen, aber vielleicht wollte sie mich mit Propangas vergiften, nur dass das Gasleck größer war, als sie dachte, und es zu einer Explosion kam.«

Chris machte große Augen. »Sind Sie übergeschnappt? Sie soll versucht haben, Sie umzubringen? Warum denn?«

»Damit ich mir das Bild nicht ansehen kann?«, sagte Alix in einem fragenden Ton, denn der Gedanke kam ihr mittlerweile auch lächerlich vor. »Weil das Bild gefälscht ist?«

»Aber das ergibt doch keinen Sinn. Ich kann mir doch jemand anderen besorgen. Bringt sie den auch um? Und den Nächsten auch? Und wie soll Liz denn vor unserer Ankunft in Ihre Casita gekommen sein und an dem Gas herummanipuliert haben? Sie hat uns doch gefahren, schon vergessen? Sie war die ganze Zeit bei uns, bis wir eingecheckt haben. Und woher soll sie überhaupt wissen, in welcher Casita Sie übernachten? Und wieso sollte sie …«

»Schon gut, Sie haben recht«, sagte Alix seufzend. »Ich werde wohl langsam paranoid.«

»Na ja, nach dem, was Sie heute erlebt haben, kein Wunder. Aber da sind Sie wirklich auf dem Holzweg. Liz ist vielleicht nicht der liebenswürdigste Mensch auf der Welt, aber eine Mörderin? Nein.«

Alix nickte. »Sie haben recht«, sagte sie wieder. »Ich brauche einfach eine Mütze Schlaf. Vergessen Sie, was ich gesagt habe. Kommen Sie, sehen wir uns Ihr Bild an.«

Als sie an der Galerie Blue Coyote ankamen, waren schon alle Lichter aus und einer von Liz' Assistenten schloss gerade ab. »Oh, tut mir leid, wir machen gerade zu.«

»Ich weiß. Ich bin Chris LeMay und das hier ...«

»Ach so. Liz erwartet Sie, aber könnten Sie bitte zur Terrasse hinterm Haus gehen? Dort gibt's eine Hintertür zu ihrem Büro. Die Außenbeleuchtung bleibt immer an, Sie werden es also problemlos finden.«

»Gut. Danke schön.«

»Ähm ...« Der junge Mann zögerte. »Wenn sie nicht sofort aufmacht, müssen sie etwas lauter klopfen. Ich glaube, äh, sie hat sich mal kurz hingelegt, und manchmal bekommt man sie nicht so schnell wieder wach.« Er zuckte entschuldigend mit den Schultern.

Chris und Alix sahen sich an. Sie hatten natürlich verstanden, was er meinte. Liz war voll.

Der Mond war von Wolken verschleiert, deshalb war die Wegbeleuchtung hilfreich. Sie gingen den gewundenen Weg entlang, vorbei an halb lebensgroßen Tierbronzen auf Sockeln: ein Wildschwein, eine Bergziege, ein sich duckender Puma ... Dann kamen sie zur Hintertür.

»Es ist dunkel da drin«, sagte Alix stutzig. »Warum hat sie denn das Licht ausgemacht?«

»Wie er schon sagte, sie schläft«, sagte Chris und rüttelte am Türknopf. »Liz!«, rief sie laut wie ein Nebelhorn. »Bist du da drin?« Für alle Fälle rüttelte sie noch mal am Türknopf.

»Vielleicht sollten wir ...«, begann Alix.

Die Tür flog auf und traf Chris mit voller Wucht, die mit ebensolcher Wucht gegen Alix gestoßen wurde, die nach hinten taumelte und umfiel. Und Chris landete auf Alix. In der Dunkelheit wussten sie vor lauter fuchtelnden Armen und zappelnden Beinen nicht mehr, wo oben und unten war, geschweige denn, was los war. Aber der Mann war nicht zu übersehen. Eindeutig ein Mann. Ein Riese. Er kam durch die Tür gerast und stolperte über Chris' Fuß (Schuhgröße dreiundvierzig). Er hatte irgendetwas im Arm, das nun ein paar Meter weiter in eine Gruppe Zwergkiefern flog.

»Autsch!«, sagte Chris.

»Mist!«, sagte der Mann, der zwar auf den Füßen blieb, aber dann mit dem Kopf gegen den Puma stieß, was sich anhörte, als würde jemand mit einem Hammer auf eine dicke Glocke schlagen. »Scheiße!« Stöhnend ging er in die Knie und hielt sich mit beiden Händen die Stirn.

»He!«, schrie Chris und versuchte aufzustehen, während Alix, noch halb unter Chris' massivem Körper begraben, Mühe hatte, sich überhaupt zu bewegen. Wie in einem Laurel-und-Hardy-Film fielen sie noch mal hin und als sie endlich ihre Gliedmaßen sortiert hatten, hatte der Mann sich schon aufgerappelt, ging taumelnd Richtung Canyon Road, wobei er sich immer noch den Kopf hielt, und verschwand schnell um die Ecke.

»Was zum Teufel ...«, begann Chris, aber Alix war schon bei den Kiefernsträuchern.

»Was ich befürchtet hatte«, sagte sie, zog den Gegenstand aus den Zweigen, den sie dort hatte landen sehen, und lehnte ihn an einen Strauch. Die Wolkendecke hatte sich gelichtet und im Mondlicht war deutlich auszumachen, was es war.

»Das ist mein Bild!«, rief Chris. »Oh nein, ist es ... ist es ...«

»Ich kann keine Beschädigung erkennen«, sagte Alix. »Aber wir gehen besser rein ins Licht.«

»Mein Gott«, murmelte Chris wütend, als Alix das Bild vorsichtig aufhob. »Er wollte es klauen. Mein Bild. Wenn wir nicht gerade in diesem Moment gekommen wären ...«

Sie verstummte plötzlich und an ihrem Gesichtsausdruck erkannte Alix, dass sie beide, wenn auch mit einiger Verzögerung, den gleichen Gedanken hatten.

Liz. Wo war Liz? Was war mit ihr los? Warum hatte der Tumult sie nicht geweckt?

Sie rannten ins Büro. »Liz, bist du da? Wo bist du?«, rief Chris, während Alix an der Wand nach einem Lichtschalter tastete.

Als sie ihn gefunden hatte, gingen die grellen Leuchtstofflampen an der Decke flimmernd an und sie fanden die Antwort auf ihre Frage. An der Wand, hinter der nun leeren Staffelei, stand eine weinrote Ledercouch. Darauf ausgestreckt lag Liz mit offenem Mund, die Augen geschlossen. Arme und Beine waren unnatürlich verrenkt wie bei einer Marionette und ihr ganzer Körper war in der

Hüfte stark verdreht. Auf dem Boden hinter ihrem Kopf lag ein weinrotes Kissen von der Couch.

»Liz?«, flüsterte Chris, als sie sich ihr vorsichtig näherte. Sie kniete sich neben die Couch, packte Liz bei den Schultern und schüttelte sie sachte. Dann etwas fester. »Liz!«

Alix hatte außer bei einer Beerdigung noch nie eine Leiche gesehen, aber sie war sich ziemlich sicher, dass Liz tot war. Sie legte eine Hand auf Chris' Arm. »Sie kann Sie nicht mehr hören«, sagte sie ruhig und holte ihr Handy raus. »Wir sollten die Polizei rufen.«

✦✦✦

Die nächsten zwei Stunden waren ziemlich hektisch, aber Alix nahm alles nur wie durch Watte wahr. Sie hatte kaum aufgelegt, da kam schon ein Rettungswagen der Feuerwehr und höchstens eine Minute später folgte ein Polizeiwagen mit zwei Uniformierten. Dann ein Tatortwagen und dann ein Privatfahrzeug, aus dem ein Detective Wilkin stieg, und schließlich das Auto des Gerichtsmediziners, der ins Büro eilte, um Liz' Leiche in Augenschein zu nehmen.

Alix und Chris wurden einzeln von den beiden Streifenbeamten vernommen und dann noch einmal eingehender von dem Detective, der ihre Aussagen mit einem winzigen Kassettenrekorder aufnahm. Sie wurden zur Polizeiwache auf dem Camino Estrada gefahren, wo ein Lieutenant Mendoza sie wieder einzeln vernahm, und zwar noch gründlicher als die ersten beiden Male.

Mendozas Vernehmungstechnik war sehr ausgefeilt, und seine geschickt gestellten, bohrenden Fragen halfen Alix, sich an ein paar Einzelheiten über den Mann zu erinnern, der sie umgerannt hatte. Er war groß, mindestens eins siebenundachtzig, und stämmig. Er hatte rötliche Haare und einen gestutzten rötlichen Bart. Vielleicht war er auch blond, in der Dunkelheit schwer zu sagen. Und er war Pfeifenraucher. Ein starker Raucher. Geoff hatte auch mal intensiv Pfeife geraucht, deshalb kannte sie diesen Geruch gut.

Mendoza fragte interessiert, ob sie die Tabaksorte erkannt hatte, aber sie wusste nur, dass es nicht die war, die ihr Vater geraucht hatte. Kurz nach zehn ließ man sie gehen. Chris wurde länger dabehalten, weil sie der Polizei mehr Informationen über Liz geben konnte, vermutete Alix.

Mendoza ließ sie mit einem Wagen zurück zur Hacienda bringen, aber sie stieg unterwegs am zentralen Platz aus, der um diese Zeit noch recht belebt war. Sie hoffte, es würde ihre Nerven beruhigen, normale Leute zu sehen, die über den Platz flanierten, in Restaurants aßen und ganz normale Sachen machten. Es half auch ein bisschen. Sie schlenderte zweimal um den Platz und lief dann zu Fuß die kurze Strecke zum Hotel. Dort hinterließ sie eine Nachricht für Chris, sie solle sie anrufen, falls sie vor Mitternacht zurückkäme. Als sie um halb eins immer noch nichts von ihr gehört hatte, ging sie ins Bett. Immer noch total aufgedreht, starrte sie eine Stunde lang die Deckenbalken an, bevor sie schließlich in einen unruhigen Schlaf fiel, aus dem sie immer wieder erwachte.

✦✦✦

Auch im alten Minenstädtchen Los Cerrillos an der Straße nach Albuquerque, dreißig Kilometer südlich von Santa Fe, hatte jemand Probleme mit dem Einschlafen. Brandon Teal saß im Dunkeln auf der morschen Veranda des Verwaltungsgebäudes der Silbermine Spanish Belle, nun sein Wohnhaus und Atelier, und schaukelte deprimiert hin und her. Er war Maler, noch dazu ein guter, was seine derzeitige Zwangslage – Zwangslage war maßlos untertrieben – nur umso schrecklicher machte. Trotz der vier Aspirin hatte er weiterhin pochende Kopfschmerzen und aus der notdürftig bandagierten Schnittwunde am Haaransatz sickerte noch immer Blut, aber das war seine geringste Sorge.

Fragen, auf die er keine Antwort hatte, schwirrten in seinem Kopf herum wie ein Schwarm Hornissen. Hatten sie sein Gesicht gesehen? Konnten sie ihn identifizieren? Wer waren *sie* überhaupt?

War die Polizei bereits hinter ihm her? Sollte er für eine Weile untertauchen oder würde er damit erst recht die Aufmerksamkeit auf sich ziehen? Und sein Bart? Sollte er den abrasieren oder nicht? Aber auf eine Frage würde er *nie* eine Antwort finden: Wie hatte er nur so dumm und geldgierig sein können, sich in einen solchen Schlamassel zu reiten?

Er griff nach der Halbliterflasche Wild Turkey neben sich auf dem Boden. Er hatte sie ungeöffnet aus dem Schrank genommen und jetzt war sie halb leer. Er musste würgen, als er den Whiskey hinunterschluckte. Teal trank sonst nie Alkohol. Ihm wurde nur schlecht und er konnte nicht mehr klar denken. Er braucht jemanden, und zwar dringend, der ihm sagte, was er tun sollte.

Er stolperte aus dem Atelier, fand ein Telefon und hackte mit tauben, hölzernen Fingern auf die Nummerntasten ein.

KAPITEL 9

Ted Ellesworth war schon lang genug dabei, um zu wissen, dass Polizisten gewöhnlich ihr Revier verteidigten, insbesondere wenn das FBI sich einmischte. Im Grunde war es auch verständlich, denn das FBI konnte schon ein bisschen anmaßend und aufdringlich sein. Aber falls Detective Lieutenant Eduardo Mendoza sich von Teds Anwesenheit in seinem Büro am nächsten Morgen gestört fühlte, ließ er sich nichts anmerken. Die Polizei von Santa Fe hatte an dem Morgen (auf Teds Bitte hin) einen Anruf aus Washington erhalten, in dem es darum ging, dass ein gewisser Special Agent Ellesworth in der Stadt war und dem für die Ermittlungen in dem Tötungsdelikt in der Galerie Blue Coyote zuständigen Beamten gern einen Höflichkeitsbesuch abstatten wollte. Mendoza, der wahrscheinlich ohnehin bis über beide Ohren in Arbeit steckte, hatte sich von acht bis neun, seine erste Stunde im Büro, für Ted freigemacht und ihn freundlich empfangen. Man bot Ted Kaffee an, den er gern nahm, und Donuts, die er ausschlug.

Ted erklärte, warum er in Santa Fe war, und beide versicherten sich aufs Freundlichste, dass sie einander nicht auf die Füße treten würden. Dann kamen sie schließlich zur Sache. Mendoza, ein Mann um die vierzig mit Pferdegesicht, langer Nase und einer alten Baseballmütze der University of New Mexico, zeigte sich sehr interessiert, als er erfuhr, dass das FBI mitten in einer Betrugsermittlung steckte, bei der Liz' Galerie eine Rolle spielte. Tatsächlich stellte er Ted genauso viele Fragen wie der ihm und so war es schon fast halb neun, als sie auf den Mord zu sprechen kamen. Ted lieferte Mendoza bereitwillig Informationen und der zeigte sich ebenso kooperativ.

»Okay, die beiden haben uns um zwanzig Uhr sechs angerufen«, sagte Mendoza, »und ihrer Aussage nach sind sie nur drei oder vier Minuten vorher mit dem großen Kerl mit dem Bild zusammengestoßen – oder umgekehrt, sollte ich wohl hinzufügen. Sie glauben, er hat sich am Kopf verletzt, als er gestolpert ist. Das könnte uns bei der Suche dienlich sein. Wir haben die Notaufnahme des Krankenhauses angerufen, aber die einzige Verletzung am Kopf dort war ein Fliegenfischer, der mit seinem Angelhaken sein eigenes Ohr erwischt hatte.«

»Hier gibt's Fliegenfischer?«

»Klar, jede Menge.«

»Konnten die Frauen eine Beschreibung abgeben?«

»Ja, für die Umstände sogar eine ganz gute. Beide waren sich einig, dass es ein großer, kräftiger Mann war: eins siebenundachtzig bis eins neunzig und mindestens neunzig Kilo. Muskulös, nicht fett. Weiß. Kurze rote Haare. Die London meinte, er hätte auch einen rötlichen Bart gehabt, aber die andere kann sich nicht mehr dran erinnern. Allerdings können beide sich dran erinnern, dass er nach Tabak stank. Die London ist ziemlich sicher, dass es Pfeifentabak war.«

Ted nickte. »Nicht schlecht, aber sind Sie auch sicher, dass die die Wahrheit sagen? Ich meine, könnten die es gewesen sein und den Mann einfach erfunden haben, um Sie auf eine falsche Fährte zu locken?«

»Unmöglich. Natürlich haben wir auch daran gedacht, aber es ergibt keinen Sinn. Aus verschiedenen Gründen. Aber ich habe jetzt keine Zeit, ins Detail zu gehen. Nein, ihre Geschichte ist glaubwürdig. Und die Leute von der Spurensicherung haben auf der Skulptur, gegen die er gelaufen sein soll, frisches Blut gefunden. Das passt also auch. So kommen wir hoffentlich auch an seine DNA, aber Sie wissen ja …« Er zuckte mit den Schultern.

»Klar«, sagte Ted. »Ohne eine übereinstimmende DNA-Probe nutzlos. Irgendwelche Fingerabdrücke?«

»Das Bild ist voll davon, aber die meisten sind von der London und ein paar von der Coane. Dann gibt's noch ein paar andere, die interessant sein könnten. Auch ziemlich deutlich. Aber wieder das gleiche Problem …«

»Ohne Übereinstimmung nutzlos«, sagten beide gleichzeitig.

»Was ist mit der Todeszeit?«, fragte Ted.

»Der Gerichtsmediziner sagt, sie war höchstens zwei Stunden tot, als er dazukam. Genauer will er sich vor der Obduktion nicht festlegen. Und die Todesursache ist Ersticken, sagt er, wahrscheinlich mit dem Kissen, das auf dem Boden lag.«

»Sie sind also ziemlich sicher, dass dieser Kerl Ihr Täter ist?«

Mendoza machte mit seiner Hand eine wedelnde Bewegung, die Unsicherheit bedeuten sollte. »Nun, das ist das Wahrscheinlichste. Entweder hat sie ihn erwischt, als er das Bild stehlen wollte, und er hat sie deswegen umgebracht …«

»Oder er hat sie aus einem anderen Grund umgebracht und das Bild mitgehen lassen, damit es wie Raub aussieht.«

»Genau.« Mendoza stand auf, um sich aus der Kanne auf dem Beistelltisch Kaffee nachzuschenken. Er hielt die Kanne hoch. »Noch Kaffee?«

Ted legte seine Hand auf seinen Kaffeebecher. »Nein, danke.« Es war typisches Polizeigebräu: von vornherein zu stark und dann zu lange aufgewärmt. Eine Tasse reichte vollkommen.

»Sie haben gesagt ›das Wahrscheinlichste‹. Heißt das, Sie haben noch andere Theorien?«

»Unzählige.« Mendoza ließ sich seufzend auf seinen Stuhl fallen. »Das Opfer war nicht gerade wohlgelitten. Sie wechselte die Männer wie andere Frauen ihre Schuhe und anscheinend sind eine Menge Kerle sauer auf sie, größtenteils sogenannte Künstler. Und die anderen Galeristen waren auch nicht so gut auf sie zu sprechen.

Sie hat im Laufe der Zeit eine Menge Leute reingelegt, auf die ein oder andere Art. Sie hat so viele gegen sich aufgebracht. Wir haben schon eine Liste mit einem Dutzend Leuten aus Santa Fe, mit denen wir ein Wörtchen reden wollen, und da kommen sicher noch einige hinzu.«

»Aha. Aber wenn jemand anderes sie umgebracht hat, wie passt dann der Typ, der das Bild klauen wollte, da rein?«

Mendoza zuckte wieder mit den Schultern. »Ich weiß nicht … Eine Gelegenheitstat vielleicht? Er geht aus irgendeinem Grund zur Galerie, findet die Tote, sieht das Bild, denkt sich: ›Was soll's‹, und klemmt es sich unter den Arm.«

»Und hat das Riesenpech, über diese zwei Frauen zu stolpern«, sagte Ted zweifelnd. »Na ja, vielleicht.«

»Ja, ich weiß, es ist weit hergeholt, aber ausschließen will ich es nicht. Es gibt auch ein paar mögliche Verdächtige von außerhalb: diese LeMay und ein Kerl namens …« Er sah in dem offenen Ordner auf dem Schreibtisch nach. »Templeton, Craig Templeton. Er hat das Flugzeug gesteuert, mit dem sie gekommen ist. Er, die LeMay und die Coane kennen sich schon eine ganze Weile, und vor vier, fünf Jahren waren sie alle in so eine chaotische Dreiecksgeschichte verwickelt. So was kann böse enden.«

»Wem sagen Sie das?«, sagte Ted mit einem Grinsen.

»Also die LeMay hat uns ziemlich offen davon erzählt. Mit Templeton habe ich noch nicht geredet. Ich glaube, der wird gerade im Moment verhört.«

»Vor vier, fünf Jahren? Für ein Verbrechen aus Rache oder Eifersucht ist das eine lange Zeit, meinen Sie nicht?«

»Ja, finde ich auch. Normalerweise. Aber sehen Sie es mal so: Die beiden kommen um vierzehn Uhr in Santa Fe an – mit Alix London im Schlepptau – und um zwanzig Uhr ist die Coane tot. Ein seltsamer Zufall, finden Sie nicht?«

»Ja, stimmt schon«, sagte Ted zögernd. »Und was Alix London angeht … Hören Sie, ich will Ihnen nicht in Ihren Job reinreden, aber an Ihrer Stelle würde ich die auch ganz genau unter die Lupe nehmen.«

Mendoza runzelte die Stirn. »Ja? Warum?«

»Der Name London, sagt der Ihnen was?«

»Bis gestern nicht. Warum?«

»Können Sie sich nicht an Geoffrey London erinnern? Das war in New York, vor acht oder neun Jahren …«

Mendoza hob die Hand. »Ach ja, jetzt weiß ich es wieder. War das nicht dieser berühmte Kunstexperte? Der sich als Fälscher im ganz großen Stil entpuppt hat? Der hat einige Leute um eine Menge … Wie? Ist der mit ihr verwandt? Onkel? Vater?«

»Ihr Vater.«

»Ach so. Also, Ted, das ist zwar sehr interessant, aber nur weil der Vater Dreck am Stecken hat, muss es bei ihr ja nicht auch so sein.«

»Ach nein? Ich finde sie zumindest verdächtig. Aber das ist nicht alles. Heute Morgen, bevor ich herkam, hat mich unser Operations Specialist angerufen. Sie hat ein bisschen nachgeforscht und es stellte sich heraus, dass jemand im Geheimen die Fäden gezogen hat, damit es so aussieht, als hätte die LeMay sich ›ganz zufällig‹ unter all den infrage kommenden Leuten ausgerechnet Alix London als Beraterin ausgesucht. Wer wohl? Einmal dürfen Sie raten.«

»Ihr Vater«, sagte Mendoza nachdenklich. »Hm, also was glauben Sie? Dass ihr Vater das Bild gefälscht hat? Und dann hat er sie hergeschickt, um zu bestätigen, dass es echt ist?« Sein Stuhl knarrte, als er sich zurücklehnte. »Wissen Sie, um ehrlich zu sein, ist sie mir auch irgendwie verdächtig vorgekommen. Sie hat uns unter anderem erzählt, dass sie dachte, Liz Coane hätte versucht, *sie* umzubringen.«

»Sie *umzubringen*? Das ist doch verrückt.«

»Na ja, nicht so ganz. Ihre Casita im Hotel ist gestern Nachmittag in die Luft geflogen. Die Explosion konnte man bis hierher hören. Es ist Propangas ausgetreten. Sie ist nur knapp davongekommen.«

»Im Ernst?«, sagte Ted nachdenklich. »Aber Sie glauben doch nicht wirklich …«

»Ich weiß nicht«, sagte Mendoza. »Normalerweise würde ich sagen, sie ist ein bisschen paranoid. Was durchaus verständlich wäre. Aber wo die Coane selbst ein paar Stunden später dran glauben musste … Also, *irgendwas* ist da im Busch.«

Ted lehnte sich zurück und überlegte einen Augenblick. »Eduardo«, sagte er, »Ihr Tötungsdelikt und mein Betrugsfall … Meinen Sie nicht, die könnten beide mit einem größeren Ding zusammenhängen? Vielleicht musste die Coane wegen ihrer Beteiligung an diesem Schwindel sterben?«

Mendoza lächelte. »Also bis vor einer halben Stunde, als Sie hier reinspaziert sind und mir von den Fälschungen erzählt haben, hätte ich an so was gar nicht gedacht. Jetzt halte ich es für möglich. Wir haben in Santa Fe selten mit Tötungsdelikten zu tun und es fliegen auch nicht ständig irgendwelche Bungalows in die Luft. Und jetzt beides an einem Tag und dieselben Leute sind drin verstrickt, also …«

Ted nickte. »Ja, das gibt zu denken. Und wer ist die Verbindung zwischen allem? Alix London.« Plötzlich kam ihm ein Gedanke und nach kurzem Zögern sagte er: »Was war das für ein Bild, das dieser Typ mitgehen lassen wollte?«

»Irgendein Bild eben. Was meinen Sie?«

»Wer hat es gemalt? Was stellt es dar?«

Mendoza schaute wieder in seiner Akte nach, fand aber nichts. Er ging zur Tür und öffnete sie, um mit einem der Detectives im Großraumbüro zu reden. »He, Jock, das Bild in dem Fall Coane, hat das einen Titel oder so?«

Ted hörte kurz Papier rascheln und dann rief jemand aus dem Großraumbüro: »Ja, auf der Rückseite ist ein Schild. Da steht: *Felsen auf der Ghost Ranch*, Georgia O'Keeffe, 1964.«

»Ich hab's doch gewusst«, rief Ted. »Das Bild stand auf einer Staffelei in ihrem Büro, als ich nachmittags da war. Sie hat mir den Titel gesagt. Die LeMay sollte das Bild kaufen und die London ist die ›Expertin‹, die sie mitgebracht hat, um es zu begutachten.«

Mendoza nickte nachdenklich. »Interessant.«

»Wissen Sie«, sagte Ted, »ich würde es mir gern noch mal ansehen, wenn Sie nichts dagegen haben.«

»Kein Problem.« Mendoza rief: »Jock, wo ist das Bild denn jetzt? Wir haben es doch mitgenommen, oder?«

»Natürlich, wo denkst du hin?«, sagte Jock eingeschnappt. »Es ist in der Asservatenkammer. Eine von den beiden Frauen kommt vorbei, um zu bestätigen, dass es das Bild ist, das der Typ klauen wollte.«

»Welche von den beiden?«, fragte Ted Mendoza. »LeMay oder London?« Ihm war bewusst, dass er sich in Mendozas Revier breitmachte, aber es sah langsam so aus, als würden sie sich das Revier teilen müssen. Trotzdem fühlt er sich verpflichtet, zu Mendozas Rücken zu sagen: »Falls es Ihnen nichts ausmacht, dass ich frage.«

Mendoza zuckte mit den Schultern und gab die Frage weiter an Jock. »Die Hübsche, London«, rief der Detective. »Sie müsste jeden Moment da sein. Hooper kümmert sich um sie.«

»Gut. Ach, und sag Hooper, dass sie nach einer Staffelei gefragt hat. Er soll die aus dem Konferenzraum nehmen.«

»Alles klar.«

»Und er soll mir nachher sagen, wie's gelaufen ist.«

»In Ordnung.«

»Danke, Eduardo«, sagte Ted, als Mendoza die Tür schloss. Als der Lieutenant wieder am Schreibtisch saß, sagte Ted eindringlich: »Wissen Sie, ich hatte so ein Gefühl, dass sie bis über beide Ohren in der Sache drinsteckt. Hätten Sie was dagegen, wenn ich so ganz zufällig reinschaue, wenn sie da ist?«

Mendoza zögerte. »Äh, nehmen Sie es mir nicht übel, Ted, aber das mache ich doch lieber allein. Wissen Sie …«

»Selbstverständlich!«, sagte Ted. »Ich will mich nicht in die Ermittlungen des Tötungsdelikts einmischen, glauben Sie mir. Ich bin einzig und allein an dem Betrugsfall interessiert.«

»Nun …«

»Ich will nur hören, was sie über das Bild zu sagen hat, das ist alles. Das würde mir schon weiterhelfen. Sie würden mir wirklich einen großen Gefallen tun.«

»Ja, okay, das verstehe ich«, sagte Mendoza. »Ich lasse Sie hinbringen. Wir könnten sagen, Sie sollen bestätigen, dass es sich um das Bild handelt, das Sie in Liz' Büro gesehen haben. Was ja irgendwie auch stimmt.«

»Großartig, tausend Dank. Aber nicht vergessen: Sie denkt, ich hieße Roland de Beau…«

In dem Moment surrte das Telefon auf dem Schreibtisch und Mendoza hob ab. »Ja? Ja? Ganz im Ernst? Okay, sag ihr schönen Dank von mir, dass sie aufgepasst hat.«

Er legte auf und sah Ted plötzlich ganz ernst an. »Das war einer von meinen Männern. Die London hat ihn gebeten, mich anzurufen. Ich sollte unbedingt über diesen zwielichtigen Kerl Bescheid wissen. Sie ist sicher, dass er ganz tief in der Sache drinsteckt. Und sie hat ihn hier auf der Polizeiwache gesehen.«

Ted sah ihn verblüfft an. »Wen meint sie?«

Mendoza konnte sich nicht länger beherrschen und schnaubte vor Lachen. »Sie natürlich!«

✦✦✦

Als Alix auf die Polizeiwache kam, fand sie dort zu ihrer großen Überraschung Roland de Beauvais vor. Lieutenant Mendoza stand in der offenen Tür seines Büros und redete mit einem der Detectives im Großraumbüro, während an seinem Schreibtisch, da wo Alix am Vorabend auch gesessen hatte, jetzt de Beauvais saß, hemdsärmelig und so, als fühlte er sich ganz wie zu Hause. Die nächste Überraschung kam, als Mendoza die Tür schloss und sie de Beauvais sagen hörte: »Danke, Eduardo.«

Das machte sie wirklich stutzig. *Eduardo?* Wieso ging dieser schleimige Bostoner Kunsthändler oder Vermittler – oder was er angeblich war – so plumpvertraulich mit dem Leiter der Mordkommission von Santa Fe um? Ganz besonders erstaunt war sie über die Art, *wie* er es sagte. Nicht mit diesem altmodischen, lang gezogenen Bostoner Akzent, sondern wie ein stinknormaler Amerikaner.

Was für ein doppeltes Spiel trieb dieser Typ? Warum sprach er mit einem aufgesetzten Bostoner Akzent? Oder vielleicht war der andere Akzent aufgesetzt, obwohl das unwahrscheinlich war. Auf jeden Fall gab er vor, jemand zu sein, der er nicht war.

Ein übergewichtiger, müde wirkender Mann in einem zerknitterten weißen Hemd mit losem Schlips und offenem Kragen stand von einem Schreibtisch auf. »Hallo, Miss London. Danke, dass Sie gekommen sind. Ich bin Detective Hooper. Ich bringe Sie zur Asservatenkammer.«

»Danke, Detective. Ähm … der Mann da drin beim Lieutenant … Wissen Sie zufällig, wer das ist?«

»Nein, Ma'am, den habe ich nicht gesehen.« Er kratzte sich an seinem stoppeligen Kinn und wartete geduldig. Sie fragte sich, ob er die ganze Nacht aufgeblieben war.

Sie zögerte zuerst und sagte dann: »Also ich kenne ihn und da ist etwas, das der Lieutenant wissen sollte. Können Sie ihn anrufen?«

»Sie meinen, jetzt sofort?«

»Ja, besser wär's. Können Sie ihm ausrichten, dass der Mann, mit dem er sich gerade unterhält, nicht der ist, für den er sich ausgibt?« Sie senkte ihre Stimme ein wenig. »Eigentlich …«

✦✦✦

Nachdem der Detective ein wenig zögerlich ihre Nachricht weitergeleitet hatte, verschwendete sie erst einmal keinen Gedanken mehr an Roland de Beauvais. Jetzt war Mendoza am Zug und er konnte machen, was er wollte. Sie hatte ihre Bürgerpflicht getan und jetzt freute sie sich darauf, das O'Keeffe-Bild in Augenschein zu nehmen. Am Tag zuvor hatte sie nur ganz kurz einen Blick drauf werfen können und seitdem konnte sie es kaum abwarten, es unter die Lupe zu nehmen. Sie hatte zwar nicht damit gerechnet, dies auf einer Polizeiwache zu tun, aber sie konnte dort ihre Arbeit genauso gut tun wie anderswo.

Hooper meldete sich beim Asservatenverwalter an und gab auf einem Tastenfeld an der Wand einen Code ein, um die Tür zum

Sichtungsraum der Asservatenkammer zu öffnen. Auf einem der Tische stand eine tragbare Staffelei, auf der das Bild lehnte.

»Bitte schön«, sagte Hooper mit einer müden Handbewegung. »Ziehen Sie die erst an.«

Sie nahm ein paar Plastikhandschuhe aus der Schachtel, die er ihr hinhielt, und mit Herzklopfen sah sie sich zum ersten Mal das Gemälde, dessentwegen sie nach New Mexico gekommen war, genau an.

Es war ein mittelgroßes Bild von einer unwirklich bleichen Felswand, von tiefen Schluchten durchzogen und von einer kargen Landschaft mit hellem Sand umgeben. Darüber ein klarer Himmel. Am dunklen Grund einer Felsspalte war mit wenigen Pinselstrichen eine Figur angedeutet, ein Mann im Profil, der nach rechts schaute. Vielleicht auch eine Frau. Das Bild steckte in einem schlichten Stahlrahmen. Ideal für dieses Gemälde, fand sie. Der Metallrahmen hatte sich auch als nützlich erwiesen. Ohne ihn hätte das Kunstwerk die Landung im Kieferngebüsch nicht so gut überstanden.

»Ist es nicht wunderschön?«, sagte sie.

Hooper zuckte mit den Schultern und versuchte vergebens, ein Gähnen zu unterdrücken. »Ja, sicher, ist aber nicht mein Ding. Also ist es das Bild, das Sie aus dem Gestrüpp gezogen haben?«

»Ja, eindeutig.«

»Okay, super. Sie können gehen, Ms London.« Er schickte sich an, das Bild von der Staffelei zu nehmen. »Vielen Dank für Ihre Hilfe.«

»Nein, warten Sie«, sagte Alix rasch. »Ich würde es mir gern noch ein wenig länger anschauen. Ginge das?«

Er zögerte, die Hand noch auf dem Rahmen. »Wozu?«

»Christine LeMay hat mich unter anderem engagiert, um das Bild auf seine Echtheit zu prüfen. Es gehört schließlich ihr, es sei denn, sie entscheidet sich gegen den Kauf. Aber ich glaube, das könnte für die Polizei auch von Interesse sein.«

»Ich wusste nicht, dass es da Zweifel gibt.« Er hielt die Hand vor den Mund, denn er musste schon wieder gähnen. »'tschuldigung.«

»Zweifel gibt's immer«, sagte sie. »Vor allem bei einem so teuren Bild.«

»Wie teuer ist es denn?«, fragte er ohne wirkliches Interesse.

»Drei Millionen Dollar.«

»Ohne Scheiß?«, platzte es aus ihm heraus. Dann entschuldigte er sich wieder, fast bevor er die Worte ausgesprochen hatte. Na, wenigstens hatte er mal eine Reaktion gezeigt.

Er trat von dem Bild zurück und machte eine Geste, dass sie es jetzt inspizieren könne. »Also gut, schauen Sie es sich an.« Dann hörte sie ihn murmeln: »Drei Millionen, unglaublich.«

Sie wollte sich gerade in das Bild vertiefen, als auf dem anderen Tisch ein Telefon surrte. Hooper nahm ab. »Ja klar, Lieutenant, ich lasse ihn rein.«

Zu ihrer Überraschung wartete Roland de Beauvais vor der Tür. Sogar noch bevor er den Mund aufmachte, wusste sie, dass er wieder seine Rolle spielte. Es lag nicht nur an dem wunderschönen Kaschmirblazer, den er trug, sondern auch an den arrogant hochgezogenen Augenbrauen, dem Anflug eines selbstgefälligen Grinsens, das man am liebsten mit einer Ohrfeige wegwischen würde, und auch an seiner unerträglich lässigen Körperhaltung. Er war ein begnadeter Schauspieler, das musste man ihm lassen.

Aber nein, so begnadet nun auch wieder nicht. Er sprach zwar wie der Bostoner Geldadel, er gab sich auch so, aber er kleidete sich ganz sicher nicht so. Leute, die wirklich dieser illustren Gesellschaft angehörten – die Whipple-Pruitts zum Beispiel –, hatten vielleicht Millionen teure Bilder im Wohnzimmer und Louis-XVI-Möbel im Esszimmer, aber eben hinter verschlossenen Türen, und nur ihresgleichen bekam diese Schätze zu sehen. Sie liefen ganz bestimmt nicht in Tausend-Dollar-Jacken herum. Genießen, ohne aufzufallen, das war ihre Devise. Sie trugen löchrige Pullover und abgelaufene Segelschuhe, keine Designerjacken und Gucci-Slipper.

Er war ein Hochstapler durch und durch.

»Ach, Ms London, was für eine nette Überraschung«, sagte er. Und natürlich wieder diese schleppende, näselnde Sprechweise.

Sie zwang sich zu einem Lächeln. »Und was führt Sie hierher?«, fragte sie. Mist, sie wollte sich das Bild eigentlich in Ruhe allein ansehen. Mit diesem rausgeputzten Schleimer im Raum konnte sie sich nicht konzentrieren.

»Ach, die Polizei hat mich gebeten zu bestätigen, dass es sich um das Bild aus dem Büro der bedauernswerten Ms Coane handelt. Einfach schrecklich, diese Sache.« Er sah das Bild an. »Ja, das ist das Bild. Sind Sie nicht auch der Meinung?«

»Ja.« *Großartig! Und jetzt sei so nett und mach einen Abgang …*

Aber er empfing ihre telepathische Nachricht nicht. Er schaute weiter das Bild an und machte keine Anstalten zu gehen. »Offensichtlich aus ihrer späten Ghost-Ranch-Periode«, sagte er.

Alix war überrascht. Der Typ war zwar widerlich, aber er kannte sich aus.

»Ja«, sagte sie, »einundsechzig oder zweiundsechzig, vielleicht dreiundsechzig. So um die Zeit.«

»Nein«, sagte er mit einem herablassenden Lächeln. »Ich glaube, ein klein bisschen später.« Er studierte das Bild noch einen Moment lang. »Ich würde sagen … vierundsechzig. Ja, wahrscheinlich Anfang vierundsechzig. Sie lagen also fast richtig.«

Und du redest totalen Mist, dachte sie. *Kein Mensch kann das so genau bestimmen.*

»Erkennen Sie die Landschaft?«, fragte er.

»Ich bin mir nicht sicher, aber ich glaube, es ist die Landschaft der Ghost Ranch. Was meinen Sie?«

»Oh ja, das ist die Ghost Ranch. Das ist ja offensichtlich. Aber wissen Sie auch, wo genau?«

Jetzt macht er einen Wettbewerb draus, stellte sie fest. *Mit allem, was er sagt, versucht er zu beweisen, dass er cleverer ist als ich. Widerling.* Er erinnerte sie immer mehr an ihren so gar nicht vermissten Ex.

»Nein, nicht genau«, sagte sie durch zusammengebissene Zähne.

»Sagen Sie mal, Ms London, was halten Sie von dem Bild an sich?«

»Wie meinen Sie das?«

»Ich meine, finden Sie das Bild gut? Werden Sie Ihrer Freundin zum Kauf raten? Welchen Stellenwert innerhalb des Werks von Georgia O'Keeffe nimmt das Bild Ihrer Meinung nach ein?« Lächelnd wartete er ihre Antwort ab.

Erstens war sie ja noch gar nicht dazu gekommen, das Bild eingehend genug zu untersuchen, um ein Urteil abzugeben. Und außerdem würde sie keinen vorläufigen Befund abgeben, nur um sich dann wieder von ihm runterputzen zu lassen. »Ich habe mir noch keine Meinung gebildet. Wie würden *Sie* es denn beurteilen?«

Ein Schatten der Besorgnis oder vielleicht des Zweifels huschte über sein Gesicht, die erste echte Gefühlsregung, die sie bei ihm bemerkte. Er war auf diese Frage nicht vorbereitet gewesen. Vielleicht war er doch kein so großer Experte. Langsam fing die Sache an, Spaß zu machen.

Er studierte das Bild, sein Kinn in die rechte Hand gestützt, seinen rechten Ellbogen in der linken Hand. Er räusperte sich. »Ich finde es einfach fantastisch. Sie fasziniert mich immer wieder, wissen Sie. Wie bei ihr das Weiß für Rationalität und Ordnung steht und wie sie nicht nur seine symbolische Bedeutung, sondern auch die formell-strukturellen Aspekte betont.« Er beendete seine Rede mit einem weiteren Räuspern.

Was für ein ausgemachter Humbug, dachte Alix und lächelte ihn an. Hatte er wirklich nicht mehr drauf? Er wusste auch, dass es Blödsinn war, und er wusste, dass sie's wusste. Denn als er wieder lächelte, bemerkte sie in seinem Gesicht einen Anflug von Verlegenheit oder vielleicht sogar Humor (war es möglich, dass er über sich selbst lachte?). Überrascht sah sie plötzlich eine ganz andere Persönlichkeit aufflackern. Wenn er die manierierte Sprechweise und das affige Gehabe ablegen und ein bisschen echtes Gefühl zeigen würde, könnte er sogar ganz attraktiv sein. Diese stechend blauen Augen, das kantige Kinn …

Stopp, dachte sie, *jetzt reicht's aber.* Sie war nicht so dumm, sich auf solche Abwege zu begeben. Sie hatte sich schon immer gut auf eine Sache konzentrieren können und nun machte sie Gebrauch von dieser Gabe, um sich von de Beauvais abzuwenden und ihre ganze Aufmerksamkeit dem Bild zu widmen. Es war an der Zeit, endlich zu tun, wofür sie bezahlt wurde. Erste Frage: War das Bild echt oder eine Fälschung?

Für die meisten Leute, auch im Kunstbetrieb, klang die Behauptung, jemand habe einen »Kennerblick«, einfach lächerlich – wie eine Zirkusnummer, Hokuspokus, bestenfalls Selbstbetrug. Nach herkömmlicher Auffassung hielt man sich bei der Überprüfung eines Bildes streng an wissenschaftliche Methoden und verließ sich nicht auf einen vagen, schwer erklärbaren ersten Eindruck.

Aber Alix wusste es besser. Sie verließ sich zwar auf ihren ersten Eindruck, ihr Bauchgefühl, und es war schwer zu erklären, aber es beruhte auf Schulung, Erfahrung und Wissenschaft – und darüber hinaus auf der überaus wichtigen angeborenen Fähigkeit, diese verschiedenen Aspekte in ein eindeutiges, allumfassendes, scheinbar instinktives Urteil zu fassen. Das funktionierte nicht bei jedem Künstler. Sie konnte bis zum Gehtnichtmehr einen Duccio oder einen Cimabue anstarren und nichts passierte. Das hieß nicht, dass sie sie nicht mochte oder schätzte, aber sie spürte einfach keine Verbindung. Bei Georgia O'Keeffe jedoch kam diese Verbindung zustande und jetzt, nachdem sie das Bild ein paar Minuten lang intensiv betrachtet hatte, schloss sie die Augen und ließ ihre Eindrücke verschmelzen. Die Farben stimmten … Das Motiv passte auf jeden Fall … Die allgemeine Ausführung schien auch in Ordnung … Das Bild war nicht signiert, aber auch das war stimmig, denn Georgia O'Keeffe signierte ihre Arbeiten nicht, nur manchmal auf der Rückseite (und dann krakelte sie meist nur ihre Initialen: OK). Sie fand ihren Stil als Signatur ausreichend.

Anscheinend machte sich de Beauvais auch Gedanken über die Echtheit des Bildes. »Ich bin mir ziemlich sicher, dass es echt ist«, sagte er fast unwillig. »Daran besteht eigentlich kein Zweifel.«

»Und ich würde sagen, es ist eine Fälschung«, erklärte Alix zu ihrer eigenen Überraschung. Sie hatte es ausgesprochen, bevor sie überhaupt bewusst zu diesem Ergebnis gekommen war.

Der Kunsthändler schwenkte auf seinem Stuhl herum und starrte sie an, scheinbar erstaunt oder vielleicht auch beleidigt. »Wie kommen Sie darauf?«, wollte er wissen.

Nun, das war der springende Punkt. Die Eingebung, ob *echt, falsch, gut* oder *schlecht,* kam immer bevor sie verstand, worauf sie beruhte. »Ich bin mir noch nicht ganz sicher. Vielleicht ist es einfach zu schön, zu hübsch. Man erwartet in ihren Bildern immer eine gewisse Spannung, und die kann ich hier nicht finden. Und da ist noch was, das mich stört. Es fehlt etwas. Ich kann es nicht genau sagen …«

Ziemlich lahm, dachte sie, aber was Besseres fiel ihr in dem Moment nicht ein. Sie erwartete ein höhnisches Grinsen von de Beauvais, aber er verzog keine Miene. »Verstehe«, sagte er gerissen. »Wie interessant.«

Widerling, dachte sie erneut. Na ja, irgendwann würde sie sicher verstehen, was es war. Sie nahm ein Maßband aus ihrer Handtasche und vermaß mit zwei flinken Bewegungen die Leinwand: einundneunzig Zentimeter breit und sechsundsiebzig Zentimeter hoch; wahrscheinlich etwas größer, je nachdem, wie viel vom Rahmen verdeckt wurde.

»Warum machen Sie sich die Mühe, es zu vermessen«, fragte de Beauvais, »wenn Sie so sicher sind, dass es sich um eine Fälschung handelt?«

»Das machen wir so«, fuhr sie ihn an und ergriff die Gelegenheit beim Schopf, den arroganten Schnösel in seine Schranken zu weisen. *Ich bin hier der Profi,* wollte sie damit sagen. *Du hast von der Sache keinen Schimmer.* »Und ich habe nicht behauptet, ich sei sicher. Es ist nur meine Meinung … meine Meinung als Expertin«, fügte sie spitz hinzu.

»Nichts für ungut, Ms London, Ihre Meinung ist sicher von unschätzbarem Wert …« Jetzt wurde er auch ruppig. »… Aber wenn die Polizei mich um *meine* Meinung bittet, werde ich vorschlagen, sich überhaupt nicht auf Meinungen zu verlassen, sondern das Bild in einem forensischen Labor untersuchen zu lassen, zum Beispiel mit einer chemischen und spektroskopischen Pigmentanalyse.«

Oh Gott, der Typ war zu allem Überfluss auch noch ein totaler Schaumschläger. »Wenn behauptet würde, dieses Bild stamme aus dem achtzehnten Jahrhundert«, sagte sie scharf, »dann wäre eine wissenschaftliche Analyse durchaus sinnvoll. Die vor dreihundert Jahren verwendeten Pigmente unterscheiden sich erheblich von den heute verfügbaren, ebenso die Leinwände, die damals von Hand gewebt wurden …«

»Das ist mir ja alles klar, aber …«

»Es gäbe Krakelüren, die untersucht werden müssten, außerdem Schmutzablagerungen und Staub. Aber dieses Gemälde soll nur vierzig Jahre alt sein. Damals wurden die gleichen Pigmente verwendet wie heute. Dasselbe gilt für Pinsel, Leinwände, Keilrahmen und so weiter. Hier müssen keine Krakelüren untersucht werden. Es müssen keine Ablagerungen auf ihr Alter überprüft werden. Außerdem hätte derjenige, der dieses Bild gemalt hat, wenn er nicht total unfähig ist, was offensichtlich nicht der Fall ist, die gleichen Materialien und Techniken verwendet wie Georgia O'Keeffe. Er hätte …«

He, du kannst aber auch ganz gut Schaum schlagen, dachte sie und unterbrach sich. Jedenfalls schien de Beauvais sich geschlagen zu geben und das gefiel ihr.

»Darf ich es mal umdrehen?«, fragte sie Hooper, der etwas abseits saß und schweigend zusah. »Klar. Nur nicht fallen lassen. Drei Millionen Kröten, puh ...«

Sie drehte es vorsichtig um und stellte es wieder auf die Staffelei, wobei sie darauf achtete, dass der Rahmen und nicht das Bild selbst das Holz berührte. Auf der Rückseite befanden sich wie bei den meisten Bildern, die schon eine Weile im Handel sind und öfter den Besitzer gewechselt haben, ein paar vergilbte, teilweise abgelöste Etiketten und verschiedene unlesbare Stempel und Kritzeleien. Eine der Tintenkritzeleien war die erwartete »Signatur«, ein einfaches »OK«, von einem Stern mit fünf Spitzen umgeben. Das bewies gar nichts. Im Grunde wäre eine *fehlende* Signatur eher ein Indiz für die Echtheit des Bildes gewesen. Nichts auf der Welt war so einfach zu fälschen wie die Initialen von Georgia O'Keeffe, und während viele berühmte Künstler ihre Werke nicht immer signierten, würde kein *Fälscher* eines berühmten Künstlers im Traum daran denken, eins seiner Werke unsigniert zu lassen.

Unvermittelt kam ihr dabei eine Begebenheit in den Sinn, von der sie gehört hatte, und sie musste lächeln. Ein kleines, aber feines Museum in Europa wollte ein El-Greco-Gemälde mit der typisch gewundenen Linienführung kaufen, das unten rechts die auffällig große Signatur »El Greco« aufwies. Dann wies jemand darauf hin, dass El Greco, »der Grieche«, seine Bilder natürlich mit seinem richtigen Namen, Doménikos Theotokópoulos, signierte, und zwar in griechischen Lettern.

Die beiden Männer reagierten mit fragenden Blicken auf ihr Lächeln, also setzte sie schnell wieder ein ernstes Gesicht auf und konzentrierte sich auf ihre Untersuchung. Die Stempel waren größtenteils unleserlich, aber eins der zwei Etiketten stammte von einer Galerie: *Galería Xanadu, 1421 Central Avenue NE, Albuquerque, NM.* Also hatte das Bild doch eine Geschichte. Irgendwann einmal hatte es ein Aktionshaus oder eine Galerie namens Galería Xanadu durchlaufen. Sehr interessant. Dem wollte sie nachgehen. Sie lieh sich vom Detective Stift und Notizblock und schrieb die Adresse auf.

Das andere Etikett klebte genau in der Mitte der Rückseite: *Felsen auf der Ghost Ranch, Georgia O'Keeffe, 1964.* Sie dachte einen Moment darüber nach und wandte sich dann an de Beauvais. »Sie haben dieses Etikett schon gesehen, nicht wahr? Deshalb waren Sie so sicher, was das Jahr und alles andere angeht. Sie haben es bei Liz im Büro gesehen, stimmt's?«

Blinzelnd sah er sie an und spielte die gekränkte Unschuld. »Aber nein, ich versichere Ihnen, ich habe dieses Etikett noch nie zuvor gesehen.«

»Okay, dann hat sie Ihnen den Titel genannt.«

»Nein, hat sie nicht. Und ich muss sagen, dass ich Ihre Unterstellungen ziemlich unverschämt finde. Also ehrlich!«

Sie ignorierte ihn geflissentlich und wandte sich an Hooper: »Vielleicht irre ich mich ja, aber ich halte es für eine Fälschung.

Geben Sie mir ein paar Tage Zeit, dann kann ich einen eindeutigeren Befund abgeben. Wenn Sie nichts dagegen haben, möchte ich jetzt gehen.«

»Meinetwegen«, sagte Hooper. »Aber bitte bleiben Sie noch ein paar Tage in der Nähe. Wir wollen vielleicht noch mal mit Ihnen reden.«

»In Ordnung. Lieutenant Mendoza hat meine Handynummer.«

Hooper stand auf, um sie hinauszulassen, und an der Stahlgittertür, außerhalb von de Beauvais' Hörweite, sagte sie: »An Ihrer Stelle würde ich den nicht allein da drin lassen, Detective.«

Hooper nickte ernst. Sie sah, wie hinter ihm de Beauvais noch immer mit rätselhaftem Stirnrunzeln das Bild betrachtete.

KAPITEL 10

Zwanzig Minuten später, als Ted im El Cañon, dem Coffeeshop des Hilton, saß, hatte er immer noch dieses Stirnrunzeln im Gesicht. Vor ihm stand unberührt ein großer Cappuccino, der langsam kalt wurde. Er trommelte sachte mit den Fingern auf dem Tisch herum, während er seine Einschätzung überdachte, von deren Richtigkeit er bis vor einer Stunde überzeugt gewesen war.

Die Begegnung in der Asservatenkammer hatte alles auf den Kopf gestellt. Er hatte von Anfang an vermutet, dass es sich bei dem Bild um eine Fälschung handelte, und seine Ahnung wurde zur felsenfesten Überzeugung, als er erfuhr, dass diese London in die Sache verwickelt war. Er hatte das Bild zwar am Vortag kurz in Liz' Büro gesehen, das hatte jedoch nichts an seiner Meinung geändert. Aber an diesem Morgen hatte er die Gelegenheit gehabt, das Bild eingehend zu untersuchen, und da war er sich plötzlich gar nicht mehr so sicher gewesen. Das Gemälde war besser, als es auf den ersten Blick den Anschein gehabt hatte: Es war auf faszinierende Weise atmosphärisch und besaß die unverwechselbare Handschrift, die, wie er bei einem früheren Fall gelernt hatte, nur die von Georgia O'Keeffe sein konnte. Von keinem anderen.

War es also doch echt? Obwohl die London das Gegenteil behauptete, neigte er jetzt dazu, an die Echtheit des Bildes zu glauben. Es spielte aber auf jeden Fall eine Rolle bei irgendeinem krummen Geschäft, so viel war klar. Aber was Liz auch im Schilde geführt hatte, dieses Bild zumindest – davon war er immer fester überzeugt – war authentisch. War es als Köder gedacht? Sollte es Käufer für weitere O'Keeffe-Bilder anlocken, die »noch zu entdecken« waren? Ein echtes, um zehn Fälschungen zu verkaufen? Schon möglich, das war eine uralte Masche.

Abwesend rührte er den Milchschaum in den Kaffee, nahm seinen ersten großen Schluck und seufzte. Diese London, die machte ihm auch zu schaffen. Jamies Anruf an diesem Morgen, bei dem sie ihm berichtet hatte, dass Alix' krimineller Vater hinter den Kulissen mitmischte, hatte seinen Verdacht nur bekräftigt, dass da irgendein krummes Ding lief und Alix bis über beide Ohren mit drinsteckte.

Aber …

Wenn sie in den Schwindel eingeweiht war, warum hatte sie dann nicht die Echtheit des Bildes bestätigt? Was brachte es, das Bild als Fälschung zu bezeichnen? Hatte er sich auch in ihr geirrt? War sie vielleicht doch eine ehrliche Haut? Und wenn ja, hatte sie recht, was das Bild anging?

Er schüttelte den Kopf. »Mann«, murmelte er recht laut.

Und dann war da noch die seltsame Sache mit dem explodierten Bungalow. Sie hatte Mendoza erzählt, dass sie glaubte, Liz steckte dahinter. Aber falls es ein Anschlag war und kein Unfall, was war der Grund?

Er nahm noch einen Schluck Kaffee und schüttelte wieder den Kopf. Seine anfangs so geradlinige Betrugsermittlung führte ihn plötzlich auf eine unsichere Bahn, die reichlich Kurven aufwies.

Letzteres könnte man auch über Alix London sagen, dachte er mit einem Lächeln, das dann aber schnell einem düsteren Blick wich.

Daran darf ich nicht mal denken.

✦ ✦ ✦

Während Ted im Hilton in seinen Cappuccino starrte und versuchte, aus der ganzen Sache schlau zu werden, saß Alix drei Blocks weiter im La Plazuela, einem der Restaurants des La Fonda, der imposanten, achtzig Jahre alten Grande Dame unter den Hotels von Santa Fe. Auch Alix stierte in ihren Kaffee, während sie versuchte, sich einen Reim auf das Ganze zu machen. Der ursprüngliche Innenhof des Hotels war durch ein Dach mit Oberlichtern in einen hübschen Speisesaal mit gefiltertem Sonnenlicht verwandelt worden, der auch nach Granada gepasst hätte: rote Bodenplatten, rustikale, handgeschnitzte Tische und Stühle, zwei Kübel mit ausgewachsenen Birkenfeigen, ein sanft gurgelnder, gefliester Springbrunnen in der Mitte … Aber Alix nahm nichts von alledem wahr. Sie war vielleicht noch verwirrter als Ted.

Es war einfach unglaublich! In den vergangenen vierundzwanzig Stunden – nein, nicht einmal so lange, denn sie war ja am Vortag erst nachmittags angekommen – wäre sie um ein Haar in die Luft geflogen, sie und Chris waren von einem Dieb und Mörder auf der Flucht umgerannt worden, sie hatte eine Leiche entdeckt, sie war von der Polizei in die Mangel genommen worden und – Ironie des Schicksals – vor wenigen Minuten war sie zu dem Schluss gekommen, dass es sich bei dem Gemälde, das die Ursache für alles zu sein schien, um eine miese Fälschung handelte. Nun gut, keine miese Fälschung, ein gute, aber gefälscht ist gefälscht.

Es gab so viele offene Fragen. Hatte Liz gewusst, dass es eine Fälschung war, oder war sie selbst reingelegt worden? War die Explosion wirklich ein Attentat auf Alix? (*Ja!*, verkündete eine innere Stimme.) Und wenn es so war, hatte Liz dahintergesteckt? (Wieder ein schallendes *Ja*!) Aber falls Liz wirklich versucht hatte, *sie* umzubringen, wer hatte dann Liz auf dem Gewissen? Oder bestand vielleicht gar keine Verbindung zwischen diesen beiden Vorfällen? Spielten sich hier zwei voneinander unabhängige Szenarien ab?

Das war scheinbar auch Lieutenant Mendozas Theorie: Liz hatte nur sterben müssen, weil sie zu ihrem Unglück den Dieb erwischt hatte. Weil sie einfach zur falschen Zeit am falschen Ort gewesen war. Nach seiner zweiten Theorie war der Mörder einer von Liz' abservierten Künstler-Liebhabern oder ein Kollege, dem sie übel mitgespielt hatte, und der Diebstahl hatte entweder gar nichts damit zu tun oder diente nur als Ablenkungsmanöver. Zu der Gasexplosion hatte Mendoza keine Meinung geäußert, aber ihre Theorie des Mordversuchs nahm er offensichtlich nicht ganz ernst.

Alix war ganz anderer Ansicht als der Lieutenant. Sie glaubte schon an Zufälle, aber nicht in dieser Häufung. Die Explosion, der Mord an Liz, der Diebstahl des Bildes, die Tatsache – falls es denn so war –, dass das Bild gefälscht war – zwischen all dem bestand eine Verbindung. Und dass dann auf einmal dieser durchtriebene Schleimer Roland de Beauvais auftauchte, war auch kein Zufall. Und im Mittelpunkt des Ganzen, dessen war sie sich so sicher wie nie, stand das O'Keeffe-Gemälde. Es war das Bindeglied zwischen all diesen Vorfällen.

Das Bild … dieses verdammte Bild … War es tatsächlich eine Fälschung? Sie war sich nicht mehr so hundertprozentig sicher wie auf der Polizeiwache, aber das lag nicht an dem Bild selbst, sondern an dem Etikett der Galería Xanadu auf der Rückseite. Es wies darauf hin, dass das Bild eine (vermutlich) legitime Galerie in Albuquerque durchlaufen hatte und dort wahrscheinlich auch verkauft worden war. Es war doch damals sicher auch einer Echtheitsprüfung unterzogen worden. Die musste es wohl bestanden haben. Das stimmte sie nachdenklich. Hatte sie ihr sonst so zuverlässiger Kennerblick diesmal im Stich gelassen?

Andererseits war auch eine angesehene Galerie keine Garantie für die Echtheit eines Bildes, schon gar nicht im Fall von Georgia O'Keeffe. Es war gar nicht so lange her, dass ein bekannter, sehr renommierter Kunsthändler dem Philanthropen R. Crosby Kemper aus Kansas City für fünf Millionen Dollar vierundzwanzig von achtundzwanzig »neu entdeckten« Aquarellen der Malerin verkauft hatte. Zuvor waren sie von verschiedenen Experten mit wissenschaftlichen Methoden auf ihre Echtheit geprüft worden und hatten sogar zwei Jahre lang als sogenannte *Canyon Suite* einen Ehrenplatz in der National Gallery gehabt. Trotzdem stellten sie sich zu guter Letzt als Fälschungen heraus. Alles ein Riesenschwindel.

In gewisser Weise war es die Schuld der Künstlerin selbst, dass so etwas passieren konnte. Sie war bekanntermaßen sehr verschlossen gewesen. Niemand durfte ihr Atelier besuchen oder ihr bei der Arbeit zusehen. Deshalb wusste auch niemand, ob sie irgendwo insgeheim Bilder verstaut hatte und wenn ja, wie viele. Nach ihrem Tod fand man eine gigantische Zahl von Werken in ihrem Atelier: weit über tausend Bilder. Aber gab es außer diesen Neuentdeckungen noch andere, von denen niemand etwas wusste? Bilder, die sie vielleicht ihren wenigen Freunden und Verwandten geschenkt oder selbst verkauft hatte? Niemand wusste, wie viele ihrer Gemälde darauf harrten, »neu entdeckt« zu werden, und wo man danach suchen sollte.

Deshalb bot das Werk der Künstlerin ein lohnendes Betätigungsfeld für fleißige Fälscher. Und die Experten, darunter auch eine gewisse Alix London, mussten möglichst unvoreingenommen an bis dahin undokumentierte O'Keeffe-Bilder herangehen. Spontanurteile waren vielleicht doch keine so gute Idee.

Aber all das war nicht der Grund für die dumpfen Schmerzen in ihren Schläfen und das leere Gefühl in ihrer Brust. Vielmehr war es ihre sogenannte Karriere, die ihr Sorgen machte und sie verwirrte. Wie konnte sich dieser tolle Auftrag, den ihr der Himmel geschickt zu haben schien, nur als ein solcher Albtraum entpuppen? Sie hatte gehofft, dies wäre ein erster Schritt dahin, endlich das mit ihrem Nachnamen verbundene Stigma loszuwerden. Stattdessen wurde sie in einen Mordfall verwickelt und das Opfer war auch noch eine bekannte Galeristin. Das würde auf jeden Fall in der Kunstszene für Aufsehen sorgen und vielleicht sogar landesweit Schlagzeilen machen. Als ob ein Mord nicht schon genug wäre, hatte sie es jetzt auch noch mit einem gefälschten O'Keeffe-Bild zu tun. Bald würden sich Leute im Kunstbetrieb überall im Land mit hochgezogenen Augenbrauen ansehen und sagen: »Also das überrascht mich überhaupt nicht. Sie wissen doch sicher, wer der Vater ist …?«

Und dann würden sich die Klatschtanten und Gerüchteköche auf die Geschichte stürzen, um das zu tun, was sie immer taten: ausschmücken, aufblasen und andeuten. Dann konnte sie sich von ihrer gerade erst aufkeimenden Karriere verabschieden. Wenn die mit ihr fertig waren, würde sie keiner mehr mit der Kneifzange anfassen. *Schließlich heißt es*, so würde man sagen, *wo Rauch ist …*

Sie schloss die Augen und massierte mit sanften, kreisförmigen Bewegungen ihre Schläfen. Viel half es nicht. Wahrscheinlich zerriss man sich jetzt schon die Mäuler über sie.

Sollen sie doch! Sie konnte auch nichts daran ändern. Sie nahm an, die Polizei würde die ganze Sache irgendwann aufklären, aber »irgendwann« konnte noch eine Ewigkeit hin sein, wenn sie erst ihre Hypothese vom verdrossenen Ex und die vom düpierten Kollegen durchackern mussten.

Sie seufzte. Die Kopfschmerzen wurden schlimmer, fast so schlimm, dass sie etwas einnehmen wollte, aber ansonsten genoss sie es, einfach an einem warmen, lichtdurchfluteten Ort zu sitzen, insbesondere nach den letzten trüb-grauen Tagen in Seattle. War sie wirklich einen Tag vorher um die gleiche Zeit noch in Seattle gewesen – unschuldig, aufgeregt und glücklich? Unvorstellbar. Sie schloss die Augen, um besser dem sanft-melodischen Plätschern des Brunnens lauschen zu können …

Dann schreckte sie plötzlich auf. Moment mal! Wer sagte denn, dass sie nichts tun konnte? So schnell würde sie sich nicht geschlagen geben. Und wer sagte, dass sie die Ermittlungen ganz allein der Polizei überlassen musste? Das wäre keine gute Lösung. Erstens hatten die Scheuklappen auf und zweitens hatten sie null Ahnung, wie man Nachforschungen über ein Bild anstellt. Außerdem war es ihnen auch vollkommen egal. Aber sie hatte Ahnung und ihr war's nicht egal und sie konnte ihre Fähigkeiten einsetzen. Falls das Bild der Grund für alles war, wer wäre besser geeignet zu ermitteln als Alix London?

Am besten fing sie direkt an diesem Morgen hier in Santa Fe an – und zwar im Archiv des Southwest Museum of Twentieth-Century American Art, das ganz in der Nähe lag. Clyde Moody, der Archivar des Museums, hatte beim Empfang am Vorabend erwähnt, dass dort Ausstellungskataloge von bedeutenden Galerien aus ganz New Mexico aufbewahrt wurden. Wenn die Galería Xanadu mit einem O'Keeffe-Bild gehandelt hatte, war sie doch per Definition bedeutend, und aller Wahrscheinlichkeit nach wurde das Bild in einem ihrer Kataloge aufgeführt. Dort würden auch Hintergrundinformationen zu finden sein, und je mehr sie über das Bild erfuhr, desto zuverlässiger könnte sie ihre Intuition einsetzen. Aber wie lange reichte das Archiv zurück und wann war das Gemälde in der Galería Xanadu ausgestellt worden? Vor 1964 konnte es nicht gewesen sein, denn das war das vermeintliche Entstehungsjahr des Bildes. Andererseits …

Sie schüttelte über sich selbst den Kopf. Warum saß sie grübelnd hier herum, wenn sie nur anrufen musste, um alles aus erster Hand zu erfahren? Sie ließ ihren kaum angerührten Kaffee stehen, ging in die Lobby, suchte die Telefonnummer des Museums heraus, gab sie in ihr Handy ein und ließ sich mit dem Archiv verbinden.

Moody ging selbst dran. »Archiv.« Er klang besorgt, geistesabwesend und als wäre er verärgert, dass man ihn bei irgendeiner nervtötenden Archivarbeit störte.

»Mr Moody? Hier ist Alix London. Wir haben gestern kurz in der Blue Coyote Gallery miteinander geredet.«

Sie machte eine Pause, damit er sagen konnte: »Ach ja, wie geht's denn so?«, oder etwas in der Art, aber er blieb stumm. Sie konnte das Kratzen eines Stifts hören. Er arbeitete offensichtlich beim Telefonieren weiter.

»Ich bin Kunstberaterin«, sagte sie (zum ersten Mal in ihrem Leben und wahrscheinlich auch zum letzten), »und ich würde heute gern ins Archiv kommen, wenn das geht. Ich arbeite für Ms LeMay, die Sie gestern Abend auch kennengelernt haben. Sie wollte das O'Keeffe-Bild von Liz Coane kaufen. Ich dachte, ich frage besser erst mal telefonisch nach, ob …Mr Moody, sind Sie noch dran?«

»Ich bin noch dran, ja«, sagte er. Sie konnte sein genervtes Stöhnen und das Klappern seines hingeworfenen Stifts hören. »Ms London, was genau kann ich für Sie tun?«

Alix musste ihren eigenen Ärger hinunterschlucken. Sie war schon öfter Leuten wie dem reizbaren Mr Moody begegnet, Museumsarchivaren und Kunstbibliothekaren, die die ihrer Obhut anvertrauten Objekte als ihr persönliches Eigentum betrachteten und richtig ärgerlich wurden, wenn Fachleute (für die diese Sammlungen doch eigentlich bestimmt waren) doch tatsächlich die Stirn hatten, sie bei ihren banalen, aber penibel ausgeführten kleinen Routinearbeiten zu unterbrechen, und darum baten, das Archiv nutzen zu können.

Manche Leute …, dachte sie. »Ich interessiere mich für alles«, sagte sie möglichst freundlich, »was mit der Galería Xanadu in Albuquerque zu tun hat …«

»Ich kenne mich mit den Galerien in Albuquerque bestens aus und da gibt's keine Galería Xanadu.«

»Vielleicht nicht mehr …«

»Ganz sicher nicht mehr, falls es sie je gegeben hat.«

»… aber ich habe gehofft, das Archiv würde so weit zurückreichen, dass die Galerie noch zu finden ist.«

»Das Archiv geht zurück bis ins Jahr 1932.« Dann machte er eine Pause. »Ich allerdings nicht.«

Versuchte er etwa, witzig zu sein? Sie kicherte zaghaft.

Das schien ihn tatsächlich ein wenig sanfter zu stimmen. »Also gut, ich überprüfe die Indexdateien«, sagte er etwas freundlicher. »Galería Xanadu? Wie im Spanischen?«

»Ich weiß nicht, wie man auf Spanisch *Xanadu* schreibt«, sagte sie, denn sie dachte, ein kleiner Scherz ihrerseits könnte die Sache noch erleichtern, und tatsächlich vernahm sie einen sprödes Geräusch, vielleicht seine Art zu kichern. Oder auch nicht. »Ja«, fügte sie eilig hinzu, »Galería mit ›a‹ am Ende.«

Eine Minute Schweigen und dann: »Wir haben tatsächlich Material von dieser Galerie.« Er schien überrascht. »Anscheinend wurde sie in den Sechziger- und Siebzigerjahren betrieben. Wir haben vier … fünf … sechs Kataloge.«

»Großartig!«, rief sie ganz aufgeregt. »Kann ich heute Morgen noch vorbeikommen und sie mir ansehen? So gegen elf?«

»Viertel nach elf passt besser. Dann dürfte ich Zeit haben.«

»Also viertel nach. Vielen Dank. Bis gleich.«

»In Ordnung. Ich lege die Kataloge für Sie raus. Ms London, habe ich richtig verstanden? Sie waren mit Elizabeth befreundet? Darf ich Ihnen mein Beileid aussprechen? Was für eine furchtbare Geschichte.«

»Nein, wir waren nicht befreundet. Ich habe sie erst gestern kennengelernt.«

»Ach so. Na ja, trotzdem herzliches Beileid.«

KAPITEL 11

Nachdenklich ging Alix zurück ins La Plazuela und setzte sich wieder an ihren Tisch, auf dem noch immer ihr nun kalter Kaffee stand. Aber bevor sie wieder in Gedanken versinken konnte, stand Chris an ihrem Tisch, nahm sich den Stuhl ihr gegenüber und ließ sich mit ihren ganzen ein Meter fünfundachtzig darauffallen. Alix hatte sie schon erwartet. Irgendwann nachts hatte Chris einen Zettel unter ihrer Tür durchgeschoben, auf dem sie einen frühen Brunch in diesem Restaurant vorschlug.

»Morgen, Chris, wie geht's …«

»Kaffee«, krächzte Chris. »Ich brauche Kaffee, dringend.«

»Hier, trinken Sie meinen. Ich habe ihn nicht angerührt. Ist aber sicher kalt.«

»Egal.« Chris packte die Tasse mit beiden Händen, so wie jemand in einem Rettungsboot nach drei Tagen auf hoher See nach einem Blechnapf Süßwasser greifen würde, trank die Tasse mit drei großen Schlucken fast leer und seufzte dankbar. »So, jetzt geht's mir besser. Ich fühle mich wieder wie ein Mensch. Gleichfalls guten Morgen«, sagte sie ein bisschen lebendiger.

Chris hatte offensichtlich nicht viel geschlafen, aber sie war wie immer makellos gestylt; diesmal im modernen Südwest-Stil:

aktuelle taillierte Navajo-Bluse aus Rohseide, Navajo-Lotusblütenkette aus Silber und Türkis, passende Ohrringe, zwei silberne Armreifen, Jeans und hochhackige Stiefel. Aber als sie ihre teure Rundum-Sonnenbrille ins Haar schob, verrieten sie ihre blutunterlaufenen, müden Augen.

Sie schüttelte den Kopf. »Mann, was für eine Nacht.«

»Wann hat die Polizei Sie denn endlich gehen lassen?«

»Um eins. Und Sie?«

»Um eins? Ich war um halb elf wieder im Hotel.«

»Na ja, Liz und ich kannten uns seit Jahren. Sie hatten jede Menge Fragen.«

»Haben Sie …« Alix zögerte. »Haben Sie denen das… na, Sie wissen schon, das mit Craig erzählt?«

Chris spielte mit ihren Armreifen und biss sich auf die Lippe. Dann sagte sie schulterzuckend: »Ja.«

»Die ganze Geschichte?«

»Ja.« Sie trank den Kaffee aus. »Ich habe mich total mies dabei gefühlt, ihn da mit reinzuziehen. Er konnte natürlich gar nichts damit zu tun haben. Aber die Polizei muss über so was einfach Bescheid wissen.«

Alix nickte. »Ja, stimmt wohl. Und wenn sie es später rausgefunden hätten …«

»Das hätten sie garantiert.«

»… dann hätten sie sich gefragt, warum Sie nichts gesagt haben.«

»Eben. Trotzdem habe ich ein schlechtes Gefühl dabei. Wahrscheinlich haben sie ihn schon zum Verhör vorgeladen. Hoffentlich nimmt er es mir nicht übel.«

»Nein, sicher nicht, Sie haben richtig gehandelt, Chris.« Ganz so sicher war sie sich dessen nicht, aber Chris brauchte offensichtlich ein wenig Zuspruch. Und Alix brauchte Schmerztabletten. »Chris, Sie haben nicht zufällig Aspirin dabei? Ich habe leichte Kopfschmerzen.«

Chris schüttelte den Kopf. »Nicht bei mir. Hier gibt's aber einen Souvenirladen. Wollen Sie …«

»Nein, ich kann warten, so schlimm ist es nicht. Essen wir erst mal was.«

Sie bestellten noch Kaffee, außerdem *huevos rancheros* für Alix und für Chris Steak-Garnelen-Fajitas und zusätzlich einen *Caesar salad.* Während sie warteten, berichtete Alix ihr von ihrem morgendlichen Besuch auf der Polizeistation. Als sie erwähnte, dass sie dort auf de Beauvais getroffen war, der kurzzeitig seinen affektierten Akzent abgelegt hatte, wurde Chris ganz Ohr, aber was sie ganz besonders aufhorchen ließ, war die Nachricht, dass das O'Keeffe-Bild nach einer Fälschung aussah.

»Eine Fälschung? Liz hat versucht … mich reinzulegen?«

»Nun, es ist ja nicht sicher, dass sie es überhaupt wusste, Chris. Es ist sehr gut gemacht und vielleicht ist sie auch drauf reingefallen.«

»Ja klar.«

»Es ist doch möglich. Außerdem bin ich ja auch noch nicht hundertprozentig sicher, dass es sich um eine Fälschung handelt. Ich habe mich auch schon mal geirrt.« Sie lächelte. »Natürlich nicht sehr oft.«

Chris nippte an ihrem frischen Kaffee und dachte nach. »Also wozu raten Sie mir?«

»Sagen Sie mal«, fragte Alix, »wie ist denn die rechtliche Situation, was das Bild angeht? Gilt die Abmachung mit Liz überhaupt noch? Jetzt, wo sie … wo sie tot ist?«

»Aber klar. Es ist ein rechtsgültiger, unterzeichneter Vertrag. Die Erben werden sich dran halten müssen. Und ich auch.«

Die Bedienung kam und servierte ihnen ihr Essen. Keine von beiden rührte etwas an. »Und gemäß Vertrag«, sagte Alix, »gehört das Bild Ihnen, wenn Sie es wollen, aber Sie müssen es nicht nehmen, ist das richtig?«

»Nicht ganz. Es gehört mir, *außer* wenn ich mich bis zum Dreizehnten – Mittwoch – anderweitig entscheide.«

»Dann haben Sie noch drei Tage Zeit.«

»Stimmt. Also wozu raten Sie mir denn jetzt? He, es wird ja alles kalt. Essen wir erst mal was.«

Alix hatte gedacht, sie hätte keinen Hunger, aber bei dem Duft von Spiegeleiern, Käse und grünen Chilis lief ihr das Wasser im Mund zusammen und eine Weile widmeten sich beide genussvoll ihrem Essen. Als sie ihr Essen halb verputzt hatte, kam Alix wieder auf das Thema zu sprechen. »Wozu ich Ihnen rate …«, sagte sie nachdenklich. »Also ich fühle mich moralisch dazu verpflichtet, Ihnen zu raten, die Finger davon zu lassen. Es ist so vieles ungeklärt. Es gibt einfach zu viele Probleme. In Zukunft kommen auch noch O'Keeffe-Bilder auf den Markt. Warum also ausgerechnet dieses? Es kommt mir alles viel zu merkwürdig vor, Chris. Fliegen Sie zurück nach Seattle und heben Sie sich das Geld für etwas anderes auf. So sieht mein Rat aus. Der Rat, zu dem ich mich moralisch verpflichtet fühle.«

Chris verschlang ein Stück aufgerollter, mit Rindfleisch, Zwiebeln und grüner Paprika gefüllter Tortilla und spülte es mit Kaffee hinunter. »Bei allem Respekt, aber ich lehne Ihren Rat ab. Ich stecke schon bis über beide Ohren in diesem Geschäft drin und ich lasse es jetzt nicht sausen, als wäre nichts gewesen. Wir haben immerhin noch drei Tage. Ich hänge mittlerweile an diesem Bild und bevor ich das Handtuch werfe, möchte ich wenigstens wissen, ob es echt ist oder nicht. Also wie sieht Plan B aus? Sie können mich mal mit Ihrer moralischen Pflicht.«

Freut mich für dich!, dachte Alix in einer Gefühlsaufwallung. »Ganz meiner Meinung. Also Plan B sieht so aus: Ich gehe erst mal rüber zum Museumsarchiv, um mehr über die Geschichte des Bildes herauszufinden. Und in den verbleibenden drei Tagen versuchen wir, mit absoluter Sicherheit zu bestimmen, ob das Bild echt ist oder nicht. Und danach … Nun, das kommt drauf an, was wir herausfinden.«

»Reichen drei Tage denn, um herauszufinden, ob es echt ist?«

Alix zuckte mit den Schultern. »Das weiß ich noch nicht, aber ich glaube schon.«

»Aber wie denn? Ich dachte, es dauert Wochen, bis man die Untersuchungsergebnisse von Material, Pigmenten und was weiß ich kriegt.«

»Ja klar, aber mit so was gebe ich mich gar nicht erst ab«, sagte sie und gab Chris eine Zusammenfassung des Vortrags, den sie de Beauvais in der Asservatenkammer gehalten hatte. »Also verlasse ich mich eher auf …«

»Den guten alten Kennerblick?«

»Genau.«

Chris war mit dem Essen fertig. Sie ließ sich noch Kaffee nachschenken und sah Alix mit ernstem Gesichtsausdruck an. »Die Sache mit dem Kennerblick«, sagte sie, »die wollten Sie mir schon mal erklären, aber ich habe gesagt, ein andermal. Ich glaube, jetzt ist es an der Zeit. Was ist das denn genau?«

»Genau? So einfach ist das nicht zu erklären.« Alix aß die letzten Happen ihres Frühstücks, während sie ihre Gedanken sammelte. »Im Grunde geht es darum, sich in den Künstler hineinzuversetzen: zu sehen, was er gesehen hat; zu verstehen, was er ausdrücken will, und zu untersuchen, wie er es ausgedrückt hat – die Farben, die Komposition, der Farbauftrag –, und ob das alles auch zu dem fraglichen Künstler passt.«

Chris runzelte die Stirn. »Aber was ist daran so besonders? Machen das nicht alle Kunstexperten so?«

»Ja, aber wenn man den richtigen Blick hat, macht man es fast instinktiv. Zumindest kommt es einem so vor. Man muss keine Bücher wälzen oder das Bild mit anderen Arbeiten des Künstlers vergleichen oder etwas in der Art. Man weiß es einfach.«

Chris sah sie misstrauisch an. »Nehmen Sie es mir nicht übel, Alix, ich vertraue Ihnen ja, aber … also das hört sich für mich ein bisschen nach einer Zirkusnummer an. Wie Hokuspokus. Ich meine: Sie *wissen* es einfach? Das klingt nun wirklich nicht sehr vertrauenerweckend.«

»Mit der Meinung sind Sie nicht allein«, sagte Alix und lachte. »Nur wenige Menschen haben dieses Talent. Man kann es nicht lernen, allerdings braucht es Schulung, damit es auch funktioniert. Ich habe es anscheinend von meinem Vater geerbt.«

»Na ja, aber ehrlich … Sie wissen es einfach?« Sie schüttelte den Kopf. »Das ist einfach nicht …«

»Also gut … Wenn ich Ihnen zwei Handschriftenproben zeige, eine von Ihnen und eine von jemand anderem, dann wären Sie doch in der Lage, Ihre eigene Schrift zu erkennen, oder nicht?«

»Klar, das kann doch jeder.«

»Genau. Aber woher wissen Sie denn so genau, welche Schrift Ihre ist?«

»Mal sehen …« Chris holte einen Kugelschreiber heraus, kritzelte ein paar Wörter auf eine Serviette und betrachtete sie eingehend. »Okay, meine Handschrift zeichnet sich durch gewisse Besonderheiten aus. Beim g mache ich unten eine Schlaufe, aber beim y nicht. Das ist sicher ungewöhnlich. Und auf meine i mache ich meistens einen kleinen Kreis, aber nicht immer, und …«

Alix riss ihr die Serviette weg. »Und ohne das hier, also eine Vergleichsprobe, wären Sie nicht in der Lage, Ihre Handschrift zu erkennen?«

»Doch, natürlich, ich würde sie auf Anhieb erkennen. Ich wollte nur erklären …«

»Aber *woran* würden Sie sie auf Anhieb erkennen?«

»Ich weiß nicht, woran, Alix, ich würde sie halt erkennen.«

»Sehen Sie«, sagte Alix, »Sie haben soeben den Kennerblick beschrieben. Bei Ihrer eigenen Schrift haben Sie den auch. Jeder hat ihn. Es gibt hunderte Merkmale, an denen Sie Ihre eigene Schrift erkennen – g mit Schlaufe, y ohne Schlaufe –, aber Sie müssen sie nicht bewusst einzeln durchgehen. Es passiert automatisch und unmittelbar. Sie schauen einmal kurz hin … und *Sie wissen es einfach*.«

Chris' Stirnrunzeln war verschwunden. »Verstehe. Und das können Sie tatsächlich auch bei Bildern?«

»Nicht bei jedem Künstler, aber bei ziemlich vielen, und Georgia O'Keeffe ist anscheinend eine von denen, für deren ästhetisches Empfinden ich sensibel bin.«

»Ich frage lieber erst gar nicht, was das heißen soll.«

»Gut, ich weiß es nämlich auch nicht so genau. Ich weiß, dass es so ist, aber ich versuche lieber erst gar nicht, es zu erklären oder es genau zu analysieren. Es ist, als hätte man eine Gans, die goldene

Eier legt. Es wäre nicht sehr klug, sie zu schlachten, um herauszufinden, wie sie das macht.«

Chris nickte langsam, trank ihren Kaffee aus und ließ das Gesagte auf sich wirken. »Okay, mehr oder weniger kapiere ich es jetzt, aber Sie haben ja schon einen Blick auf das Bild geworfen und Sie sind zu dem Schluss gekommen, dass es eine Fälschung ist. Was bleibt denn in den nächsten drei Tagen noch zu tun?«

»Ich will sehen, ob ich mein Urteil bestätigen kann«, antwortete Alix prompt. »Wie gesagt bin ich nicht zu hundert Prozent sicher.« Sie lächelte. »Nur zu siebenundneunzig Prozent. Und jetzt muss ich so tief in die Welt von Georgia O'Keeffe eintauchen wie nur irgend möglich. Ich muss die Welt mit ihren Augen sehen und fühlen wie sie. Auf dem Bild wird die Ghost Ranch dargestellt. Die liegt ganz weit draußen, zwei bis drei Stunden nördlich von hier. Sie hat sich in den Ort verliebt und dann diese kleine, einsame Hütte und ein Stück Land gekauft, am Fuß der Felsen, ganz abgelegen. Auch meilenweit von den Gebäuden der Ranch entfernt. Mit über vierzig ist sie hin und hat dort gelebt und gearbeitet, bis sie über neunzig war – fünfzig Jahre lang. Ich würde gern hinfahren und mir die Gegend selbst ansehen.«

»Mit über neunzig hat sie noch gemalt?«

»Und dann hat sie auch nur aufgehört, weil sie blind wurde.«

»Ja, ich kann mir vorstellen, dass das hinderlich war.«

»Und dann hat sie eben angefangen zu töpfern. Das hat sie bis zu ihrem Tod gemacht. Sie ist nur wenige Monate vor ihrem neunundneunzigsten Geburtstag gestorben.

»Was für eine Frau«, sagte Chris.

»Es gäbe noch viel mehr über sie zu erzählen.« Alix war froh, dass sie sich nach Chris' Anruf einiges angelesen hatte. »Na ja, jedenfalls ist die Ghost Ranch jetzt ein Konferenzzentrum – schon seit über fünfzig Jahren – und wenn Zimmer frei sind, kann man dort übernachten. Und das habe ich vor.«

»Sie wollen da hochfahren?«

»Ja, aber unterwegs will ich auch in Taos Halt machen. Taos war ihre erste Station hier in der Gegend. Haben Sie schon mal was von Mabel Dodge Luhan gehört?«

Chris runzelte die Stirn. »Nicht viel … eine reiche Frau, schillernde Persönlichkeit, avantgardistisch … in den Zwanziger- und Dreißigerjahren eine große Nummer in der Kunstszene von Taos, meinen Sie die? Die kannte jeden: D. H. Lawrence, Ansel Adams, Martha Graham …«

»… *und* Georgia Totto O'Keeffe«, sagte Alix. »Sie schmiss gern Partys und bei ihr traf sich alles, was im Kulturbetrieb Rang und Namen hatte, auch Georgia O'Keeffe. Sie war öfter bei Mabel zu Gast und hat viele Bilder von der Landschaft rund um das Anwesen gemalt. Da hat sie wohl ihre Liebe für New Mexico entdeckt. Ich bin sicher, ich habe irgendwo gelesen, dass das Haus noch steht. Hoffentlich erlaubt mir der jetzige Besitzer, mich darin umzusehen, damit ich die Stimmung aufnehmen kann. Ich will versuchen, es mit ihren Augen zu sehen und zu verstehen, warum sie ihre Zelte in New York angebrochen und dem angenehmen Leben und dem Erfolg den Rücken gekehrt hat.«

»Das ist ja alles schrecklich interessant, aber noch mal: Schaffen Sie das alles in drei Tagen?«

»Ich kann's auf jeden Fall versuchen: zwei Orte in drei Tagen. Die Ghost Ranch ist etwas weiter, aber auch in ein paar Stunden zu erreichen. Warum also nicht?«, sagte sie zuversichtlich, zögerte dann aber. »Es gibt nur ein Problem.«

»Und zwar?«

»Ich brauche wenigstens einen Teil meines Honorars. Mietwagen, zwei Übernachtungen …«

»Natürlich können Sie das haben, aber es nicht nötig. Sie arbeiten schließlich für mich, also übernehme ich auch die Kosten.«

»Das stimmt nicht ganz, Chris. Ich mache es auch für mich selbst. Vielleicht sogar hauptsächlich aus eigenem Interesse.«

»Das sehe ich aber anders. Das ist immer noch vor allem meine Angelegenheit. Ich bin besonders betroffen, denn man hat vielleicht versucht, mir eine Fälschung anzudrehen; eine meiner ältesten Freundinnen ist umgebracht worden, und meine neueste Freundin musste auch beinah dran glauben. Ich will wissen, was hier gespielt wird. Also geht das auf meine Rechnung und damit basta. Ich komme übrigens mit, ob es Ihnen passt oder nicht.«

Alix passte es wirklich nicht. »Ich weiß nicht, Chris«, sagte sie zögernd. »Es musste schon jemand sterben und ich bin nur knapp mit dem Leben davongekommen. Wer weiß, was als Nächstes passiert? Ich hätte kein gutes Gefühl dabei, Sie mit reinzuziehen …«

»Mich mit reinziehen? Machen Sie Witze? Ich habe Sie doch mit reingezogen und ich lasse Sie auf gar keinen Fall ganz allein da oben durch die Wildnis irren. Und außerdem ist da noch was.« Ihr Gesicht verhärtete sich. »Ich will wissen, ob ich für Liz nur ein leichtes Opfer war, dem sie für drei Millionen eine Fälschung aufschwatzen wollte. Denn so langsam glaube ich, Sie haben recht, was die Affäre zwischen Liz und Craig angeht. Damit hätte sie mich jetzt zum zweiten Mal hinters Licht geführt. Aber ich will es eben genau wissen. Deshalb haben Sie mich am Hals und Sie können nichts dran ändern.«

Alix lächelte und entspannte sich. »Ich bin froh, dass Sie mitkommen. Es ist schön, jemanden dabeizuhaben«, sagte sie ehrlich. »Auch wenn dieser Jemand einen manchmal rumkommandiert.«

»Das will ich nicht gehört haben. Also …« Chris schlug mit der flachen Hand auf den Tisch und stand auf. » Kommen Sie schon, Sie Expertin, wird dürfen keine Zeit verlieren. Wir holen Ihnen ein paar Aspirin und dann machen wir uns am besten direkt auf den Weg nach Taos. Wir vergeuden hier nur unsere Zeit. Es ist fast elf.«

Alix stand auch auf. »In Ordnung, aber ich brauche zuerst ein bisschen Zeit im Museumsarchiv. Ich habe heute Morgen erfahren, dass das Bild irgendwann in einer Galería Xanadu in Albuquerque angeboten wurde, und Mr Moody hat gesagt, sie hätten ein paar Kataloge von dieser Galerie. Ich hoffe, dort ein paar Informationen zu finden.«

»Mr Moody? Wer ist Mr Moody?«

»Der war gestern Abend auch auf der Eröffnung. Der Museumsarchivar. Fliege, Glatze …«

»Ach ja, ein verrückter kleiner Kerl. Ich erinnere mich«, sagte Chris und nickte. »Also, wenn es Ihnen nichts ausmacht, verzichte ich darauf, den Herrn näher kennenzulernen. Ich besorge uns in der Zeit einen Mietwagen und buche Zimmer in Taos und auf der Ghost Ranch.«

»Gute Idee.«

»Als Sie vorhin gesagt haben, dass Sie das eher für sich selbst machen«, sagte Chris, als sie durch die Lobby zum Souvenirladen liefen, »was meinten Sie damit?«

Sie hörte mit Unbehagen zu, als Alix erklärte, wie sich die ganze Angelegenheit auf ihre Karriere auswirken könnte. »Oh Gott, und ich war nur mit mir selbst beschäftigt und habe gar nicht daran gedacht, was das alles für Sie bedeutet. Aber vielleicht werden ja in den Medien unsere Namen gar nicht genannt. Wir haben nur die Leiche gefunden, mehr nicht.«

Alix lachte bitter. »Mein Name wird garantiert genannt, wenn die Journalisten erst dahinterkommen, wer mein Vater ist:«

»Aber wie sollen die das denn rausfinden?«

»Keine Sorge, wahrscheinlich wissen sie es schon längst.«

»Haben Sie heute Morgen schon einen Blick in die Lokalzeitung geworfen?«

Alix schüttelte den Kopf. »Ich wollte gar nicht wissen, was da steht.«

»Ich aber schon.« Während Alix ihr Aspirin kaufte, warf Chris fünfzig Cent für die letzte Ausgabe des *Santa Fe New Mexican* auf die Theke. »He, Liz ist auf der Titelseite: ›Galeristin ermordet – Polizei jagt Täter‹«, las sie laut vor und überflog dann die Spalte, blätterte um, um die Fortsetzung zu suchen und breitete die Zeitung auf dem Tresen aus. Sie las leise weiter und seufzte dann. »Ich fürchte, Sie haben recht. Wir werden beide erwähnt, weil wir Liz gefunden haben, und dann steht da noch: ›Alix London ist die Tochter des berühmt-berüchtigten New Yorker Restaurators Geoffrey London, der in einem spektakulären Kunstfälscher-Prozess zu neun Jahren Haft verurteilt wurde. Ms London soll sich nach wie vor in Santa Fe aufhalten, ihr genauer Aufenthaltsort ist jedoch unbekannt. Auf Nachrichten auf ihrem Anrufbeantworter hat sie bisher nicht reagiert. Auch ihr Vater, der seit seiner Haftentlassung in Seattle einen Kunstimport betreibt, war bisher telefonisch nicht zu erreichen.‹«

»Die haben *Geoff* angerufen?«, sagte Alix schaudernd. »Dann weiß er Bescheid. Er muss krank vor Sorge sein.«

»Da steht, dass sie ihn nicht erreicht haben.«

»Chris, mein Vater würde sich niemals die Gelegenheit entgehen lassen, mit den Medien zu sprechen. Wenn er jetzt nicht zu erreichen ist, dann deshalb, weil ein anderer Reporter schon mit ihm gesprochen hat, und er weiß, was die übrigen von ihm wollen. Ich wette, er hat schon ein Dutzend Nachrichten auf meinen AB gesprochen.«

»Aber hätte er nicht auch versucht, Sie auf dem Handy zu erreichen?«

»Nun …« Alix spürte, wie sie rot wurde. »Ich habe ihm die Nummer nie gegeben.«

»Ihr eigener Vater kennt Ihre …?« Sie unterbrach sich. »'tschuldigung, geht mich nichts an. Kommen Sie, gehen wir zurück zur Hacienda.«

»Es ist nur, weil …«

»Sie müssen mir nichts erklären, Alix. Es geht mich nichts an«, sagte sie wieder.

Alix seufzte und lächelte blass. »Es würde auch zu lange dauern.«

Die Hacienda Encantada war nur zwei Blocks vom La Fonda entfernt und sie brauchten nur ein paar Minuten. Als sie das Hauptgebäude betraten, sah Alix auf ihre Uhr. »Also ich schätze, ich bin so gegen halb eins im Museum fertig. Dann können wir uns auf den Weg nach Taos machen.«

»Großartig. Ich besorge den Mietwagen und warte hier auf Sie.«

»Aber zuerst muss ich meinen Vater anrufen.«

KAPITEL 12

Aber zuerst muss ich meinen Vater anrufen.

Was für eine einfache, nicht weiter bemerkenswerte Aussage. War es nicht das Normalste von der Welt? Tagtäglich sagten Tausende Leute diesen Satz. Aber wann war er das letzte Mal Alix über die Lippen gekommen? Vor zehn Jahren? Mindestens.

Sie schleuderte ihre Handtasche aufs Bett, öffnete die Doppeltür zur Terrasse, wischte ein paar frisch gefallene goldene Blätter von einem Rattanstuhl, klappte ihr Handy auf, fragte die Auskunft nach der Geschäftsnummer ihres Vaters und ließ sich direkt verbinden. Am besten brachte sie es sofort hinter sich, noch bevor sie ihr Aspirin nahm. Wenn sie sich Zeit ließ, darüber nachzudenken, würde es wahrscheinlich so enden wie am Abend zuvor: Sie würde es sich anders überlegen, das Handy zuklappen und es auf ein andermal verschieben.

Das war vielleicht gar keine so schlechte Idee. Ihre Kehle war ganz trocken. Was würde es schon ausmachen …

»Handelsgesellschaft Venezia. Was kann ich für Sie tun?« Die Worte kamen schwerfällig und langsam wie von einem Kind, das etwas mühsam auswendig Gelerntes aufsagt.

Tiny.

»Hallo Tiny, hier ist Alix.«

Die Stimme wurde etwas lebendiger. »Alix? Ach, wirklich? He, *mia cucciolina*, wie geht's dir denn?«

Mia cucciolina. Mein Hündchen. So hatte er sie vor tausend Jahren genannt, als er noch Onkel Beniamino war und sie so gern auf seinem Schoß gesessen, sein breites, einfältiges, aber gutmütiges Gesicht angeschaut und dabei vor sich hingeplappert hatte. Aus heiterem Himmel rannen ihr Tränen übers Gesicht. Ihre Kehle war wie zugeschnürt und nur mit Mühe brachte sie ein paar Wörter raus.

»Mir geht's gut, Tiny. Und dir? Es ist so lange her.«

»Ach, du kennst mich doch, mir geht's immer gut.«

Sie musste lachen. »Ich weiß. Tiny, ist mein Vater da? Kann ich mal mit ihm reden?«

»Na klar. Ich stelle dich durch. Wenn ich nur wüsste, welche Taste …«

»Ach, übrigens … Ich arbeite für eine Frau, die ein Bild von Georgia O'Keeffe kaufen will.«

»Ja, habe ich gehört. Das freut mich für dich.« Keine Spur von Groll, obwohl sie wusste, dass es ihn gekränkt hatte, als sie bei dem Gespräch mit Geoff seine Hilfe abgelehnt hatte. Was für ein lieber, durch und durch anständiger Kerl … Wenn man darüber hinwegsah, dass er ein Meisterfälscher war. Oder früher mal gewesen war, wenn man ihm seine derzeitige Geschichte abkaufte.

»Also ich habe da ein paar Fragen, zu denen mich deine Meinung interessieren würde. Kann ich dich deswegen in ein paar Tagen noch mal anrufen?«

Er schnurrte regelrecht: »Ich tue doch alles für dich, *piccolina*.«

Piccolina. Kleine. Tiny war auf der Jerome Avenue in der Bronx geboren und sprach normalerweise auch mit dem entsprechenden Akzent, aber er streute gern Wörter aus der Heimat seiner sizilianischen Vorfahren ein. Manchmal, wenn er ein paar Gläser Chianti intus hatte, hätte sie schwören können, dass er mit italienischem Akzent sprach.

»Danke, Tiny.« Sie nahm sich vor, sich ein paar Fragen für ihn auszudenken.

Dann kam ihr Vater an den Apparat. »Alix? Ich bin so froh, dass du anrufst. Ich habe mir solche Sorgen gemacht.« Sie konnte tatsächlich die Anspannung in seiner Stimme hören. *Ich bin auch froh, dass ich angerufen habe*, dachte sie, aber brachte es nicht über sich, es auszusprechen. »Bei mir rufen schon den ganzen Morgen Reporter an. In was bist du denn da nur hineingeschlittert? Alles in Ordnung bei dir?«

»Ja, mir geht's wunderbar, Geoff.«

Dann musste sie ein paar Minuten lang Fragen beantworten, hauptsächlich um ihn zu beruhigen, denn er war fast so gut wie sie über die Ereignisse des Vortags informiert. Sie hätte ihm fast gesagt, dass sie das Bild für eine Fälschung hielt, aber dann überlegte sie es sich anders, denn sie wusste, er hätte sich nur allzu gern eingemischt – um ihr zu helfen –, aber das wäre ihr einfach noch zu viel gewesen.

»Und was ist mit der Explosion in deiner … Wie heißt das noch? ... In deiner Casita?«, fragte er. »Wollte man dich etwa auch …ich meine ...?« Er machte sich tatsächlich Sorgen um sie. Es passierte nicht oft, dass Geoffrey die Worte fehlten.

»Die Polizei glaubt anscheinend, dass es nur ein Unfall war, Dad. Eine defekte Leitung.«

Dad? Hatte sie ihn gerade *Dad* genannt? Wie war das denn nur passiert? Schon seit ihrem zwölften Lebensjahr nannte sie ihn Geoff. Sie hatte einfach irgendwann damit angefangen; als Akt der Selbstbehauptung, und er hatte keinen Einwand erhoben. Sie betete nur, dass es ihm nicht aufgefallen war.

Anscheinend nicht. »Mir ist vollkommen egal, was die Polizei glaubt. Was glaubst *du* denn?«

Da half nur eine Notlüge. »Ach, wahrscheinlich hat die Polizei recht … Geoff.« Sie hatte seinen Namen nur schnell eingeworfen, um das Wort Dad aus ihrer beider Erinnerung zu löschen. »Warum sollte mir irgendjemand ans Leder wollen?«

»Trotzdem, das gefällt mir nicht«, sagte er. »Überhaupt nicht. Ganz und gar nicht. Liebes, ich kann dir gar nicht sagen, wie leid es mir tut, dass ich dich da hineinmanövriert habe.«

»Mich da reinmanövriert? Hast du doch gar nicht.«

»Oh doch, habe ich. Na ja, vielleicht nicht direkt, aber in gewisser Weise – eigentlich ziemlich eindeutig – ist es alles meine Schuld. Das heißt, äh, nicht direkt natürlich, aber … irgendwie schon. Wenn du verstehst, was ich meine.«

Nein, sie verstand kein Wort und es war auch untypisch für ihn, sich zu wiederholen oder so herumzudrucksen. Ein Schauer kroch ihr den Rücken hoch und setzte sich kribbelnd in ihrem Nacken fest. »Geoff«, sagte sie zögernd, »du hast doch nicht … Du und Tiny, ihr habt doch nicht etwa irgendwann in letzter Zeit O'Keeffe-Bilder gefälscht, oder?« Es sollte sich wie ein Scherz anhören, aber ihre Stimme wurde immer schriller, bis sie am Ende praktisch quietschte.

Er grölte plötzlich vor Lachen auf und es klang überrascht und echt genug, um sie zu beruhigen. »Um Himmels willen, nein! Was für ein Gedanke! Mein armes Mädchen, ich bin ein braver Bürger geworden, wie er im Buche steht. Und Tiny auch. Wir alle.«

»Was meintest du denn dann? Wieso ist es deine Schuld?«

»Ich meinte … Ich weiß nicht so genau, was ich damit meinte. Vielleicht, wie dein Leben bisher gelaufen ist. Ohne meinen fragwürdigen Einfluss hättest du gar nichts mit Kunst zu tun. Du hättest dir einen anständigen Beruf ausgesucht. Und was noch schlimmer ist: Ohne meine Verfehlungen wärst du immer noch mit diesem netten Kerl verheiratet – wie hieß der noch? – und würdest in Beacon Hill Lunchpartys organisieren und bräuchtest gar nicht zu arbeiten. Und du hättest einen Doppelnamen, *très élégant* …«

Er hatte wieder diesen verschmitzten Ton in der Stimme. Sie musste lächeln und spielte mit. »Du meinst Paynton Whipple-Pruitt? Wenn ich mich recht erinnere, hast du ihn damals einen überheblichen, aufgeblasenen, egozentrischen Wichtigtuer genannt.«

»Das habe ich niemals gesagt.«

»Hast du wohl.«

»Nein, ganz sicher nicht. Ich habe ihn einen kindischen, aufgeblasenen, egozentrischen Wichtigtuer genannt.«

»Ach ja, du hast recht«, sagte Alix lachend.

»Was hast du denn jetzt vor, Alix? Kommst du zurück nach Seattle?«

»Nein, ich habe noch ein paar, äh, Zweifel, was das Bild angeht. Deshalb möchte ich mir die O'Keeffe-Landschaft mit eigenen Augen ansehen. Das würde mir sicher helfen. Ich fahre nachher dort hoch.«

»Großartige Idee, aber ganz allein in die Wüste? Nach allem, was passiert ist? Ich hätte Zeit, weißt du? Soll ich …«

»Chris LeMay kommt auch mit«, schnitt sie ihm das Wort ab. So nah hatte sie sich ihm schon lange nicht mehr gefühlt, aber ihn drei ganze Tage um sich zu haben, das war doch noch zu viel für sie. »Ich muss mich jetzt auch fertig machen.«

»Ich bin froh, dass du angerufen hast.«

»Ich melde mich bald wieder.«

»Ja bitte, mein Liebes. Bis bald und pass auf dich auf.«

Nachdenklich klappte sie ihr Handy zu. Würden andere Eltern, deren Tochter zehn Jahre lang nicht angerufen hatte, nicht darauf hinweisen und wenigstens ein bisschen Theater machen? Aber nicht Geoff. Er war einfach nur froh, endlich von ihr zu hören, und beließ es dabei.

Blätter waren auf ihren Schultern und ihrem Schoß gelandet. Sie wischte sie weg und ging hinein, um zu packen, damit sie losfahren konnten, sobald sie im Archiv fertig war.

Ihre Kopfschmerzen waren seltsamerweise verschwunden.

✦✦✦

Einlass ins Archiv des Southwest Museum of Twentieth-Century American Art zu erhalten, war, als wollte man in die Zentrale des *Luft- und Weltraum-Verteidigungskommandos*. Der Raum befand sich ganz hinten im Museum hinter einer abgeschlossenen Tür. Bevor Alix Zutritt gewährt wurde, musste sie sich bei der Information melden. Dort musste sie sich mit ihrem Führerschein ausweisen, dann ein zweiseitiges Formular ausfüllen, das bei der »Privatanschrift« anfing und beim »Grund für gewünschte Archiveinsicht« endete, dann auf einem weiteren Formular mit ihrer Unterschrift bestätigen, dass sie diverse Regeln einhalten würde (keine Scheren oder Stifte mitbringen, kein Archivmaterial entwenden), und schließlich aus Sicherheitsgründen Führerschein und Handtasche bei der Bibliothekarin abgeben.

Erst dann wurde Mr Moody angepiepst. Kurz darauf erschien er. Die Fliege und der altmodische dunkle Anzug waren offensichtlich nicht nur für gesellschaftliche Anlässe wie Vernissagen reserviert, sondern sie waren auch seine Arbeitskleidung. Ein unerwartetes humoristisches Detail seiner Fliege waren kleine Bilder vom Kojoten, der den Roadrunner jagte. Moody selbst war aber nicht zu Scherzen aufgelegt. Er grüßte sie mit einem flüchtigen Nicken. (Konnte er sich an ihre Begegnung am Vortag erinnern? Unmöglich zu sagen.) Dann führte er sie zu der verschlossenen Tür und gab auf dem Tastenfeld die Kombination ein, jedoch nicht ohne sich vorher vergewissert zu haben, dass sie nicht heimlich die Zahlen mitlas. Ihm zu Gefallen wandte sie sich ab und betrachtete scheinbar ganz fasziniert die Bücherregale hinter ihnen.

An einem Ende des Raums stand ein Schreibtisch mit Stuhl, beides aus Metall; außerdem gab es einen Lesetisch, auf dem ein Notizblock und ein paar stumpfe Bleistifte lagen, und an einer Wand sechs Stahlbücherschränke auf Rollen. Moody bedeutete ihr, sich an den Tisch zu setzen, ging zum Schreibtisch und holte einen Stehsammler mit Katalogen. »Ich habe die für Sie rausgesucht, damit Sie nicht selbst sämtliche Ordner durchforsten müssen.«

»Danke«, sagte Alix, aber sie war sicher, er hatte es nur getan, weil er den Gedanken nicht ertrug, ein Eindringling wie sie könnte nach Herzenslust in seinen Regalen herumstöbern und wer weiß was für Untaten begehen; auf dem Archivmaterial herumkritzeln vielleicht.

»Ich habe außerdem eine alte Freundin angerufen, eine Kunsthändlerin aus Albuquerque, um so viel wie möglich über diese Galerie herauszufinden. Sie bestand von zweiundsechzig oder dreiundsechzig bis circa fünfundsiebzig und soll einen guten Ruf gehabt haben. Der Besitzer hieß Henry Merriam, anscheinend eine Autorität, was Grafikkünstler aus dem Südwesten angeht. Hoffentlich hilft Ihnen das weiter.«

Es waren wirklich nützliche Informationen. »Danke«, sagte sie wieder, diesmal etwas überzeugender. Da sie nun etwas unbeholfen dastand, fügte sie hinzu: »Also ich werde dann mal …«

»Ja, ich muss auch weiterarbeiten«, sagte er, setzte sich an seinen Schreibtisch und fing an, Papiere zu ordnen.

Er war von anderswo hergerufen worden, deshalb nahm sie an, er blieb nur im Raum, um sie im Auge zu behalten. Von seinem Schreibtisch aus konnte er seine Besucher unauffällig beobachten, für den Fall, dass sie plötzlich eine blitzende Schere hervorholten oder versuchten, sich irgendetwas ins Hemd zu stopfen. Aber was rümpfte sie die Nase über jemanden, der nur seine Pflicht tat? Sie versuchte, seine Seitenblicke zu ignorieren, und fing an, die Kataloge in der Hoffnung zu durchsuchen, dass irgendwo das Bild *Felsen auf der Ghost Ranch* erwähnt wurde. Es waren insgesamt sechs Hefte, nicht so sehr Kataloge, sondern eher teure, farbige Hochglanzbroschüren, *Was geht vor in Xanadu?*, die neben Informationen über Ausstellungen, Verkäufe und Vernissagen auch hie und da Beiträge von Merriam enthielten: *Gedanken (und Abschweifungen) eines Dilettanten.*

Sie hatte die ersten zwei Kataloge erfolglos durchgeblättert, als das Telefon auf Moodys Schreibtisch piepte, und einen Moment später rief er sie: »Es ist für Sie.« Er deutete auf einen Apparat am anderen Ende ihres Tisches. »Sie können da telefonieren.« Sowohl sein Tonfall als auch seine Handbewegung schienen auszudrücken, dass das Empfangen von Telefonaten gegen die Regeln des Archivs verstoße und es nicht wieder vorkommen dürfe. Sie bedankte sich und zuckte entschuldigend mit den Schultern.

»Hi Alix«, sagte Chris, als sie das Telefon ans Ohr hielt. »Ich möchte gern umdisponieren und dachte, ich frage Sie lieber, bevor ich die Zimmer buche. Macht es Ihnen was aus, wenn wir die Sache umdrehen? Zuerst Ghost Ranch und dann Taos? Auf der

Ghost Ranch fangen morgen die neuen Kurse an und dann ist alles belegt, aber für heute Nacht gibt's noch Zimmer. Wir könnten dann morgen nach Taos weiterfahren. Wäre das in Ordnung?«

»Klar, kein Problem.«

»Hervorragend. Außerdem habe ich eine Überraschung für Sie. Ich habe mich über Hotels in Taos informiert und im Internet eine interessante Information gefunden. Sie waren sich doch nicht sicher, ob das Haus von Mabel Dodge Luhan noch steht. Nun, es ist noch da und die jetzigen Besitzer betreiben dort ein Retreat-Center und Bed and Breakfast.«

»Großartig!«, rief Alix. »Einfach wunderbar!«

»Allerdings findet ab morgen im Ort eine Konferenz statt und zwar im Taos Convention Center. Wer hätte gedacht, dass es so etwas in Taos gibt? Und alle Zimmer in dem Haus sind schon seit Wochen ausgebucht.«

Alix' Begeisterung verflog. »Ach, schade. Aber wenigstens können wir …«

»Die Konferenz heißt ›Neue Richtungen 2010: Der aufstrebende Kunstmarkt der New Economy‹«, unterbrach sie Chris. »Es ist die dritte Konferenz über neue Richtungen …«

»Moment, das habe ich doch schon mal irgendwo gehört. Haben Sie nicht gesagt, Liz sei die treibende Kraft dahinter gewesen?«

»Ja, stimmt.«

»Aber wie … Ich meine, Liz ist doch gerade erst … und die Konferenz findet trotzdem statt?«

»Ja, man hat überlegt, die Sache abzublasen, aber man hätte niemals alle Leute rechtzeitig erreichen können. Dann die ganzen gebuchten Flüge und Hotels und die Einnahmen für die Stadt … Es wäre ein totales Desaster gewesen, deshalb findet die Konferenz jetzt als eine Art Gedenkfeier für Liz statt.«

»Interessant.«

»Ja, aber ich habe noch eine ganz besondere Überraschung auf Lager. Eine Reservierung fürs Luhan-Haus ist nämlich storniert worden und zwar ausgerechnet die für das schönste Zimmer,

Mabels eigenes Schlafzimmer. Eher eine Suite, sagen sie. Mehr als genug Platz für zwei, und ich habe sie gebucht. Sie können also nach Herzenslust in dem Haus herumstöbern.«

Diese Nachricht munterte Alix wieder auf. »Chris, das ist einfach toll! Wer wohl in dem Zimmer übernachten … oh. Liz?«

»Ja, Liz«, bestätigte Chris. »Eine seltsame Fügung des Schicksals, finden Sie nicht? Oder heißt es Laune des Schicksals oder …?«

Alix spürte, wie sich Moodys verärgerter Blick in ihren Nacken bohrte. Zeit, Schluss zu machen. »Ich muss jetzt weiterarbeiten, Chris. Ich brauche höchstens noch eine Stunde und dann können wir direkt zur Ghost Ranch fahren. Und morgen früh machen wir uns nach Taos auf. So dürfte uns genug Zeit für beide Orte bleiben.«

»Gut. Ich reserviere dann mal und melde uns für die Konferenz an. Ach, außerdem werden Sie Augen machen, wenn Sie den Mietwagen sehen. Noch eine Überraschung. Also bis gleich.«

Sie entschuldigte sich noch einmal mit einem Schulterzucken und einem schuldbewussten Gesichtsausdruck und machte sich wieder an die Arbeit. Im vierten Newsletter, der Ausgabe vom November 1971, wurde sie schließlich fündig. Unter dem Titel *Meister der Wüste* gab es jeden Monat spezielle Angebote und ein großes Farbfoto des Bildes nahm einen Ehrenplatz zentral auf der linken Seite ein. Es wäre unmöglich zu übersehen gewesen, auch ohne die ausführliche Beschreibung darunter, die folgendermaßen begann:

Georgia O'Keeffe (geb. 1887)
Felsen auf der Ghost Ranch, 1964
Signatur: OK in einem Stern (Rückseite)
Öl auf Leinwand
91,4 cm x 76,2 cm

Treffer. Sie machte mit der Faust eine zaghafte Triumphgeste in der Luft. Sie hatte es gefunden! Das war ganz sicher das richtige Bild. Eifrig las sie weiter:

Provenienz

Privatsammlung, 1964–1971 (Geschenk der Künstlerin)

Echtheitsgarantie

Das Gemälde wurde von zwei anerkannten O'Keeffe-Experten untersucht und seine Echtheit bestätigt. Die notariell beglaubigten Gutachten werden dem Käufer ausgehändigt.

Enttäuscht schnaufte sie leise. Mist, es gab überhaupt keine Anhaltspunkte. Das Bild hatte einem privaten Sammler gehört, aber wem? Es war von »anerkannten Experten« für echt erklärt worden, aber wer waren die? Und wer hatte es 1971 gekauft? Falls es überhaupt verkauft worden war. Sie überflog den Rest der Seite, aber es war alles nur Füllmaterial: »In diesem wunderschönen Gemälde stellt die Künstlerin mit subtilen Farbnuancen in Ocker, Neapelgelb, Orange und Purpur die zerklüfteten Felsen in der Nähe ihres Hauses dar und … Variationen im Farbwert sind geprägt von den gewagten, aber subtilen Kontrasten, die ihr Werk … die erhabene Weite der Landschaft auf der Leinwand begreifbar …« Bla, bla, bla.

Nichts. Die Spur endete, wo sie begonnen hatte. Trotzdem suchte sie in den übrigen drei Newslettern weiter und hoffte, dort mehr zu erfahren, aber das Bild wurde nicht wieder erwähnt. Zwei Dinge fielen ihr in Merriams »Gedanken und Abschweifungen« allerdings auf. Erstens war am Kopf der Kolumne ein Foto des lächelnden Merriam abgedruckt, in dem er relativ jung wirkte, Anfang vierzig vielleicht. Aus irgendeinem Grund hatte sie angenommen, er wäre damals älter gewesen, über sechzig, und damit hätte er nun sicher schon das Zeitliche gesegnet. Schließlich hatte die Galerie fünfunddreißig Jahre zuvor ihre Pforten geschlossen. Aber wenn er damals erst Anfang vierzig war, dann war er jetzt Mitte siebzig bis höchstens Anfang achtzig, kein junger Spund zwar, aber wahrscheinlich noch am Leben. Das Problem wäre nur, ihn aufzuspüren.

Die zweite Sache war der letzte Abschnitt in seiner Kolumne vom Juli 1972, wo er schrieb: »Wie immer gehen in der Galería

Xanadu im August die Lichter aus und Ruthie und ich machen uns auf unsere alljährliche Pilgerfahrt zur Ghost Ranch für einen Monat der Erholung und Bildung (im ursprünglichen Sinn). Die Galerie wird in der ersten Septemberwoche mit großem Trara wieder geöffnet. Ab dem 3. September …«

Wieder die Ghost Ranch. Am Abend würden sie selbst dort sein. Merriam erwähnte seine »alljährliche Pilgerfahrt«. Das hieß doch, dass er regelmäßig da war. Dann gab es dort vielleicht – nein, wahrscheinlich – Unterlagen mit seiner Adresse oder Telefonnummer oder irgendeine andere Spur, die zu ihm führte.

»Haben Sie gefunden, wonach Sie suchten?«, fragte Moody von seinem Schreibtisch aus. »Kann ich noch was für Sie tun?«

»Nein, danke«, sagte sie, überlegte es sich dann aber. »Mr Moody«, sagte sie mit einem, wie sie hoffte, ansprechenden Lächeln, »Ihre Freundin aus Albuquerque, weiß die vielleicht, was aus Henry Merriam geworden ist, nachdem er die Galerie aufgegeben hat? Wo er hingezogen ist?«

»Soviel ich weiß, ist er nirgendwo hingezogen. Er soll einen schweren Herzanfall gehabt haben. Darum hat er auch die Galerie geschlossen. Meine Freundin kannte ihn allerdings nicht so gut – das war vor fünfunddreißig Jahren, lange bevor sie ihre eigene Galerie eröffnet hat –, aber sie ist sich ziemlich sicher, dass er kurze Zeit später gestorben ist. Auf jeden Fall hatte er nie wieder was mit dem Kunstbetrieb zu tun. Tut mir leid.«

»Ach, schon in Ordnung, Mr Moody«, sagte sie und steckte die Broschüren wieder in den Stehsammler. »Vielen Dank für Ihre Hilfe.«

Noch eine Spur, die im Sand verlief, dachte sie und seufzte. Es sah ganz so aus, als würde sie gar keine Informationen aus Sekundärquellen bekommen. Sie würde sich völlig auf ihre mysteriöse, für andere nur schwer nachvollziehbare Intuition verlassen müssen.

Das hieß, sie war genauso weit wie vorher.

KAPITEL 13

»Wow«, rief Tommy, der Hotelpage und Bauernjunge aus Indiana, und machte große Augen. »Ein Ferrari!« Er hatte ihr Gepäck rausgetragen, um es in den Mietwagen zu laden, aber beim Anblick des Gefährts blieb er mit einer Tasche in jeder Hand staunend stehen.

»Es ist ein Lamborghini«, sagte Chris beiläufig. »Ganz nett, oder?«

»Donnerwetter«, murmelte Tommy, »der sieht aus wie ein Batmobil.«

Alix beobachtete ihn amüsiert. Der Wagen sah tatsächlich ein bisschen aus wie ein Batmobil: Tief liegend und schnittig, mit ebenen Flächen statt Kurven, die Farbe ein unheimliches, mattes Schwarz, wirkte er auf merkwürdige Weise verführerisch und schön. Mit seinen hochgeklappten Flügeltüren sah er eigentlich fast aus wie ein Tarnkappenbomber.

Als die Taschen verstaut und die beiden eingestiegen waren – der Wagen lag so tief, dass sie fast reinkriechen mussten –, klopfte Chris aufs Lenkrad und grinste sie an. »Na, wie finden Sie den?«

»Wunderschön«, sagte Alix ehrlich. »Aber wieso um Himmels willen mieten Sie für die Fahrt zur Ghost Ranch einen Lamborghini?«

»Warum nicht? Wir werden unseren Spaß damit haben.«

»Aber das muss doch ein Vermögen kosten.«

»Stimmt.«

»Und ist der nicht ein bisschen, hmm, auffällig für diese Gegend?«

»Ja, natürlich ist er auffällig. Darum geht es doch gerade, Sie Dummchen. Ich bin neureich und so verhalte ich mich auch. Das erwartet man doch von mir.«

Alix lächelte in sich hinein. Wie sehr Chris doch Geoffrey ähnelte. Der war auch mal neureich gewesen – lässig, extravagant, großkotzig. Und sie dachte, nicht zum ersten Mal, wie sehr sie selbst doch ihrer Mutter Rachel glich: aus altem Geldadel, unauffällig, zurückhaltend, konventionell, fast ein wenig bieder. Was die großen Dinge des Lebens anging, war sie allerdings nicht wie ihre Mutter, da war sie vollkommen unkonventionell, aber im Kleinen, bei den Details, da schon. Alix hätte es nach wie vor nicht über sich gebracht, vor fünf Uhr nachmittags auffällig wertvollen Schmuck anzulegen (wenn sie denn welchen gehabt hätte) oder im September noch weiß zu tragen. Und was die klimpernden Armreifen, bunten Schals und seidigen, weich fließenden Hosen anging, die Chris trug – also, ihr standen sie gut, aber für Alix war so etwas einfach nichts.

Ihre Mutter war allerdings in jeder Hinsicht konventionell gewesen, im Großen wie im Kleinen. Sich in Geoffrey London zu verlieben, war die einzige Verrücktheit, die sie sich jemals geleistet hatte, und die war sie teuer zu stehen gekommen. Nicht in finanzieller Hinsicht, denn sie hatte das ihr zustehende Erbe, aber ihre Familie wandte sich von ihr ab. Von Anfang an hatten sie sich geweigert, den fröhlichen englischen Hallodri in ihrer Mitte aufzunehmen, und so war es keine Überraschung gewesen, dass nur ein Onkel zur Beerdigung ihrer Mutter gekommen war, und der war das einzige andere schwarze Schaf der Sippe. In den Fünfzigerjahren hatte Onkel Julian sich von seiner Frau scheiden lassen, um in Las Vegas eine äußerst kurzlebige (und ebenso teure) Ehe mit einer langbeinigen Tänzerin aus dem »Flamingo«

einzugehen. Anschließend war er geläutert und demütig wieder zu seiner ersten Frau zurückgekehrt, aber der Schaden war angerichtet. Vergeben und vergessen war nicht die Sache der Familie Van Hoogeren.

Daher war es auch nicht weiter verwunderlich, dass niemand von dieser Seite ihrer Familie Alix nach der Verhaftung ihres Vaters Hilfe angeboten oder auch nur Anteilnahme gezeigt hatte. Das würde sie ihnen nicht so schnell vergeben. Oder es gar vergessen.

»Also, los geht's«, sagte Chris und ihre Armreifen aus Silber und Türkis klimperten leise, als sie vorsichtig in den St. Francis Drive einbog und Richtung Norden fuhr. Sie fuhr vorsichtig auf der rechten Spur, schaute alle paar Sekunden in die Spiegel und hielt gebührenden Abstand zu den anderen Fahrzeugen.

Alix war überrascht, denn sie hätte Chris niemals für eine übervorsichtige Fahrerin gehalten. Die Passanten blieben am Straßenrand stehen und bestaunten das Auto. Alix hätte sich eher ein weniger auffälliges Fahrzeug gewünscht, denn vielleicht war ja jemand hinter ihr her, der sie umbringen wollte, da wollte sie nicht unbedingt auf dem Präsentierteller sitzen. Aber Chris war offensichtlich ganz in ihrem Element, deshalb sagte sie nichts.

Als der St. Francis Drive in den Highway 84 überging, kroch Chris immer noch mit quälend langsamen fünfundvierzig Stundenkilometern auf der rechten Spur dahin und ihr ganzer Körper war angespannt wie eine überdehnte Klaviersaite. Sie hatte das schwarze Wildlederlenkrad so fest gepackt, als hätte sie Angst, dass es davonfliegen könnte.

»Chris«, sagte Alix misstrauisch, »Sie haben noch nie so einen Wagen gefahren, oder?«

Chris machte ein übertrieben beleidigtes Gesicht. »Natürlich, wo denken Sie hin?«

»Und wann?«

»Heute«, sagte sie. »Ich bin vom Autoverleih auf der Cerrillos Road den ganzen Weg bis zur Hacienda gefahren, an die sechs Kilometer. Ich fahre doch ganz gut, oder?«

»Gut genug für einen Toyota Camry mit einem ›Baby an Bord‹-Schild vielleicht, aber für einen Lamborghini Gallardo LP 560 ist Ihr Fahrstil nicht so berauschend.«

»Sie kennen sogar das Modell?«, sagte Chris erstaunt.

»Ja, ich habe schon mal so einen gefahren, aber ein älteres Modell.«

»Im Ernst? Wo?«

»In Italien. Im Juli und August hat mich Fabrizio meistens am Wochenende mit zum Sommerhaus seiner Familie in Ravello genommen. Er fand, dass ich mich langsam zur Einsiedlerin entwickelte, womit er wohl recht hatte, und dass ich mal unter Leute kommen und mich entspannen müsste. Das tat ich dann auch und es hat mir sehr gut gefallen. Die Santullos waren unheimlich nett und Ravello ist ein Traum. Also, sein Sohn Gian-Carlo war Amateur-Rennfahrer gewesen und hatte einen Fuhrpark mit *sechs* Sportwagen, darunter zwei von denen hier. Er hat mir ein paar Tage Fahrunterricht gegeben und gesagt, ich könnte mir immer einen von seinen Wagen borgen, wenn ich in Ravello bin, und ich habe ihn beim Wort genommen. Ich bin oft samstagmorgens an der Amalfiküste entlanggefahren. Es war einfach atemberaubend: auf der einen Seite eine grandiose Berglandschaft, auf der anderen das Mittelmeer, blau glitzernd … Strände, Villen …«

»In einem Lamborghini die Amalfiküste entlangfahren«, sagte Chris verträumt. »Hört sich einfach toll an.« Sie sah Alix verschmitzt an. »Und waren Sie bei diesen Ausflügen allein oder war dieser faszinierende Gian-Carlo auch dabei?«

»Dieser faszinierende Gian-Carlo war neunundvierzig, eins sechzig groß, wog neunzig Kilo und hatte eine Glatze. Und war verheiratet. Und hatte fünf Kinder.«

»Ach so«, sagte Chris und fügte nach einer Pause hinzu: »Aber deswegen war er noch lange kein schlechter Mensch.« Und beide mussten lachen.

»Alix, mache ich irgendwas falsch?«, fragte sie kurz darauf verunsichert. »Die Fahrer in den anderen Autos sehen mich alle so komisch an.«

»Nein, Sie machen gar nichts falsch. Nur haben die noch nie einen Lamborghini überholt. Normalerweise *wird* man von einem Lamborghini überholt. Die haben wahrscheinlich noch nie einen auf der rechten Spur gesehen.« Alix auch nicht.

Chris lachte leicht verbissen. »Nun, um ehrlich zu sein, macht mir diese Kiste ein bisschen Angst. Nein, ganz schön viel Angst sogar. Der Typ vom Autoverleih wollte mit mir eine Probefahrt machen und mir alles zeigen, aber ich habe ihn zusammengestaucht. So in der Art: Ob er meinte, ich könnte so einen Wagen nicht fahren, weil ich nur ein armes, hilfloses Weiblein bin. Also habe ich gesagt: Nein, danke, ich komme schon zurecht.«

»Und?«

Sie zuckte mit den Schultern. »Ich bin überhaupt nicht damit zurechtgekommen, jedenfalls nicht die ersten fünfzig Meter. Ich hatte das Gaspedal kaum *berührt*, da ging der Wagen schon los wie eine Rakete. Ich hätte fast einen Unfall gebaut, schon bevor ich vom Parkplatz war. Seitdem fahre ich eben, ähm, etwas langsam. Aber nur, bis ich den Bogen raushabe, wissen Sie? Ich halte mich eben ans Tempolimit.«

»Klar, Chris. Natürlich.« *Du bist vierzig Stundenkilometer unter dem Tempolimit!* Sie saßen schließlich in einem Lamborghini, der dreihundertzwanzig Sachen machen und (wie Chris gemerkt hatte) in vier Sekunden von null auf hundert beschleunigen konnte. Es war einfach Frevel, den Wagen so zu drosseln. Na ja, sagte sie sich, ich lasse sie eine Weile so fahren, bis sie gelernt hat, wie wunderbar sich der Wagen in der Stadt fahren lässt.

»So ist es richtig, Chris. Sie machen das sehr gut.« Sie lächelte ihre Freundin an, versank in ihrem weichen, tiefen Schalensitz und versuchte, die Landschaft zu genießen. Wenn Chris vom Fahren die Nase voll hatte, falls man das überhaupt fahren nennen konnte, würde sie ja vielleicht Alix ein Weile ans Steuer lassen. Sie konnte das Lenkrad schon an ihren Fingerspitzen fühlen und stellte sich aufgeregt vor, wie der Wagen quasi auf jeden Gedanken sofort reagierte – so wie ein gut trainiertes Vollblut, das dem leisesten Schenkeldruck seines Reiters gehorcht.

Im Schneckentempo passierten sie die Pueblos Pojoaque und Nambé und kamen in die etwas schäbige, zersiedelte Ortschaft Española (»Welthauptstadt der tiefergelegten Autos« verkündete das Begrüßungsschild), wo sie in einem Taco Bell zu Mittag aßen. Die Nachricht vom Lamborghini verbreitete sich wie ein Lauffeuer, und in der kurzen Zeit, die sie fürs Essen brauchten, fuhren sechs oder sieben auffallend lackierte, tiefergelegte Pkw und Pick-ups auf den Parkplatz und ein Dutzend Latino-Jünglinge stiegen aus und stellten sich um den Wagen auf, um ihn murmelnd zu bewundern.

Als Chris und Alix mit ihren Getränken in der Hand aus dem Restaurant kamen, zogen sich die jungen Männer respektvoll zurück, ohne ihre begierigen Blicke von dem Luxusgefährt abzuwenden. Nur einer rührte sich nicht vom Fleck, ein dünner Junge um die zwanzig mit toten Augen, der in T-Shirt und dreckigen engen Jeans und mit einem unangezündeten Zigarillo zwischen den Lippen an einem Pick-up lehnte. Sein Wagen war nicht so grell lackiert wie die meisten. Abgesehen von ein paar kranzförmigen Motiven fiel ihnen nur die Abbildung eines hübschen Mädchens im String-Bikini auf (die Schnüre waren kaum zu sehen), das von den üblichen orange-blauen Flammen umzüngelt wurde. Darunter ein wehender Wimpel, auf dem »Bimbi« stand.

»Nett«, sagte er und betrachtete den Wagen. »Nehmen Sie mich auf eine Spritztour mit?«

Sie ignorierten ihn natürlich, worauf er mit einem unverschämten Grinsen reagierte. Dann fing er an zu lachen und stieg in seinen Wagen. »Also ich weiß nicht«, sagte Chris zu Alix, als sie ihre Gurte anlegten. »Ich bin mir nicht sicher, ob ich einen Wagen will, der mehr Sex-Appeal hat als ich.«

Nördlich von Española wurde die Landschaft zugleich karger und noch schöner und in der Ferne tauchten nackte Höhenzüge in Lila- und Rosatönen auf. Sie begegneten immer weniger anderen Fahrzeugen. Alix hatte die Landkarte ausgebreitet, gab die Richtung an und spielte Fremdenführerin. »Rechts von uns liegt das San-Juan-Gebirge und links, das ist das Jemez-Gebirge.«

»Was links und rechts ist, interessiert mich im Moment nicht. Ich habe genug damit zu tun, mich auf die Fahrbahn zu konzentrieren.« Sie fuhren jetzt an einem Steilhang entlang. Die kurvenreiche Straße folgte den Biegungen eines Flusses, der sich etwa dreißig Meter tiefer am Fuß des Felsens entlangwand. Chris fuhr jetzt nur noch etwa dreißig Stundenkilometer und saß angespannt und stocksteif da, wachsam und hoch konzentriert wie ein Erdmännchen, das von seiner Sippe zum Wachdienst abkommandiert worden war.

»Chris, falls Sie müde sind«, sagte Alix hoffnungsvoll, »übernehme ich gern eine Zeit lang.«

»Vielleicht später, wenn Sie wollen, aber im Moment bin ich noch gar nicht müde. Es macht mir sogar richtig Spaß.«

»Ja, das sieht man, vor allem daran, wie verkrampft Sie das Steuer halten.«

Chris lachte angespannt. »Nun gut, ich gebe zu, der Wagen macht mir immer noch ein bisschen Angst. Er … er reagiert so schnell. Als wäre er ein Teil von mir. Als wenn er wüsste, was ich vorhabe …«

»Bevor Sie's selbst wissen«, beendete Alix ihren Satz mit einem Seufzer. »Das Gefühl kenne ich.« Offenbar würde es noch eine Weile dauern, bis Chris sie fahren ließ, wenn überhaupt. »He«, rief sie, als sie auf die Karte schaute. »Der Fluss da unten, das ist der Chama River!«

»Der Chama River? Und was ist an dem so besonders?«

»Das bedeutet, dass wir im eigentlichen O'Keeffe-Land sind. Sie hat den Fluss mehrmals gemalt. In einem ihrer Bilder ist fast genau der Blick dargestellt, den wir jetzt haben. Sie muss direkt hier am Straßenrand gestanden haben.«

»Ach, tatsächlich?«

Aber Chris hörte eindeutig nicht zu. Die Fahrbahn nahm ihre ganze Aufmerksamkeit in Anspruch und das war Alix auch ganz recht so. Mit all den Kurven, dem steilen Gefälle auf der linken Seite und der gefährlich nahe rückenden Felswand zur Rechten forderte dieser gefährliche Abschnitt des Highway 84 die volle Konzentration des Fahrers. Auch Alix wäre an dieser Stelle nicht viel schneller gefahren. Ihr blieb nichts anderes übrig, als Chris das Fahren zu überlassen, sich zurückzulehnen und das zu tun, weswegen sie eigentlich hergekommen war: Sie versuchte, in ihrem Innern eine »Verbindung« zu der klaren, lichten Atmosphäre des Wüstenhochlands herzustellen. Sie hatte schon andere Orte besucht, die dafür berühmt waren, dass ihr Licht dem Kunstschaffen förderlich war: das Tiefland der flämischen und niederländischen Meister mit seinem goldenen Licht, Turners Meereslandschaften mit ihrem bläulichen Schein und Südfrankreich mit den lebhaften Orange- und Grüntönen, die man bei Van Gogh und Cézanne wiederfindet.

Aber das hier war anders. Keine satten, leuchtenden Farben, sondern zarte, blasse Schattierungen – Himmel und Berge in Pastellfarben. Zufällig kannte sie auch die atmosphärische Ursache dafür. Wie in jeder Wüste gab es hier nur minimale Niederschläge, deshalb gab es auch kaum Wassertröpfchen in der Luft, die das Licht streuen konnten. Das Besondere an dieser Wüste war aber, dass sie zweitausendvierhundert Meter hoch lag und die Luft hier nicht einmal ein Viertel so dicht war wie auf Meeresspiegelhöhe. Das führte zu einer außergewöhnlichen Klarheit und Transparenz, denen Alix anderswo noch nie begegnet war. Ihrer Landkarte zufolge waren die umliegenden Bergketten vierzig Kilometer entfernt, aber sie kamen ihr viel näher vor. Und wie alles andere – der Fluss, die Tafelberge und Felstürme – waren auch die weiter entfernten Bergketten schärfer konturiert, als man es für möglich hielt, so als hätte ein Botticelli oder ein Breughel sie mit der Tuschefeder nachgezogen. Langsam ahnte sie, was Georgia O'Keeffe …

»He, anhalten! Wir sind da!«, rief sie.

Erschrocken brachte Chris den Wagen so abrupt zum Stehen, dass beide von ihren Sicherheitsgurten aufgefangen wurden. Sie blickte von dem langen Asphaltstreifen vor ihnen auf, um die ausgedörrte, kahle Landschaft zu beiden Seiten zu betrachten. »Wir sind wo?«, fragte sie verdutzt.

»Da war die Ghost Ranch. Wir haben die Abzweigung verpasst. Sie sind so schnell gefahren, dass Sie sie übersehen haben.«

Das sollte ein Scherz sein, aber Chris nahm es ernst. »Ganz bestimmt nicht«, sagte sie und manövrierte den Wagen mühselig vor und zurück und schaffte es schließlich zu wenden. Bei jedem Knirschen der Gänge zuckte Alix zusammen. Sie fuhren zur Abzweigung zurück, von wo aus eine Schotterstraße zu einer Felsenkette führte. Weit und breit kein Gebäude. Auf der anderen Straßenseite stand eine Art Tor, aus zwei senkrechten Holzmasten und einem weiteren quer darüber zusammengezimmert, auf dem man das Brandzeichen einer Ranch erwartet hätte. Hier war aber der Name Ghost Ranch in das Holzschild geritzt. Das offene Metalltor darunter hatte in der Mitte ein Dreieck von der Größe eines Vorfahrtsschildes mit dem Logo der Ghost Ranch: ein Bullenschädel, ganz Georgia O'Keeffe, auf schwarzem Hintergrund. Die ortsansässigen Meisterschützen konnten dem Schild anscheinend nicht widerstehen, denn es war mit Löchern und Dellen übersät.

»Ach, übrigens, Chris, danke, dass Sie alles organisiert haben. Dass Sie uns hier untergebracht haben und dann auch noch in Mabel Dodge Luhans Schlafzimmer … einfach toll!«

»Ach was, ich habe zu danken«, sagte Chris, als sie in die holprige, unbefestigte Straße einbog. »Sie haben mir einen Riesengefallen getan.«

»Das habe ich doch gern gemacht, aber einen Gefallen kann man das nicht nennen. Ich werde ja ganz anständig bezahlt.«

»Ach, das blöde Bild meine ich doch gar nicht. Ich rede von der Sache zwischen Craig und mir. Ich habe all meinen Mut zusammengekratzt und mich mit ihm ausgesprochen, als Sie im Archiv waren. Ich habe meine Karten auf den Tisch gelegt und gefragt …«

»Chris, habe ich da irgendwas verpasst? Ich weiß gar nicht, wovon Sie reden.«

»Was Sie gestern gesagt haben … dass ich voreilige Schlüsse gezogen habe, was die Sache zwischen Craig und Liz angeht.«

»Und Sie haben mit ihm darüber geredet? Heute Morgen?«

»Allerdings. Als Sie im Museum waren. Ich habe ihn abgepasst, als er von seinem Verhör mit Mendoza zurückkam, und wir haben zusammen einen Kaffee getrunken.« Sie wurde ein wenig rot. »Sie hatten in jeder Hinsicht recht. Nicht nur, was Liz und ihn angeht, sondern ganz besonders in Bezug auf *ihn*. Galant haben Sie ihn genannt und das passt auch auf ihn. Ich musste ihn ganz schön bearbeiten, um ihn überhaupt zum Reden zu bringen, aber schließlich habe ich es doch aus ihm rausgequetscht. Liz hat sich an ihn rangemacht – sie war damals ja sehr attraktiv – und irgendwann hat sie's geschafft. Er redet sich nicht heraus, auch heute noch nicht. Ein schwacher Moment, wie Sie gesagt haben. Das ist seine Geschichte und ich glaube ihm.«

»Da bin ich aber froh.«

»Ganz ehrlich, Liz kann von Glück sagen, dass sie schon tot ist, denn sonst würde ich sie eigenhändig umbringen.«

»Wenn die Polizei noch mal mit Ihnen reden will, behalten Sie das aber besser für sich.«

»Keine Sorge«, sagte Chris lachend. »Wissen Sie, was für ein Mensch er ist? Mendoza hat ihn gebeten, ein paar Tage in der Nähe zu bleiben …«

Da fiel Alix ein, dass der Lieutenant sie beide auch gebeten hatte, in der Nähe zu bleiben. Sie hoffte nur, dass die Ghost Ranch nicht zu weit weg war. Ach, was machte es schon aus? Er hatte doch ihre Handynummern. Sie konnten innerhalb von zwei Stunden wieder in Santa Fe sein, ohne dass er überhaupt merkte, dass sie weg waren.

»… also habe ich gesagt, ich würde weiter für das Flugzeug zahlen, solange er hier ist, und auch seine Spesen. Daraufhin ist er richtig wütend geworden. Wenn ich der Firma Geld für den Flieger geben wollte, das sei meine Sache, aber er würde ganz bestimmt kein Geld von mir annehmen. Und es war ihm ernst.« Sie lächelte. »Er kann manchmal ganz schön dominant sein.«

Alix entdeckte so etwas wie Besitzerstolz in ihrer Stimme, als sie über ihn redete, und Chris wirkte auch lebendiger, was sie freute. »Und wie geht's jetzt weiter?«, fragte sie.

Chris strahlte regelrecht. »Wenn ich wieder in Santa Fe bin, wollen wir zusammen essen gehen. Ich glaube, wir bekommen eine zweite Chance. Er hat nichts in der Richtung gesagt, aber ich habe so ein Gefühl. Eine Frau merkt so was, das wissen Sie ja.«

Ich weiß es eben nicht. Es ist viel zu lange her. Alix hätte ihre Gedanken beinah laut ausgesprochen, aber sie freute sich zu sehr für Chris und wollte ihr die Laune nicht verderben. »Das hört sich doch wunderbar an«, sagte sie ehrlich. Dann wäre bei diesem katastrophalen Beratungsjob ja doch noch etwas Gutes herausgekommen.

✦✦✦

»Und wo ist diese Ranch jetzt?«, fragte Chris. »Haben wir vielleicht eine Abfahrt verpasst? Keine Spur von Zivilisation in Sicht.«

Sie waren seit der Abzweigung schon eine Stunde gefahren und befanden sich immer noch auf einem Wüstenplateau mit weißlichen Felsen zu beiden Seiten, das bis auf diese primitive Straße vollkommen unerschlossen zu sein schien.

»Wir haben gar nichts verpasst«, sagte Alix. »Wir sind schon da, nur noch nicht am Konferenzzentrum. Die Ghost Ranch ist ein riesiges Gelände, über achttausend Hektar groß. Das Konferenzzentrum ist nur ein winziger Teil … Ach, sehen Sie mal, direkt da vorne, da ist eine Spur von Zivilisation.«

Sie zeigte auf eine Blockhütte aus grob behauenen Stämmen, nur wenige Meter neben der Straße, und Chris musste lachen. »Zivilisation anno 1870 würde ich sagen.«

»Nein, warten Sie!«, sagte Alix plötzlich eindringlich. »Halten Sie an! Ich will Ihnen was zeigen.«

»Aber das ist doch nur eine alte …«

»Ich meine doch nicht die Hütte. Halten Sie bitte!«

»Aber hier ist nirgendwo eine Haltebucht. Wo soll ich denn …«

»Hier sind auch keine anderen Autos, falls Sie es noch nicht gemerkt haben. Halten Sie jetzt bitte an?«

Als Chris anhielt, wirbelte eine Staubwolke in die Höhe und wehte über sie hinweg. »Okay, was ist los?«

Alix stieg aus und Chris folgte ihr. »Schauen Sie mal da drüben«, sagte Alix und deutete auf eine etwa vier Kilometer entfernte Felswand.

Chris' Blick folgte Alix' Finger. »Okay, ich schaue …«

»Fällt Ihnen denn gar nichts auf?«

Ratlos schüttelte Chris den Kopf. »Was denn?«

»Haben Sie die Fotos von dem Bild dabei?«

»Ja, in meiner Tasche.«

»Zeigen Sie mal.«

Chris zuckte mit den Schultern, holte ihre Tasche aus dem Auto und gab Alix ein paar postkartengroße Fotos des O'Keeffe-Bildes. Alix wählt eins aus, auf dem das Gemälde komplett zu sehen war, und hielt es auf Armeslänge von sich. »Nun schauen Sie sich das Bild an und dann die Felsen. Sehen Sie die beiden großen Felsspalten? Wenn Sie sich jetzt auf die rechte konzentrieren und sich vorstellen, Sie könnten unten, halb vom Schatten verschluckt, einen Mann sehen …«

»Mann, das ist ja mein Bild!«, rief Chris begeistert. »Das sind meine Felsen!« Sie schaute von den Felsen auf das Foto und wieder zurück und sagte dann etwas ruhiger: »Alix, ich weiß, es hört sich verrückt an, aber auch wenn es eine Fälschung sein sollte, möchte ich es haben. Es ist so schön und irgendwie wirken die Felsen durch das Bild noch … noch *wirklicher*.«

»Stimmt. Das ist die Wirkung, die Kunst auf uns haben kann. Und ich muss Ihnen recht geben, es ist wunderschön. Die Felsen werden in dem Bild regelrecht greifbar. Und es ist *ganz* im Stil von Georgia O'Keeffe. Aber wenn Sie es nehmen, müssen Sie laut Vertrag drei Millionen Dollar dafür bezahlen. Ich kann mir nicht vorstellen, dass Sie so viel für eine Fälschung hinblättern wollen.«

»Nein, natürlich nicht«, sagte Chris seufzend und steckte die Fotos wieder in die Tasche. »Aber Georgia O'Keeffe hat doch wirklich Bilder von dieser Landschaft gemalt, oder?«

»Etliche.«

»Also, sollte es sich als Fälschung erweisen, wäre Ihr nächster Auftrag, ein echtes für mich zu finden. Würden Sie das tun?«

»Klar, mit Vergnügen.«

»Großartig«, sagte Chris knapp. »Dann ist die Sache abgemacht. Machen wir uns jetzt auf die Suche nach diesem sogenannten Konferenzzentrum und melden wir uns an.«

✦✦✦

Sie fuhren einen staubigen Abhang mit leichtem Gefälle hinunter, dann über eine Rundholzbrücke, die einen von Bäumen gesäumten Bach überspannte, und schließlich an einem steinigen Bergkamm entlang. Als sie den hinter sich hatten, tauchte vor ihnen das Konferenzzentrum auf. Der eingeschossige Gebäudekomplex, im Schutz der Berge um einen weiten, grasbedeckten Platz herumgebaut, war von bizarren, vielfarbigen Felstürmen umgeben. Gruppen von Leuten schlenderten umher und plauderten, während andere im lichten Schatten der Pappeln beisammensaßen. Es sah aus wie der Campus einer kleinen Universität, die auf wunderbare Weise mitten in der Wüste aus dem Boden geschossen war.

»Ihre Zimmer sind fertig«, sagte die Frau am Empfang, als sie das Verwaltungsgebäude gefunden hatten. »Sie sind im Coyote-Block auf dem Tafelberg untergebracht. Einfach die Straße links hochfahren und dann abbiegen. Sehr schöne Aussicht. Sie sollten unbedingt draußen auf der Terrasse den Sonnenuntergang genießen. Ich bin Barb. Falls Sie irgendwelche Fragen haben, wenden Sie sich einfach an mich.«

»Barb, arbeiten Sie schon lange hier?«, fragte Alix.

»Fast zwanzig Jahre.«

»Können Sie sich zufällig noch an einen Gast namens Henry Merriam erinnern? Er hat hier regelmäßig Kurse besucht. Außerdem hatte er mal eine Galerie in Albuquerque, die Galería Xanadu.«

Clyde Moodys Freundin aus Albuquerque hatte gemeint, er wäre schon über zwanzig Jahre tot. Sie sei sich ziemlich sicher, hatte Moody gesagt. Das ließ aber noch eine kleine Hoffnung. Zwar nur eine klitzekleine, aber da sie schon mal hier war, konnte sie auch fragen.

»Natürlich erinnere ich mich«, sagte Barb. »Er war erst vor ein paar Monaten hier. So ein netter alter Herr.«

Alix war überrascht. »Vor ein paar Monaten …?«

Barb nickte. »Im August«, versicherte sie ihr. »Vor zwei Monaten, fast auf den Tag genau. Da stand er genau da, wo Sie jetzt stehen.«

Sie konnte ihr Glück gar nicht fassen. »Wissen Sie, wo ich ihn erreichen kann?«

»Nicht in dieser Welt, tut mir leid. Er ist verschieden. Dabei war er so ein lieber alter Kerl.«

Alix seufzte. Pech gehabt. Aber zu erfahren, dass er erst zwei Monate tot war, war besonders schmerzlich. »Wann ist er denn genau gestorben?«, fragte sie eher aus Höflichkeit als aus echtem Interesse.

»Ich habe am Tag davor noch mit ihm geredet.« Sie nickte gedankenversunken. »Genau. Wissen Sie, er hatte mal eine Kunstgalerie. Das ist lange her. Und es gab irgendwelche Missverständnisse. Es ging darum, ob er ein bestimmtes Bild verkauft hat, glaube ich. Ich weiß auch nicht. Jedenfalls wollte er nach Santa Fe fahren, um die Sache zu klären. Ich glaube, es war Santa Fe, vielleicht auch Albuquerque. Nun, er hatte ein schwaches Herz, wissen Sie? Und er hatte einen Herzinfarkt. Am ungünstigsten Ort, den man sich vorstellen kann. Ausgerechnet auf dem Highway 84. Da, wo die vielen Kurven sind. Oben in den Bergen, wo die Straße am Chama River entlangführt. Wahrscheinlich sind Sie auf dem Weg hierher selbst da langgefahren.«

»Allerdings«, sagte Chris. »Ich hätte fast selbst einen Herzinfarkt bekommen.«

»Ja, ich fahre da auch nicht gern lang. Man weiß nicht, ob er einen Herzinfarkt hatte, weil er über den Felsrand gefahren ist, oder über den Rand gefahren ist, weil er einen Infarkt hatte, jedenfalls soll er tot gewesen sein, bevor das Auto unten aufkam. In gewisser Weise war es ein Segen. Er war sehr unglücklich, seit seine Frau an Alzheimer erkrankt war und er sie, na ja, Sie wissen schon, in ein Heim stecken musste.« Sie lächelte nachdenklich. »Irgendwie seltsam. Wissen Sie, was das Letzte war, das er zu mir gesagt hat?«

»Nein«, sagte Alix. »Was denn?«

»Na ja, eigentlich hat er's nicht zu mir gesagt, sondern am Telefon, und es war auch nicht das Letzte, was er gesagt hat, aber beinahe. Er hat gesagt: ›Ich versichere Ihnen, ich bin nicht tot.‹«

Chris verzog das Gesicht. »›Ich versichere Ihnen, ich bin nicht tot.‹ Wirklich sehr seltsam.«

»Allerdings. Und dann, knapp einen Tag später, ist er tot. Schicksal, könnte man sagen.« Dann räusperte sie sich, um sich wieder dem Geschäft zuzuwenden. »Mahlzeiten sind im Übernachtungspreis inbegriffen. Abendessen wird von halb bis Viertel nach sechs serviert. Keine gehobene Küche, aber gut, gesund und reichlich. Sie haben jeweils ein eigenes Bad, aber auf den Zimmern gibt es weder Fernseher noch Radio oder Telefon.«

»Wie sieht's mit Handyempfang aus?«, fragte Alix. Sie wollte Geoff gern noch einmal anrufen.

»Praktisch nicht vorhanden, tut mir leid. Wir sind hier wirklich weitab vom Schuss.«

Als Alix besorgt die Stirn runzelte, fügte sie hinzu: »Sie können gern das öffentliche Telefon an der Wand da benutzen. Geht auch mit Kartenzahlung.«

Alix sah zu dem Telefon rüber. »Ähm, also …«

Barb lächelte verständnisvoll. »Nicht sehr privat, verstehe. Nun, wenn es Ihnen nichts ausmacht, können Sie ein Stück zurückfahren. Da ist eine Stelle … Einen besseren Empfang haben Sie nirgendwo. Es ist das einzige Haus auf dem Weg zum Highway, eine Blockhütte auf der linken Seite. Die hat ihren eigenen eingebauten Handymast oder wie das heißt …«

»Im Ernst?«, fragte Alix. »Die Hütte ist doch mindestens hundert Jahre alt. Warum …«

»Die ist keine zwanzig Jahre alt«, sagte Barbara lachend. »Können Sie sich noch an *City Slickers* erinnern?«

»*City Slickers*?«

»Den Film.«

»Den Film?«

»Sie kommt nicht oft raus«, warf Chris gelassen ein.

»Aha. Also, der Film wurde hier gedreht und die Hütte ist nur eine Kulisse. Hier draußen war dieses riesige Filmteam und alle mussten natürlich ständig superdringend telefonieren und sind total ausgeflippt, weil es nicht ging. Aber es war schließlich Hollywood, also haben sie keine Kosten gescheut und die Hütte technisch für Handyempfang ausgestattet. Nach den Dreharbeiten haben sie alles zurückgelassen. Funktioniert prima. Der einzige Ort im Umkreis von dreißig Kilometern, wo man einen vernünftigen Empfang hat. Manchmal, wenn ich dort vorbeifahre, stehen da fünf oder sechs Leute und telefonieren. Ich sage immer zu meinem Chef, wir sollten ein Starbucks-Café in der Hütte unterbringen.«

Als sie die Treppe hinunter zu ihrem Wagen gingen, schaute Chris auf ihre Uhr. »Bis zum Abendessen ist noch Zeit, falls Sie telefonieren wollen. Wenn's Ihnen nichts ausmacht, selbst zu fahren. Sie könnten mich am Zimmer absetzen und ich könnte meine Füße hochlegen. Ich bin fix und fertig. Diese Kiste zu fahren ist so was von anstrengend! Falls ich mir jemals so einen Wagen anschaffe, dann aber nur mit Automatik.«

»Dann wollen die anderen Lamborghini-Besitzer aber nichts mit Ihnen zu tun haben.«

»Ja, das wäre natürlich ganz furchtbar.« Sie gab Alix die Schlüssel. »Aber bitte fahren Sie langsam. Ich glaube, ich darf mit dem Wagen eigentlich gar nicht auf unbefestigten Straßen fahren. Außerdem sind wir hier nicht an der Amalfiküste.«

Ironie des Schicksals, dachte Alix, als sie Chris absetzte. Endlich durfte sie wieder so ein Schätzchen fahren, aber dann ausgerechnet auf einem Eselspfad, auf dem sie sich auch ohne Chris' Bitte gar nicht trauen würde, viel schneller als zwanzig zu fahren. Es machte trotzdem Spaß, dachte sie bei sich, als sie mit dem Chromknüppel sanft vom ersten in den zweiten Gang schaltete. Der LP 560 hatte sechs Gänge und Chris war nie über den vierten hinausgegangen. Am liebsten wäre Alix den ganzen Weg zum Highway zurückgefahren, einfach nur, um alle sechs Gänge auszutesten. Aber ohne Chris' Einverständnis konnte sie das nicht tun.

Sie hielt an der Blockhausattrappe und blieb kurz sitzen, um sie sich anzuschauen. Die Kulissenbauer hatten hervorragende Arbeit geleistet. Selbst aus wenigen Metern Entfernung sah der Bau aus wie ein zerfallenes Blockhaus aus der Pionierzeit. Als sie die Tür öffnete, um sich drinnen umzusehen, gab es kein Drinnen.

Auf der anderen Seite der Tür befand sich eine neunzig Zentimeter breite Plattform, gerade groß genug, um Leute beim Rein- und Rausgehen zu filmen, und dahinter war nichts, nur einen halben Meter tiefer Geröll und Wüstensand. Kein Boden. So lief es in der Traumfabrik.

Sie setzte sich vorsichtig an den Rand der morschen Veranda, wo es etwas Schatten gab, und wählte Geoffs Geschäftsnummer.

»Handelsgesellschaft Venezia. Wie kann ich Ihnen helfen?« Träge, schwerfällig, unverkennbar … Anscheinend war Tiny jetzt bei Venezia für den Telefondienst zuständig.

»Hallo, Tiny, hier ist …«

»He, *la mia nipotina*!«, rief er glücklich. *Meine kleine Nichte.*

»Ja, ich bin's noch mal, *zio Beniamino*.« Wenn er's unbedingt wollte, nannte sie ihn halt Onkel.

»Möchtest du mit deinem Vater reden? Der …«

»Nein, warte, Tiny, mit dem rede ich später. Ich wollte zuerst mit dir reden.«

Das freute ihn offensichtlich. »Über das O'Keeffe-Bild?«, fragte er interessiert. Alix hörte so was wie das Ächzen eines Ledersessels. Tiny machte es sich anscheinend bequem.

»Ja, ich würde gern deine Meinung hören.« Es stimmte tatsächlich. Sie musste sich gar keine Fragen für ihn aus den Fingern saugen.

»In Ordnung, schieß los.«

»Also, ich arbeite für eine Frau, die mit dem Gedanken spielt, es zu kaufen, aber ich habe meine Zweifel, starke Zweifel, an der Echtheit des Bildes. Nein, eigentlich bin ich mir sicher, dass es gefälscht ist. Es fehlt irgendwas, aber ich kann nicht genau sagen was, verstehst du? Als wenn …«

»Ich verstehe, was du meinst. Ist es eins von den Blumenbildern?«

»Nein, eine Landschaft.«

»Ach ja? Interessant.« Sie musste lächeln, denn wie er »interessant« sagte, hatte ihr schon immer gefallen. Tiny war der einzige Mensch, den sie kannte, der alle vier Silben deutlich aussprach:

in-ter-es-sant. Dadurch wurde jedes Gesprächsthema besonders … In-ter-es-sant. »Am häufigsten werden die Blumenbilder gefälscht. Warum, verstehe ich auch nicht. Die Landschaften sind viel einfacher. Wahrscheinlich, weil diese Trottel – Verzeihung, die potenziellen Kunden – die Blumenbilder besser kennen.«

»Da könntest du recht haben. Aber dieses hier …«

»Hast du ein Foto, das du mir mailen kannst?«

»Ja. Soll ich?«

»Ja, aber erzähl mir erst mal mehr darüber. Beschreib es.«

»Wie gesagt ist es eine Landschaft, Wüste mit einer Felswand …«

»Aha.«

»… Sehr malerisch, fast abstrakt. Die waagerechten Felsritzen sind größtenteils in Orange- und Gelbtönen dargestellt, dazu ein bisschen Ocker …«

»Aha.«

»Außerdem sind ein paar senkrechte Spalten zu sehen, Risse entlang der Felswand …«

»Aha.«

» … Und unten in einer der Felsspalten, im Schatten, kann man so gerade eine Figur ausmachen, einen Mann …«

»Es ist eine Fälschung.«

» … Im Profil, nach rechts schauend … *Was hast du gesagt?*«

»Es ist eine Fälschung.«

»Wie … w…?« Aber sie hatte die Frage noch nicht gestellt, da war ihr die Antwort schon klar. Sie hatte sie die ganze Zeit vor Augen gehabt. »Die Figur«, flüsterte sie.

Die *Figur,* natürlich! Das Problem war nicht, dass irgendein subtiles Detail *fehlte.* Im Gegenteil, da war etwas, was dort nicht hingehörte. Und es war auch nicht gerade subtil.

»Sie hat keine Menschen gemalt, nicht wahr?«, sagte sie jetzt etwas ruhiger.

»Nicht einen. Nie.«

»Tiny, bist du ganz sicher? Es gibt keine O'Keeffe-Bilder mit Menschen?«

»Was soll die Frage? Natürlich bin ich sicher. Das Bild ist eine verdammte Fälschung. Hattest du sonst noch irgendwelche Fragen?«

»Nein«, sagte sie lachend. »Das wär's fürs Erste. Vielen Dank.«

»Okay – verdammt noch mal, Geoff, hör auf, an meinem Arm rumzuzerren – ich meine, ich bin immer noch …«

Sie hörte ein Handgemenge, wahrscheinlich Geoff, der Tiny das Telefon entriss, und dann die fröhliche Stimme ihres Vaters: »Hallo, mein Liebes. Unser hauseigener O'Keeffe-Experte konnte dir also weiterhelfen?«

»Allerdings. Es hätte mir eigentlich selbst auffallen müssen. Auf dem Bild ist ein Mann zu sehen …«

»Georgia O'Keeffe hat keine Figuren gemalt.«

Sie hätte fast geseufzt, lachte aber stattdessen. »Das ist es ja. Ich wusste, dass irgendwas nicht stimmte, aber Tiny hat mich schließlich mit der Nase draufgestoßen. Ich hätte viel früher mit ihm reden sollen.« Sie zögerte und fügte dann leise hinzu: »Oder mit dir. Ich habe mich dumm angestellt.«

»Ach was, das Problem genau benennen zu können, ist nur der letzte Schritt. Das i-Tüpfelchen. Pah, wenn man genug Zeit hat, kann das jeder. Wichtiger ist, überhaupt erst mal zu erkennen, dass es sich um eine Fälschung handelt. Und in der Beziehung stellst du all die sogenannten Experten in den Schatten«, sagte er mit unverhohlenem Stolz. »Das hast du mit Bravour gemeistert – dank der Gene, die ich dir mitgegeben habe, möchte ich in aller Bescheidenheit hinzufügen.«

»Du hast ganz sicher recht.« Sie lehnte sich gegen einen Holzpfosten und verspürte eine ungewohnte Wärme. Sie wusste nicht, ob es an der Nachmittagssonne lag oder ob sie sich in der Anerkennung ihres Vaters sonnte. »Danke für die Gene.«

»Und du bist jetzt im O'Keeffe-Land?«, fragte er.

»Ja, es ist traumhaft: goldenes Licht, Tafelberge, Felsentürme, alle Farben des Regenbogens …«

»Beneidenswert. Rate mal, wie das Wetter in Seattle ist.«

»Regen?«

»Richtig. Wie lange bleibst du denn?« Nach all den Jahren der Entfremdung plauderte er endlich ganz unbefangen mit seiner Tochter, dachte sie, und er wollte gar nicht mehr aufhören.

Und sie auch nicht. »Nur einen Tag. Chris ist auch da. Morgen früh fahren wir nach Taos. Aber vielleicht will sie ja auch schnurstracks zurück nach Santa Fe, wenn sie erfährt, dass das Bild eindeutig gefälscht ist.« Sie machte eine Pause und runzelte die Stirn. »Weißt du«, sagte sie zögernd, »etwas stört mich aber immer noch an dieser Sache.«

»Ach ja?« *Ich bin für dich da und helfe dir gern*, sollte das heißen.

»Nun, das Bild wurde 1971 ausgestellt, noch zu ihren Lebzeiten, und zwar in einer namhaften Galerie hier in New Mexico. Und sie hat ihre Bilder immer ganz genau im Auge behalten, vor allem solche wie dieses hier. Sie soll es nämlich verschenkt haben. Hätte sie damals nicht gesagt, dass es keins von ihren ist?«

»Ja, schon, aber woher weißt du, dass es ausgestellt wurde?«

»Weil ich den Ausstellungskatalog selbst gesehen habe.«

»Was meinst du damit, selbst gesehen?«

»Ich meine, ich habe ihn *gesehen*. Es gibt einen. Ich habe ihn heute Morgen eine Stunde lang begutachtet.«

Geoff lachte herzlich. »Ach, das beweist doch gar nichts.«

»Wie meinst du das?«

»Mein liebes Kind, ist es dir denn gar nicht in den Sinn gekommen, dass man Kataloge genauso leicht fälschen kann wie Bilder? Sogar noch viel leichter.«

Das war ein gehöriger Schock. Daran hatte sie tatsächlich nicht gedacht. Ein gefälschter *Katalog*? »Aber Geoff, den Katalog habe ich nicht in irgendeiner schäbigen Galerie gefunden – oder in einer schicken Galerie –, sondern im Museumsarchiv. Im streng überwachten Archiv des Southwest Museum of Twentieth-Century American Art.«

»Ach so, verstehe«, sagte er verschmitzt. »Du meinst also, alles, was man in einem Kunstmuseum so findet, muss echt sein. Automatisch, sozusagen.«

»Nein, natürlich nicht, aber der Katalog hatte gut vierzig Seiten und jede war einem anderen Bild gewidmet, mit Fotos, Provenienz, Angaben zur Technik. Willst du behaupten, das war alles gefälscht?«

»Nicht unbedingt. Nur die Angaben, die du gesucht hast.«

»Was? Aber wie ...«

»Selbst wenn der ganze Katalog echt ist, was er wahrscheinlich auch ist, kann doch die Seite mit diesem speziellen Bild gefälscht sein. Hast du daran gar nicht gedacht?«

»Was?«, sagte sie wieder matt. »Ich verstehe es einfach nicht. Es war genau das Bild, das ich gesehen habe. Ich habe es mir heute Morgen noch angeschaut. Die Maße stimmten genau überein, die ...«

»Natürlich stimmte alles. Zuerst wurde das Bild gemalt. Dann wurde es fotografiert. Dann vermessen. Und erst *dann* hat man die Seite hergestellt: mit dem richtigen Foto, den richtigen Maßen, erfundener Provenienz und einer kurzen Beschreibung. Danach kam der einzige knifflige Teil, nämlich irgendwie ins Archiv zu kommen und die entsprechende Seite in dem vorher ausgewählten, echten Katalog gegen die falsche Seite auszutauschen.«

»Aber Geoff, die Seiten waren nummeriert und hatten das gleiche Layout: gleichgroße Bilder, dieselbe Schrift und so. Eine neue Seite wäre doch aufgefallen.«

»Ja, aber deswegen ist die Vorauswahl ja so wichtig. Für diesen Coup muss man zweimal ins Archiv. Beim ersten Besuch sucht man eine Seite in einem Katalog aus und fotografiert sie heimlich – beide Seiten natürlich, oder alle vier, falls es sich um ein Quartformat handelt. So können die Schwindler Format, Layout und alles, was auf der Rückseite und den anderen Seiten zu sehen ist, kopieren. Beim zweiten Besuch wird die alte Seite entfernt und die neue, veränderte eingefügt: die Seite mit dem ›neu entdeckten‹ Bild. Ganz einfach, aber wirklich clever, findest du nicht? Dass jemand was aus dem Museum mitgehen lassen will, darauf ist man vorbereitet. Aber dass jemand etwas ins Museum schmuggelt, darauf kommt ja keiner.«

Sie dachte ein paar Sekunden darüber nach. Kein Wunder, dass Archivare wie Clyde Moody so wachsam ihre Kataloge behüteten, wenn sich Leute einschlichen, um sie heimlich zu »verändern«. Aber wie in aller Welt hätte jemand das unter Moodys wachsamen Blicken fertigbringen sollen? Wirklich ganz schön clever.

»Das klingt, als wärst du mit dieser ›Vorgehensweise‹ recht vertraut, Geoff«, bemerkte sie trocken.

»Ich habe davon gehört«, antwortete er vage.

»Wie dem auch sei, es klingt nicht sehr wahrscheinlich. Viel zu kompliziert.«

»Wenn es wahrscheinlich klingen würde, hätte man mit der Masche wohl kaum Erfolg, oder? Also, dann lass mich raten: Die Galerie gibt's nicht mehr, stimmt's?«

»Stimmt.«

»Ein anonymer Verkäufer.«

»Ja, stimmt auch.«

»Die Angaben zur Provenienz sind, sagen wir mal, eher spärlich.«

»Ja, das kann man so sagen.«

»Der Galerist weilt nicht mehr unter uns oder ist aus irgendeinem anderen Grund unerreichbar und kann die Angaben nicht bestätigen.«

»Nun …«

»Und bei alledem«, fragte er vorsichtig, »da hast du nicht daran gedacht, die Katalogseite wenigstens oberflächlich zu untersuchen? Hatte sie ein Wasserzeichen? Und wenn ja, war es anders als auf den anderen Seiten? Was ist mit dem Glanz oder der Farbdurchdringung? Und …«

»Nein, Geoff, daran habe ich nicht gedacht«, sagte sie entnervt. »Es mag dir vielleicht seltsam erscheinen, aber obwohl ich deine Tochter bin, versuche ich normalerweise nachzuweisen, dass ein Bild echt ist, und nicht, dass es gefälscht ist. Mein Blick ist offensichtlich nicht ausreichend geschult für die Feinheiten des Fälscherhandwerks.«

Wie üblich nahm er diese Spitze gelassen und sogar mit Humor hin. »Das ist aber gar nicht nett von dir«, sagte er mit seinem unverschämt gewinnenden Lachen, »mir mein Versagen als Vater vorzuwerfen.«

Sie wurde ganz steif. Meinte er wirklich, er hätte als Vater nur in *dieser* Beziehung versagt? Da gab es aber noch eine Menge wesentlich schlimmerer Verfehlungen. Er hatte es zwar im Spaß gesagt, aber trotzdem bewegte er sich auf gefährlichem Terrain.

Trotzdem, er war so ein charmanter alter Schurke, dass sie einfach lachen musste. »Das spielt jetzt sowieso alles keine Rolle mehr. Wir wissen ja jetzt, dass das Bild gefälscht ist. Ich werde es Chris sagen – die sehe ich gleich – und dann ist mein Job erledigt.«

»Dein Job vielleicht. Aber bist du denn gar nicht neugierig? Willst du dich denn nicht vergewissern, was den Katalog angeht?«

»Klar bin ich neugierig. Wenn ich wieder in Santa Fe bin und noch Zeit habe, gehe ich noch mal zum Museum und sehe mir den Katalog an.«

»Es geht nicht nur darum, deine Neugier zu befriedigen, weißt du«, sagte er etwas ernster. »Findest du nicht, du bist moralisch dazu verpflichtet, das Museum darüber zu informieren?«

Ach ja, mein Vater, der Moralapostel, dachte sie grimmig. Es war schon erstaunlich, dass dieser Mann sie im einen Moment zum Lachen und im nächsten Augenblick auf die Palme bringen konnte. Sie hätte beinah etwas darauf erwidert, aber biss sich auf die Zunge.

Er schnalzte missbilligend, sagte aber nichts. Sie wusste, er dachte nach. »Alix, sagt dir der Name Clara Simons etwas?«

»Nein, wieso?«

»Sie war früher Archivkuratorin am Smithsonian, wo sie häufig vom FBI beauftragt wurde, fragwürdige Dokumente zu begutachten. Wie der Zufall so will, arbeitet sie jetzt in der Kunstabteilung des Santa Fe College. Sie ist eine alte Freundin von mir und ich könnte sie bitten, sich den Katalog mal anzusehen. Wie heißt die Galerie und von wann ist der Katalog? Und wie heißt das Bild?«

»Galería Xanadu, November 1971, *Felsen auf der Ghost Ranch* … Aber meinetwegen brauchst du das nicht zu tun. Es interessiert mich wirklich nicht so sehr.« Das stimmte nicht ganz, aber es tat gut, sich ein bisschen zickig zu geben.

Er ließ einen tiefen, traurigen Seufzer hören. »Was um alles in der Welt habe ich nur falsch gemacht?«, stöhnte er.

Irgendwann sage ich's dir mal, dachte sie. Es gab da so einiges, was sie noch immer schwer belastete und was sie mal zur Sprache bringen, klären und ein für alle Mal vom Tisch haben wollte.

Aber nicht jetzt. »Bis dann, Geoff, und danke für die Hilfe. Pass auf dich auf«, sagte sie so liebevoll, wie sie es nur wenige Tage vorher kaum über sich gebracht hätte. Und ein paar Jahre früher wäre diese Warmherzigkeit vollkommen undenkbar gewesen.

»Fahr vorsichtig, Liebes«, waren seine letzten Worte.

KAPITEL 14

Chris nahm die Nachricht gelassen auf. »Na ja, es ist ja keine große Überraschung«, sagte sie. »Nach allem, was Sie gesagt haben, wäre ich schon sehr erstaunt gewesen, wenn es sich als echt herausgestellt hätte. Tja, dann müssen Sie wohl ein anderes Bild für mich ausfindig machen.«

Zufrieden saß sie auf der Terrasse vor dem Zimmer auf einem Adirondack-Stuhl und genoss die Aussicht. Die war so spektakulär wie angekündigt. Die Sonne würde erst eine halbe Stunde später untergehen, aber der Himmel war schon rosig überhaucht und die schräg einfallende Nachmittagssonne tauchte die Felsen in farbiges Licht und modellierte die Schluchten mit scharfen Schatten. Die Luft war klar, sauber und prickelnd – jedoch nicht so kalt – wie an einem sonnigen Januarmorgen mit glitzerndem Neuschnee.

»Es ist wirklich wunderschön hier«, murmelte Alix, während sie die Landschaft bewunderte.

»M-hm.« Chris zeigte auf einen Beistelltisch aus Holz, auf dem ein beschlagener Eiskübel mit einer Flasche Weißwein stand. »Pinot Grigio. Ein guter Tropfen aus Italien. Ich habe auf Reisen immer das Notwendigste dabei. Gläser habe ich aber nicht mitgebracht. Holen Sie sich einen Zahnputzbecher aus dem Bad und setzen Sie sich.«

Dankbar folgte sie der Aufforderung und eine Zeit lang saßen beide da, tranken kühlen, trockenen Wein aus Plastikbechern und ließen die Aussicht auf sich wirken.

»Es war ein ziemliches Abenteuer, was?«, sagte Chris schließlich. »So was Aufregendes habe ich seit Langem nicht mehr erlebt.«

»Mir geht's genauso. Passiert nicht jeden Tag, dass man mich in die Luft jagen will. Toi, toi, toi.«

»Glauben Sie immer noch, dass es Liz war?«

Alix nahm einen Schluck und sagte: »Ja, dieser Blick und wie sie sagte: ›Was machen Sie denn hier?‹, als wir bei ihr aufkreuzten, das sagt doch wirklich alles.«

»Meinen Sie, sie hatte Angst, dass Sie das Bild als Fälschung entlarven?«

»Ja, genau.«

»Aber sie hätte doch viele andere Möglichkeiten gehabt, ohne Sie gleich umzubringen. Sie hätte einfach sagen können, sie hätte ihre Meinung geändert und es wäre nicht mehr zu verkaufen.«

»Aber Sie hatten einen Vertrag.«

»Ja, aber sie wusste, ich würde nicht drauf bestehen. Und was das betrifft, hätte sie einfach sagen können, sie hielte das Bild für eine Fälschung und sie würde mir vom Kauf abraten. Sie hätte unzählige Möglichkeiten gehabt, aus der Sache rauszukommen. Aber dass sie Sie stattdessen umbringen würde …« Chris schüttelte den Kopf. »Das finde ich nicht sehr logisch.«

»Um ehrlich zu sein, hatte ich nicht den Eindruck, dass es bei ihr mit der Logik weit her war, zumal sie anscheinend dem Alkohol nicht abgeneigt war. Vielleicht konnte sie gar nicht mehr klar denken.«

»Mag sein. Klingt ganz plausibel. Sie war jedenfalls nicht mehr die Liz, die ich mal kannte.«

»Außerdem spricht für meinen Verdacht, dass seit ihrem Tod niemand mehr versucht hat, mich umzubringen.«

»Ja, und das sind immerhin schon zwei ganze Tage. Schenken Sie mir bitte noch etwas Wein nach? Trinken Sie auch noch was.«

»Jetzt bleibt also die Frage, wer Liz umgebracht hat«, sagte Alix, während sie die Gläser füllte.

»Und warum.«

»Und warum«, wiederholte Alix nachdenklich. »Und zu beiden Fragen fällt mir absolut nichts ein, Ihnen vielleicht?«

Chris schüttelte den Kopf. »He, sollten wir nicht Mendoza anrufen und ihm sagen, dass das Bild Ihrer Ansicht nach eine Fälschung ist? Es könnte wichtig sein.«

»Das habe ich schon gemacht, direkt nach meinem Gespräch mit Geoff. Ich habe ihm auch gesagt, wo wir sind. Ich wollte ihn nicht in dem Glauben lassen, wir wären noch in Santa Fe.«

»Und was hat er gesagt?«

»Eigentlich nichts. Er hat mich nur gebeten, morgen zur Wache zu kommen, wenn wir wieder zurück sind.«

»Morgen? Morgen sind wir doch in Taos.«

»Heißt das, Sie wollen trotzdem nach Taos? Aber wozu denn noch?«

»Sind Sie denn gar nicht neugierig? Wollen Sie nicht das Haus von Mabel Dodge Luhan sehen?«

Schon zum zweiten Mal innerhalb kurzer Zeit hielt man ihr mangelnde Neugier vor. »Natürlich bin ich neugierig«, sagte sie gereizt. »Aber Sie bezahlen schließlich für alles, deshalb dachte ich, Sie würden jetzt lieber drauf verzichten.«

»Auf gar keinen Fall. Wollen Sie nicht das Badezimmer sehen, in dem D. H. Lawrence die Fenster übermalt hat? Wo gibt's so was schon?«

»Der Schriftsteller?«

»Genau der. Der war auch schon mal bei Mabel zu Gast, wie alle Kreativen, die sich in die Gegend verirrt haben. Er war anscheinend schockiert darüber, dass man durch die Fenster des Badezimmers im ersten Stock hineinsehen konnte, also hat er sich ein paar Eimer Farbe besorgt und die Fensterscheiben mit irgendwelchen seltsamen Motiven bemalt. Das würde ich schon gern sehen.«

»Ist das der Lawrence, der *Lady Chatterley* geschrieben hat? *Der* hat sich darüber aufgeregt, dass man durch die Badezimmerfenster sehen konnte?«

»Ja, privat soll er ein bisschen prüde gewesen sein. Vielleicht auch ein wenig paranoid, denn er hatte Angst, jemand würde auf die Terrasse vor dem Badezimmer klettern und hineinschauen. Er wollte auch Mabel überreden, sich nicht mehr nackt oben auf dem Flachdach zu sonnen. Da hatte er allerdings kein Glück. Mabel tat, was sie wollte. Sie hatte auch eine heiße Affäre mit einem Tewa-Indianer, einem Mystiker, und hat ihm erlaubt, sein Tipi unten an der Außentreppe aufzubauen, die zu ihrem Schlafzimmer führte. Da war sie noch mit Sterne, ihrem dritten Mann, verheiratet. Aber später ließ sie sich von ihm scheiden und hat den Indianer geheiratet. Daher hatte sie auch den Namen Luhan. Aber zurück zu dem Badezimmer: Robinson Jeffers' Frau hat dort versucht, sich zu erschießen, weil er eine Affäre …«

»Chris, woher wissen Sie denn das alles?«

»Ach, die Frau, mit der ich wegen der Reservierung geredet habe, die wusste einfach alles. Und sie wollte überhaupt nicht mehr aufhören zu reden.«

Alix lächelte. »Ja, ich kenne auch jemanden, der so sein kann. Ich würde gern eine Nacht in dem Haus verbringen, Chris. Also wenn Sie wirklich wollen, bin ich dabei. Wir können direkt nach dem Frühstück losfahren. Hier bleibt für uns sowieso nichts mehr zu tun.«

»Also, um ehrlich zu sein, habe ich noch einen anderen Grund«, sagte Chris ein bisschen zögerlich. »Ich möchte nicht, dass …«

»… dass Craig denkt, Sie kommen einen Tag früher nach Santa Fe zurück, weil Sie es nicht abwarten können, ihn wiederzusehen«, beendete Alix den Satz für sie.

Chris antwortete mit ihrem typischen Augenrollen. »Ich werde mich wohl dran gewöhnen müssen, dass Sie Gedanken lesen können.«

»Ich kann keine Gedanken lesen«, sagte Alix und ihr Lächeln wurde noch breiter. »Ich lerne Sie nur langsam besser kennen.«

»Also, das macht mir jetzt *wirklich* Sorgen«, sagte Chris und stand auf. »Kommen Sie, ich sterbe vor Hunger. Gehen wir runter zum Küchenwagen oder Lagerfeuer oder wo man hier sein Essen kriegt.«

✦✦✦

Eddie Sierra war zwar nicht der Hellste, aber auch nicht der Dümmste, und er hatte sich lange Gedanken darüber gemacht, wie er die Sache beim nächsten Mal angehen würde. Als schließlich der Anruf kam – er hatte gewusst, der Typ würde anrufen –, da war er gut vorbereitet.

»Ich fürchte, diesmal wird's ein bisschen teurer«, sagte er, nachdem Harry erklärt hatte, was er tun sollte.

»Warum das denn?«, wollte Harry wissen. Eddie kannte Harrys Nachnamen nicht. Wahrscheinlich war Harry sowieso nicht sein richtiger Vorname, aber das war auch egal, solange er zahlte.

»Erstens, weil ich es schon morgen machen soll, Mann. Ich habe keine Zeit zu planen, keine …«

»Planen? Was gibt's da schon groß zu planen? Mach es einfach genauso wie beim letzten Mal.«

»Ja, aber ich habe noch andere Sachen zu erledigen. Dann muss ich total umdisponieren.« Zum Beispiel könnte er seine Wäsche erst am Montag zu seiner Mutter bringen. »Diesmal kostet es sechstausend.« Gespannt hielt er den Atem an.

»Okay, sechstausend«, sagte Harry.

Scheiße. Er *wusste* doch, er hätte mehr verlangen können. »Und tausend für den Schaden an meinem Pick-up vom letzten Mal«, fügte er noch schnell hinzu. »Das hat mich zwölfhundert Kröten gekostet.« Na ja, es hätte zwölfhundert gekostet, wenn er ihn zu einer richtigen Werkstatt gebracht hätte anstatt zu Gus, der ihm nur ein paar Ersatzteile berechnet hatte, die er Gott weiß woher hatte. »Das ist mein letztes Wort.«

Darauf kam erst mal gar keine Antwort. Oh, Mist! Eddie verfluchte sich schon selbst, aber dann sagte Harry: »In Ordnung, siebentausend, aber keinen Cent mehr. Treib's bloß nicht zu weit. Zur Not finde ich auch jemand anderen.«

Siebentausend Dollar! Eddie jubelte innerlich. Natürlich müsste er Joey zweitausend geben (der glaubte, er bekäme die Hälfte von allem), aber trotzdem immerhin fünftausend Dollar! Das war mehr, als er in einem halben Jahr an Stütze bekam, selbst wenn man die Lebensmittelgutscheine mitrechnete.

»Diesmal ist es ein Wagen mit zwei Frauen«, sagte Harry. »Sie fahren Richtung Süden und irgendwann im Laufe des Morgens werden sie an den Chama kommen. Wann genau, weiß ich auch nicht, also wartest du am besten schon ab Sonnenaufgang dort auf sie.«

Eddie hätte beinah ganz automatisch protestiert, weil er so früh los sollte, hielt sich aber zurück. Für fünf Riesen konnte er auch einmal im Leben vor Morgengrauen aufstehen. »Und woran erkenne ich sie?«

»Woran … Sag mal, Eddie, wie viele Autos kommen denn da so vorbei? Zehn am Tag vielleicht? Und wie viele mit zwei Frauen drin? Hör zu, die beiden fahren Richtung Süden. Beide sind um die dreißig. Die eine sieht sehr gut aus und ist blond, die andere ist ganz passabel und hat dunkle Haare …«

»Moment mal, die Dunkelhaarige, ist das so eine ganz Große?«

»Ja, eins fünfundachtzig vielleicht.«

»Die habe ich gesehen!«, rief Eddie. »Gestern, hier in Española. Vorm Taco Bell. Die sind auf dem Highway 84 nach Norden gefahren.«

»Das waren sie bestimmt. Die waren unterwegs zur Ghost Ranch. Gut, dann weißt du ja, wie sie aussehen.«

»Die fahren einen Lambo«, sagte Eddie, plötzlich gedämpft. »Mein Gott, was für eine Schande, dass der als Schrotthaufen enden soll.«

»Was fahren die?«

»Einen Lambo. Alter, weißt du nicht, was ein Lambo ist?«

»Lass mich raten … Ein Auto?«

Eddie kicherte. »Ein Auto, ja, aber einen Lambo Auto zu nennen, ist, als würde man einen ... einen …« Aber Vergleiche waren nicht seine Stärke und seine Fantasie ließ ihn im Stich. »Na, du musst doch schon mal was von einem Lambo gehört haben. Das ist eine Abkürzung. Steht für … ich weiß nicht mehr, Lambogonia, Lamburgeroni, irgend so was.«

»Lamborghini? Das ist doch ein Sportwagen, oder? Fährt der nicht dreihundert Stundenkilometer?«

»Über dreihundert, Mann.«

»Ach, du großer Gott.«

»Gibt's ein Problem?«

»Ob es ein Problem gibt? Bist du … Wie zum Teufel wollt ihr zwei Hohlköpfe in euren Rostlauben denn mit so einem Wagen mithalten? Die hängen euch doch problemlos ab.«

Da musste Eddie lauthals lachen. »Ich habe gesehen, wie die fahren. Hast du schon mal so eine alte Frau mit lila Haaren in einem dicken alten Lincoln Continental gesehen, die kaum übers Lenkrad gucken kann und höchstens zwanzig fährt, weil sie bei mehr Tempo einen Herzinfarkt kriegen würde? So fahren die beiden auch in ihrem Lambo. Das wird ein Kinderspiel, das kannst du mir glauben, Alter.«

»Das werden wir ja sehen«, sagte Harry.

KAPITEL 15

Am nächsten Morgen nach dem Frühstück luden sie ihr Gepäck in den Wagen und warfen die Flügeltüren zu. Chris steckte den Schlüssel in die Zündung, drehte ihn aber nicht. Sie sah Alix an.

»Wie wär's, wenn Sie heute mal fahren?«

Alix hatte sich schon innerlich auf eine zermürbend langsame, übervorsichtige Fahrt nach Taos vorbereitet, bei der alle Möglichkeiten dieses so kraftvollen, reaktionsschnellen Biests verschenkt wurden. Aber Chris' Worte ließen die unmittelbare Zukunft plötzlich in rosigem Licht erstrahlen.

»Ähm … ich hätte nichts dagegen, aber wieso denn? Ich dachte, es würde Ihnen Spaß machen.«

»Dachte ich auch, aber ich bin heute Morgen mit heftigen Nackenschmerzen aufgewacht. Mir war klar, dass die von meiner verspannten Haltung während der Fahrt herrührten. Sie haben doch gesagt, ich würde fahren, als säße ich in einem Toyota Camry mit einem ›Baby an Bord‹-Schild. Also ich bin widerwillig zu dem Schluss gekommen, dass mir eine gemütliche Kiste eher zusagt als so ein rasanter Schlitten. Mit diesem Baby bin ich einfach überfordert. Der Wagen ist mir zu … ich weiß nicht, zu kraftstrotzend. In manchem bin ich im Grunde doch ein Weichei.«

Sie lachte ein wenig reumütig, während sie ausstiegen, um die Plätze zu tauschen. »Außerdem bin ich letzte Nacht ein paarmal aufgewacht und dachte an die Strecke mit den vielen Kurven, wo dieser alte Mann über den Felsrand gefahren ist. Da möchte ich am liebsten mit geschlossenen Augen durch und da wäre es doch besser für alle Beteiligten, wenn ich nicht hinterm Steuer säße. Also, ich wäre Ihnen sehr dankbar, wenn Sie dieses Kraftpaket übernehmen könnten. Sie wissen wenigstens, wie man damit umgeht.«

»Meinen Sie? Mal sehen, ob Sie immer noch so denken, wenn wir erst in Taos angekommen sind.«

Chris fing an zu lachen, hörte dann aber abrupt auf. »Sie machen doch nur Spaß, oder?«

»Na klar«, sagte Alix und dankbar machte sie es sich hinterm Steuer bequem. »Glauben Sie mir, bei Gian-Carlo musste ich ein ziemlich intensives Training durchstehen, bis der mich ganz allein mit einem seiner Schätzchen hat fahren lassen.«

Auf der unbefestigten Zufahrtsstraße hielt sie sich noch zurück und fuhr stete fünfzehn oder zwanzig Stundenkilometer. Denn die Autovermietung wäre sicher nicht begeistert über Steinschlagschäden in der makellos seidigen Lackierung. Deshalb war sie, als sie endlich den Highway erreichten, auch ganz versessen drauf, den Wagen auszutesten.

Sie musste sich nur drei oder vier Kilometer gedulden, dann kam nach einer Kurve eine fünf oder sechs Kilometer lange schnurgerade Strecke. Sie warf Chris einen Blick zu: »Soll ich jetzt mal voll auf die Tube drücken? Hier ist es absolut sicher. Weit und breit kein anderes Auto.«

»Klar«, sagte Chris, »Ich bin selbst neugierig. Nicht dass ich … *argh!*« Ihr Kopf wurde abrupt nach hinten gegen die Kopfstütze geworfen, als Alix runterschaltete, um die Drehzahl zu erhöhen, und kräftig aufs Gaspedal trat.

Es war, als bäumte sich der Wagen auf und gäbe ob der neu erlangten Freiheit ein Jauchzen von sich, während er beschleunigte wie eine Boeing 767 kurz vorm Abheben. Alix' Herz schlug höher. In der Regel war sie keine leichtsinnige Fahrerin, ganz allgemein nicht leichtsinnig und auch nicht leicht in Versuchung zu führen, aber Ausnahmen bestätigen bekanntlich die Regel, und wenn Alix hinterm Steuer eines klasse Sportwagens saß, machte sie eben eine Ausnahme. Sie hatte diese Leidenschaft erst relativ spät entdeckt. Sie war sechsundzwanzig, als Gian-Carlo Santullo sie mit dem Nervenkitzel und den Herausforderungen bekanntmachte, die so ein Lamborghini bedeutete. Wie bei den meisten Dingen hatte sie auch hier schnell gelernt und während ihrer restlichen Zeit in Italien hatte sie sich immer ganz besonders auf die Wochenenden in Ravello gefreut, wenn sie ganz allein herrliche Fahrten entlang der kurvenreichen, windigen Amalfiküste unternehmen konnte.

»Puh«, sagte Chris, ihre Nebelhornstimme noch ein wenig tiefer als sonst und ungewohnt leise. Als Alix sie anschaute, saß Chris immer noch stocksteif da und schien den Atem anzuhalten, ihre Augen riesig weit aufgerissen und den Kopf noch immer an die Kopfstütze gepresst.

Sie nahm sofort den Fuß vom Gas und fuhr an den Straßenrand. »Ist alles in Ordnung, Chris?«

Chris atmete auf, ihr Körper und ihr Gesichtsausdruck entspannten sich. »Mir geht's gut. Ich bekomme nur immer so ein komisches Gefühl, wenn der Beschleunigungsdruck über fünf *g* hinausgeht.«

»Tut mir schrecklich leid«, sagte Alix ehrlich. »Ich wollte nicht …«

»Es braucht Ihnen nicht leidzutun, es war toll! Wie schnell sind wir gefahren?«

»Gar nicht mal so schnell. Gut hundertvierzig. Aber das Tempo haben wir in nicht mal zehn Sekunden erreicht. Daher das seltsame Gefühl.« Dass der Wagen tatsächlich eine Anzeige für die *g*-Kraft besaß, verschwieg sie lieber.

»Was war das für ein Krach? Ist das normal?«

»Das liegt am Drehmoment von fünfhundertvierzig Nm, den fünfhundertzwanzig PS und den siebentausend Umdrehungen pro Minute. Völlig normal. Das gehört alles zum besonderen Lamborghini-Erlebnis. Haben Sie sich erschreckt? Ich hätte Sie vorwarnen sollen.«

»Ich habe mich ganz schön erschreckt.« Sie grinste. »Aber ich fand es auch toll. Los, machen wir's noch mal. Geht es noch schneller? Was für ein Kick!«

»Aber mit Vergnügen. Wir haben noch eine relativ lange gerade Strecke vor uns, bevor die Kurven kommen, und weit und breit kein anderes Auto zu sehen. Soll ich bis zum Anschlag aufdrehen?«

»Na klar, aber wenn's geht, bitte nicht abheben.«

»Das wird wohl nicht passieren, aber wer weiß?«

»Lassen wir's drauf ankommen.« Chris drückte sich wieder in ihren Schalensitz, umklammerte dessen hochgezogene Ränder, presste die Lippen zusammen und blickte starr nach vorn. »Drücken Sie auf die Tube!«

Jetzt, da sich Alix wieder an die ungewöhnlichen elektronischen Schaltwippen des Lamborghini gewöhnt hatte, wurde sie noch schneller. Nach zwölf Sekunden waren sie auf hundertneunzig, aber dann konnte sie nicht mehr auf den Tacho schauen, denn sie musste sich aufs Fahren konzentrieren. Sie fuhren zweihundertvierzig und beschleunigten immer noch, als sie schließlich vom Gas gehen musste, weil die Straße einen Bergkamm hinaufführte und eine leichte Biegung nach links machte.

»Ich habe bis jetzt nie viel für Raserei übrig gehabt«, sagte Chris ein wenig außer Atem. »Aber ich muss zugeben, das war spitze.«

Alix nickte glücklich. Seit sie am Vortag Santa Fe verlassen hatten, war sie nicht so entspannt gewesen. »Vielleicht kommt noch mal eine gerade Strecke.«

Aber zunächst kam die gefährliche, kurvenreiche Strecke am Felsrand oberhalb des Chama River entlang, wo Henry Merriam umgekommen war, und Alix fuhr instinktiv noch langsamer. Links, direkt an der Felswand, war ein verwahrloster Rastplatz, den sie auf der Hinfahrt nicht bemerkt hatte und der ihr auch jetzt nicht aufgefallen wäre, wenn dort nicht ein Pick-up geparkt hätte, an dessen Motorhaube lässig ein dunkelhaariger junger Mann lehnte, einen Strohhut wie ein Campesino tief ins Gesicht gezogen. Er wirkte seltsam entspannt an diesem einsamen, trostlosen Fleck, wie er so mit verschränkten Armen und einem Fuß hinter sich auf der Stoßstange dastand. Ihr fiel auf, dass er sie trotz seiner betont lässigen Haltung unter seiner Hutkrempe genau zu beobachten schien, geradezu so, als hätte er auf sie gewartet. Irgendetwas stimmte da nicht. Ihre Nackenhaare stellten sich auf.

Auch Chris schaute zum Rastplatz hinüber. »Dieser Pick-up, den haben wir doch schon mal gesehen. Gestern in Española.« Sie sah genauer hin. »Ja, genau«, sagte sie, als sie so nah vorbeifuhren, dass sie die Schrift unter dem Bild auf der Beifahrertür lesen konnte. »Bimbi. Können Sie sich noch dran erinnern?«

»Den Typ haben wir auch gesehen«, sagte Alix. »Das ist der, der gefragt hat, ob wir ihn auf eine Spritztour mitnehmen.«

»Der *glotzt* uns an«, sagte Chris nervös. »Was macht der hier? Das kann doch kein Zufall sein.«

»Das glaube ich auch nicht. Ich fürchte, der will mit uns spielen. Das ist der Nachteil bei so einem Wagen wie diesem: All die Schwachköpfe in ihren frisierten Schrotthaufen wollen mit einem Rennen fahren.«

»Aber woher weiß er denn, dass wir hier langfahren?«

Alix schüttelte den Kopf. »Keine Ahnung.«

»Er spricht in sein Handy«, sagte Chris, als sie auf gleicher Höhe mit ihm waren. »Warum telefoniert der jetzt? Oh Gott, sehen Sie, jetzt springt er in den Wagen. Was ist denn hier los? Der schaut immer noch zu uns rüber!«

»Ich weiß auch nicht, was los ist, Chris, aber das gefällt mir gar nicht.« Es lief ihr eiskalt den Rücken hinunter. Wenn sie nicht schon in die erste Kurve eingebogen wären, hätte sie sofort kehrtgemacht. Auf der geraden Strecke hätte sie ihn abhängen können, aber auf den Serpentinen sah die Sache ganz anders aus und es kam mehr auf Waghalsigkeit oder schieren Wahnsinn an als auf Geschwindigkeit. Insbesondere weil die schmale Straße hier sehr stark anstieg. Auf der rechten Seite, wo der seichte, glitzernde Fluss sich durch die Wüste schlängelte, ging es jetzt schon fünfundzwanzig Meter steil in die Tiefe.

Im Rückspiegel sah sie, wie der Pick-up holprig auf die Straße und hinter ihnen herfuhr. Er war nur zweihundert Meter hinter ihnen und der Fahrer trat offenbar ordentlich aufs Gas. Das war kein gutes Zeichen. Verdammt, diese dummen jugendlichen Machos! »Ich hoffe, Ihr Gurt sitzt stramm«, sagte sie und prüfte ihren eigenen.

Chris war ganz blass. »Gott sei Dank fahren Sie. Ich habe jetzt schon Herzklopfen, dabei bin ich nur Beifahrerin. Alix, meinen Sie, Sie kommen damit klar?«

»Klarkommen? Womit? Er will ein Rennen und wir eben nicht und damit hat es sich.« Aber ihre Kopfhaut begann zu jucken und sie spürte geradezu, wie das Adrenalin bis in ihre Fingerspitzen strömte. Nein, hier ging es nicht nur um ein Rennen. Er hatte sich das wohl gefährlichste, einsamste Teilstück des Highways zwischen Santa Fe und der Grenze zu Colorado ausgesucht. War er auf eine Mutprobe aus? Und falls ja, würde er ein Nein akzeptieren? Und wen hatte er angerufen …?

Chris hatte sich umgedreht und starrte aus dem Heckfenster. »Der Kerl ist verrückt!«, schrie sie. »Der klebt uns direkt an der Stoßstange! Was *macht* der denn?«

Als Alix in den Rückspiegel schaute, bekam sie einen Schock. Dieser Idiot war tatsächlich nur noch ein paar Meter hinter ihnen und kam immer näher. Sie fuhren jetzt ungefähr fünfzig und sie waren mitten auf der kurvigen Strecke. Das war irrsinnig gefährlich. Hat er wirklich vor, sie zu rammen? Sollte das irgendein wahnsinniges Spiel sein, mit dem die Jugendlichen in dieser Gegend sich amüsierten?

Aber just als sie sich auf den Aufprall gefasst machte, schwenkte er nach links auf die Gegenfahrbahn und zog mit ihnen gleich. Wenn sie noch Zweifel daran hatte, dass er wahnsinnig war, dieses Manöver überzeugte sie vollends, denn wegen der vielen Kurven und Felsvorsprünge hatte er nach vorn höchstens hundert Meter Sicht. Wenn jetzt ein Wagen mit fünfzig Sachen um die nächste Kurve kam, dann war er weg vom Fenster. Sie versuchte, einen Blick auf sein Gesicht zu erheischen, um vielleicht darin zu lesen, was er vorhatte, aber der Lamborghini war zu niedrig, und so sah sie nur die staubige Beifahrertür mit Bimbis Puppengesicht, das ihr nichts verriet.

Aber so richtig Angst bekam sie erst, als Bimbi in einer Außenkurve plötzlich auf sie zukam. Alix riss das Steuer nach rechts, aber die vordere rechte Ecke des Pick-ups streifte ihren Wagen direkt hinter dem linken Vorderrad, worauf Chris leise die Luft einzog. Alix gelang es, die Kontrolle über den Wagen zu behalten, aber sie hatte keine Zweifel mehr, was hier vor sich ging. Das war kein Jugendlicher im Testosteron-Rausch, der sich einen Spaß mit ihnen machte. Der Junge wollte sie beide umbringen.

Und jetzt kam aus der Gegenrichtung auch noch ein rumpelnder Fünfachser um die Kurve und tuckerte direkt auf sie zu. Direkt auf Alix und Chris zu, denn der schwerfällige Truck fuhr auf der falschen Fahrbahn. Blitzartig fiel ihr der alte Kunsthändler Henry Merriam ein. War ihm das Gleiche passiert?

Der Pick-up schwenkte wieder von links auf sie zu und sie musste blitzschnell nachdenken. Nach rechts konnte sie nicht ausweichen. Es gab keinen richtigen Randstreifen und die sechzig Zentimeter hohe Leitplanke sah nicht stabil genug aus, um sie im Falle eines Falles aufzuhalten. Aber selbst wenn es einen breiten Seitenstreifen gegeben und sie angehalten hätte, was dann?

Links bot sich eher eine Möglichkeit, auch wenn der Pick-up frisiert war, denn dank der geballten Beschleunigungskraft und perfekten Straßenlage des Lamborghini könnte sie sich vor den Pick-up auf die Gegenspur drängen und ihn in Windeseile abhängen. Das hieß aber, sie musste in der Kurve auf der falschen Spur weiterfahren, ohne den Gegenverkehr zu sehen. Und zu allem Überfluss musste sie sich auch noch an dem unglaublich breiten Sattelschlepper vorbeizwängen. Wie würde der reagieren? Wenn sie es geschickt anstellte, könnte der Truck die Spur nicht so schnell wechseln, dass es zu einem Frontalzusammenstoß käme (wobei der Laster wahrscheinlich nur ein paar Beulen davontragen würde, aber der Lamborghini wäre nur noch ein Häufchen Blech), aber er bräuchte nur im richtigen Moment kurz nach rechts zu schwenken und sie würden an der Felswand zermalmt. Die Frage war nur, hatte der Fahrer Zeit genug dafür und würde er schnell genug reagieren?

Aber das würde sie ja jeden Moment herausfinden. »Festhalten«, sagte sie mit zusammengebissenen Zähnen. »Jetzt geht's erst richtig los …«

Sie atmete kurz durch, schaltete runter und trat das Gaspedal durch. In zwei Sekunden waren sie fünfzehn Meter vor dem Pick-up. Dann fuhr sie wieder auf die rechte Spur rüber und raste frontal auf den Sattelschlepper zu (oder umgekehrt). Sie waren so nah, dass sie erkennen konnte, wie dem Fahrer die Kinnlade herunterfiel. Er konnte es nicht fassen. Eine Zeile aus *Don Quijote* schoss ihr durch den Kopf: »Stein gegen Krug, Krug gegen Stein, wird immer des Krugs Verderben seyn.«

»Alix …«, fiepste Chris vollkommen erstarrt mit weit aufgerissenen Augen. »Wir … wir …«

Dreißig Meter vor dem drohenden Zusammenstoß bremste Alix ganz leicht ab, um in die Kurve zu gehen, schwenkte dann abrupt nach links auf die Gegenspur und trat so fest aufs Gas, wie sie sich traute. Der Lastfahrer war total verdutzt und riss schnell sein Lenkrad nach rechts, um sie einzuquetschen. Zu spät. Sie hatten den Auflieger des Sattelschleppers schon halb hinter sich gelassen und das Führerhaus schrammte hinter ihnen an der Felswand entlang. Für den Bruchteil einer Sekunde jubelte sie innerlich, denn sie dachte, sie wären aus der Gefahrenzone, aber dann sah sie, dass der Auflieger wie in einem Albtraum scheinbar in Zeitlupe herumschlenkerte, direkt auf sie zu, und sie jeden Moment gegen die Felswand drücken würde. Sie hatte keine andere Wahl, sie musste noch mehr Gas geben und auf die erschreckend enge und immer enger werdende Lücke zwischen Laster und Felswand zurasen.

Fast hätte sie's geschafft, aber die hintere Ecke des Aufliegers traf ihren Wagen hart an der Beifahrertür. Mit einem ohrenbetäubenden *PENG* ging der Airbag neben Chris' Kopf auf, und jetzt war es der Lamborghini, der über die schmale Fahrbahn schlingerte. Alix war nicht so dumm, voll auf die Bremse zu treten, denn dann hätte sie die Kontrolle über den Wagen vollends verloren. Stattdessen gab sie sich alle Mühe, im Schleudern gegenzusteuern. Allerdings bedeutete »gegensteuern« auf den Felsrand zu. Aber die Leitplanke war stabiler, als sie aussah. Und zudem federte sie. Als sie dagegenfuhren, prallten sie scheppernd ab und zurück auf die Fahrbahn. Wie in einer Traumszene sah Alix ihre Umhängetasche aus dem offenen Fenster ins Leere fliegen. Der Wagen schleuderte langsam, aber unkontrollierbar herum und auf die Felswand zu. Zuerst würde das Heck dagegenprallen, das konnte sie sehen, aber sie konnte nichts dagegen tun, außer auf die Bremse zu treten und zu beten. Sie zuckte unwillkürlich zusammen und wieder war ein markerschütterndes *PENG* zu hören, als ihr der vordere Airbag ins Gesicht knallte.

KAPITEL 16

Sie wusste nicht, wie lange sie ohnmächtig gewesen war. Aber sicher nicht sehr lange, dachte sie, nur ein paar Sekunden. Geweckt hatte sie ein beißender Geruch, penetrant wie Ammoniak, und als sie ihre Augen öffnete, war der Wagen von grauem Staubnebel erfüllt. Der rührte anscheinend von den Airbags her, die nun langsam in sich zusammenfielen. Ihre Nase tat weh, aber als sie sie anfasste, fand sie kein Blut. Ihre Nase gab nicht nach und wackelte auch nicht. Davon abgesehen …

Sie war so umnebelt, dass sie gar nicht mehr an Chris gedacht hatte. »Chris! Ist alles in Ordnung?«

Nichts. Chris' Kopf war auf ihre Brust gesunken. Alix wurde ganz angst und bange. Sie berührte ihre Freundin an der Schulter. »Chris?«

Chris' Kopf ruckte leicht nach oben. »Hä?«

»Chris, ist alles in Ordnung?«

Es dauerte eine Weile, bis sie antwortete. »Ja … nein … ich glaube nicht. Mein Kopf …«

»Nicht bewegen. Ich rufe Hilfe.« Aber als sie nach ihrem Handy tastete, fiel ihr ein, dass es in ihrer Umhängetasche war, die jetzt wahrscheinlich den Chama River entlang zum Rio Grande und weiter bis zum Golf von Mexiko trieb. Bei dem Gedanken an das

Handy fiel ihr auch der Typ in dem Pick-up wieder ein. Den hatte sie ganz vergessen. Und den Sattelschlepper auch. Gott, sie war wirklich noch total benommen. Ängstlich schaute sie hoch. Der Lamborghini hatte sich einmal um sich selbst gedreht und seine Nase zeigte jetzt in die Richtung, aus der sie gekommen waren – und da waren sie, hundert Meter entfernt. Der Sattelschlepper hatte sich quergestellt. Der Auflieger stand aufrecht und im spitzen Winkel zum umgekippten Führerhaus, dazwischen eingeklemmt der Pick-up, der auch auf der Seite lag. Staubwolken stoben von den beiden Fahrzeugen auf. Niemand rührte sich. Gut so. Wenn die beiden tot waren, sollte ihr das nur recht sein.

»Alix«, murmelte Chris, »ich kann … ich kann nicht richtig …« Dann verdrehte sie die Augen und verlor wieder das Bewusstsein.

Alix hatte schreckliche Angst um sie. Chris schien verletzt zu sein, vielleicht sogar schwer. Sie musste schnell in ein Krankenhaus. Aber wie? Sie merkte, wie sie in Panik geriet. Unter Umständen würde hier die nächsten paar Stunden kein einziges Auto vorbeikommen. Kein Handy, kein …

Dann kam plötzlich eine ruhige Frauenstimme aus dem Navi-Lautsprecher. Es war, als hörte Alix die Stimme Gottes.

»Dies ist Ihr Vierundzwanzig-Stunden-Notdienst. Wir haben eine Meldung empfangen, dass Ihre Airbags aktiviert wurden. Brauchen Sie Hilfe? Wir haben Sie auf dem Highway 84 geortet – sechs Kilometer nordwestlich von Abiquiu, New Mexico. Falls Sie nicht sprechen können …«

Dann fand Alix endlich ihre Stimme wieder. »Ja, wir brauchen Hilfe!«, schrie sie und fing vor Dankbarkeit fast an zu weinen. »Meine Freundin ist …«

✦✦✦

»Und Sie glauben wirklich, dass er versucht hat, sie umzubringen?«, fragte Ted halb überrascht, halb skeptisch. »Dass er Sie über den Felsrand drängen wollte?«

»Ja«, sagte Lieutenant Mendoza, »davon bin ich fest überzeugt.«

Ted saß schweigend da und schüttelte den Kopf. Mendoza hatte ihn zwanzig Minuten zuvor angerufen und gebeten, wegen eines gravierenden Zwischenfalls nördlich von Española in sein Büro zu kommen. Dann hatte er ihm alle Einzelheiten geschildert.

»Aber Eduardo«, sagte er schließlich, »warum ziehen Sie so voreilige Schlüsse? Die beiden waren in einem schnieken Sportwagen in offenem Gelände unterwegs, noch dazu im Land der tiefergelegten Autos. Ist nicht eher anzunehmen, dass der Fahrer des Pick-ups sie zu einem Rennen auffordern wollte oder irgendeine dämliche Mutprobe im Sinn hatte? Und dann ist die Sache schiefgelaufen, weil der Sattelschlepper um die Kurve kam.«

»Nein …« Um den Ernst der Lage zu unterstreichen, drehte Mendoza seine Lobos-Mütze nach hinten und begann, Punkte an seinen Fingern abzuzählen. Kleiner Finger … »Erstens war der Fahrer des Trucks nicht irgendein unschuldiger Mensch, der zur falschen Zeit am falschen Ort aufgekreuzt ist. Das ist ein Krimineller. Der hat schon gesessen. Der andere auch. Und die beiden haben nicht zum ersten Mal zusammengearbeitet.« Ringfinger … »Zweitens klingt die Geschichte von Alix London plausibel.«

»Ja, aber …«

»Und drittens – und das ist das Ausschlaggebende …«, er bog seinen Mittelfinger zur Bekräftigung ganz weit zurück, » … haben wir den Bericht des Sheriffs von Rio Arriba County. Die Bremsspuren und die Schadensbilder der Fahrzeuge bestätigen ihre Geschichte bis zum letzten i-Tüpfelchen. Der Pick-up und der Sattelschlepper haben versucht, ihr den Weg abzuschneiden und sie von der Straße zu drängen, das steht fest, und verdammt, wenn sie die beiden nicht ausgetrickst hätte … Sie wäre beinah vollkommen unbeschadet davongekommen, aber der Truck kam ins Schleudern und der Auflieger hat sie gerammt. Der Lamborghini hat Totalschaden, aber sie hat ihn auf der Straße halten können und beide haben überlebt. Ich kann Ihnen sagen, die Lady fährt nicht nur super, die hat auch Nerven aus Stahl.«

»Hört sich an, als hätte sie's Ihnen angetan«, sagte Ted.

»Ich bin ganz schön beeindruckt, ja.« Er drehte seine Baseballmütze wieder richtig herum, lehnte sich zurück und verschränkte die Hände hinter dem Kopf.

»Laden Sie sie also zum Verhör vor?«

»Wegen dieser Sache? Nein, nicht offiziell. Für den Fall ist Denny Ortiz in Rio Arriba zuständig. Aber sie hat gestern angerufen, um mir zu sagen, dass das Bild eine Fälschung ist. Eindeutig, definitiv, hundertprozentig. Wenn sie zurück ist, kommt sie her, um mir mehr zu erzählen, und ich könnte mir vorstellen, dass wir auch über die Sache mit dem Lamborghini reden.«

Eindeutig, definitiv, hundertprozentig, so sicher war sie sich beim letzten Mal nicht, dachte Ted. »Ich wäre Ihnen sehr verbunden, wenn Sie alle Informationen, die sie hat, an mich weitergeben könnten. Über das Bild, meine ich.«

»Na klar.«

»Was ist mit den beiden anderen Fahrern?«, fragte Ted. »Hat der Sheriff irgendwas aus denen rausgekriegt?«

»Aus dem einen ja, dem Lasterfahrer, und das war entscheidend. Denny hat mit ihm geredet und er sagt, der andere, Eddie Sierra, hätte ihm zweitausend Dollar dafür gegeben und er hätte es gemacht, ohne Fragen zu stellen. Denny glaubt ihm das auch, denn er ist schwachsinnig genug, so was zu tun. Mehr weiß er angeblich nicht. Er sagt, er hätte es für einen Streich gehalten und dass sie ihnen nur Angst einjagen sollten, mehr nicht. Das nimmt Denny ihm aber nicht ab und ich auch nicht.«

»Und dieser Sierra? Was hat der für eine Geschichte auf Lager?«

»Das werden wir wohl nie erfahren. Er ist immer noch ohne Bewusstsein und wird wahrscheinlich nicht mehr zu sich kommen.«

Ted nickte. »Also was meinen Sie, Eduardo? Was steckt dahinter?«

Mendoza zuckte mit den Schultern. »Keine Ahnung, aber wir können schon mal ein paar Mutmaßungen anstellen. Erstens, dieser Trottel Sierra hat das nicht allein ausgeheckt. Das sind beide totale Nieten, dumm wie Bohnenstroh. Außerdem, woher sollte Sierra zweitausend Dollar haben? Nein, irgendjemand hat ihn dafür angeheuert und ihm genug bezahlt, dass auch noch zweitausend Dollar für seinen Kumpel drin waren.«

»Hört sich plausibel an.«

»Außerdem glaube ich, dass die's auf die London abgesehen hatten, nicht auf die LeMay.«

»Warum?«

»Na, wegen dem anderen Anschlag?«

»Dem anderen Anschlag …?« Ted beugte sich vor, die Hände auf den Schreibtisch gestützt. »Moment mal, Sie glauben, die Explosion in der Casita war *kein* Unfall?«

»Das glaube ich nicht nur, das weiß ich. Entschuldigung, Ted, ich wollte es Ihnen sagen, aber ich hab's einfach vergessen.«

»Sie brauchen sich nicht zu entschuldigen. Für Tötungsdelikte sind Sie zuständig, ich interessiere mich nur für Kunst. So war das ausgemacht. Aber da Sie es schon mal erwähnt haben …« Fragend zog er die Augenbrauen hoch.

»Wir dachten uns, wir nehmen die Umstände der Explosion mal genauer unter die Lupe, und haben herausgefunden, dass die LeMay ursprünglich für die London ein Zimmer im Hauptgebäude gebucht hatte. Dann, so das Hotel, hat sie am Vortag der Anreise angerufen, um die Buchung zu ändern. Stattdessen sollte die London in dieser Casita übernachten … als besondere Überraschung.«

Ted runzelte die Stirn. »Und sie glauben, die LeMay steckt dahinter? Aber …«

»Nein, die hatte nichts damit zu tun.«

»Aber Sie haben doch gerade gesagt …«

»Ich habe nur wiederholt, was die Leute vom Hotel gesagt haben. Jemand hat sich für sie ausgegeben. Sie müssen auch zuhören.«

Ted lehnte sich seufzend zurück. »Ich komme nicht mehr mit.«

»Wenn jemand behauptet, eine bestimmte Person zu sein, ist das doch kein Beweis. Das müssten Sie doch am besten wissen, Rollie, alter Knabe.«

»Stimmt«, gestand Ted mit einem Lächeln ein.

»Es war Liz Coane. Die hat im Hotel angerufen.«

Ted war nun wirklich überrascht. »Wie sind Sie denn darauf gekommen?«

Mendoza grinste breit. »Hervorragende Polizeiarbeit, mein Lieber. Das Hotel führt ein Logbuch. Demnach kam der Anruf am Donnerstag um vierzehn Uhr fünfunddreißig, aber die Telefonnummer wurde nicht vermerkt. Das sagt uns also erst mal gar nichts. Aber ... wenden wir uns dem Mordfall Liz Coane zu. Wir sammeln also mit äußerster Sorgfalt Informationen, wofür wir mit Recht bekannt sind, und natürlich überprüfen wir auch das Anrufprotokoll ihres Handys, ein- und ausgehende Verbindungen. Und siehe da, am Donnerstag, dem neunten September, um vierzehn Uhr vierunddreißig hat sie einen einminütigen Anruf getätigt. Und zwar ...«

»Zur Hacienda Encantada«, sagte Ted. »Sie Teufelskerl!«

»Ja, Liz steckte dahinter.«

»Aber wie ist sie denn in die Casita gekommen, um an dem Gas herumzumanipulieren? Und wann? Oder hat das jemand für sie besorgt?«

Mendoza zuckte wieder mit den Schultern. »Ach, wahrscheinlich war es gar nicht so schwierig. Die fragliche Casita gibt's natürlich nicht mehr, aber wir haben einen Gasinstallateur kommen lassen. Der hat sich die Leitungen der Casitas angesehen und gesagt, dass man es einfach von außen hätte manipulieren können. An der Rückseite, wo die Leitung zum Tank führt. Das hätte jeder machen können. Die Casitas haben auf der Rückseite keine Fenster, dadurch war es noch einfacher.«

Ted dachte ernsthaft darüber nach. »Zwei Versuche, Alix London umzubringen, in drei Tagen«, sinnierte er.

»Sieht ganz so aus. Außerdem müssen es zwei verschiedene Leute gewesen sein, denn Liz Coane hatte beim zweiten Mordversuch schon das Zeitliche gesegnet.« Er schüttelte den Kopf. »Wenn ich nur wüsste, was hier gespielt wird.«

»Nun, was es auch sein mag, das beweist jedenfalls, dass sie bis über beide Ohren in der Sache drinsteckt. Ich wusste es von Anfang an. Der Apfel fällt nicht weit ... Was ist?«, fragte er, denn Mendoza sah ihn fragend an. »Was ist denn?«

»Also, Ted, verstehe ich Sie richtig? Dieses Mädchen – diese Frau – entkommt dank ihres ungeheuren Muts und Geschicks nur mit knapper Not zwei Mordversuchen … und Sie kommen zum dem Schluss, dass *sie* etwas verbrochen hat? Habe ich da irgendetwas übersehen?«

»Eine ganze Menge«, sagte Ted überaus freundlich. »Erstens, wer ihr Vater ist. Zweitens, dass sie es ihm nachgetan hat und im Kunstbetrieb arbeitet. Drittens, dass sie diesen Auftrag nur mit seiner freundlichen Unterstützung bekommen hat. Und außerdem …«

»… dass Sie total von ihr besessen sind.«

»Ich bin was …?« Er wollte eigentlich protestieren, doch dann fing er an zu lachen und wurde plötzlich ganz entspannt. Er erkannte selbst, dass seine Argumentation voller Löcher war. »Ja«, sagte er seufzend, »Sie haben recht, Eduardo. Ich bin nicht gerade objektiv, was? Nun gut, was soll ich sagen? Sie hat einfach etwas an sich, das mir gegen den Strich geht.«

Etwa, dass sie anscheinend so vollkommen immun gegen seinen Charme war?, spekulierte er. Aber diese Erkenntnis behielt er doch lieber für sich.

»Nun, ich habe mir anfangs auch so meine Gedanken über sie gemacht, aber mittlerweile glaube ich, dass sie ehrlich ist. Seien Sie fair, Ted.«

»Sie haben vollkommen recht«, sagte er aufrichtig, aber eigentlich wollte er das Thema wechseln. »Haben Sie nicht gesagt, die Frauen sind in Española? Ist keine von beiden ernsthaft verletzt?«

»Ja, das war der letzte Stand. Chris LeMay bleibt aber zumindest über Nacht zur Beobachtung im Krankenhaus. Wo Alix London sich gerade aufhält, weiß ich nicht. Sie haben sie untersucht und entlassen, aber ich könnte mir vorstellen, dass sie immer noch im Krankenhaus bei der LeMay ist. Es ist ja alles erst ein paar Stunden her.«

»Also, wenn Sie nichts dagegen haben, würde ich gern hinfahren und ihr ein paar Fragen stellen.«

»Dagegen habe ich nichts, aber ich weiß eine schnellere Möglichkeit. Der Pilot, der Ex-Freund der LeMay, macht sich ziemliche Sorgen um sie. Er fliegt mit dem Privatjet zum Flughafen von Espanola. Mit dem Flugzeug dauert's nur fünfzehn Minuten anstatt anderthalb Stunden. Soll ich den Flughafen von Santa Fe anrufen? Vielleicht ist er noch nicht gestartet.«

»Ja, bitte, das wäre nett. Ich habe nämlich ein paar dringende Fragen.«

✦✦✦

Ach ja, welche denn?, fragte er sich auf der Fahrt zum Flughafen, der ein paar Kilometer südlich der Stadt lag. *Was war denn so dringend, dass er unbedingt sofort losfliegen musste, um mit ihr zu reden? Was waren das für Fragen, die nicht bis zum nächsten Tag warten konnten oder bis sie wieder zurück nach Santa Fe kam?*

Hatte Mendoza vielleicht den Nagel auf den Kopf getroffen? Bei dem Gedanken war ihm gar nicht wohl. *War er wirklich von ihr »besessen«?*

KAPITEL 17

Sie saß schon seit zwei Stunden an Chris' Bett und plauderte mit ihr, wenn Chris wach war, und wenn sie wegdöste, dachte Alix einfach nach. Es gab so viel, über das sie sich Gedanken machte. Sie hatte kurz überlegt, ob diese verrückte Verfolgungsjagd vielleicht bedeuten könnte, dass Liz doch nichts mit der Explosion in der Casita zu tun hatte. Schließlich war sie schon zwei Tage tot, also musste jemand anderes hinter diesem erneuten Mordversuch stecken. Aber war es nicht zu weit hergeholt, dass zwei Leute ihr nach dem Leben trachteten? Sie musste allerdings immer noch an Liz' überraschten Ausruf denken: »Was machen *Sie* denn hier?« Die Explosion war eindeutig Liz' Machwerk oder zumindest war sie in die Sache verwickelt gewesen.

Wer also steckte hinter diesem neuen Mordversuch? Nicht die beiden Schwachköpfe, so viel stand fest. Aber wer außer Liz sollte ein Interesse daran haben, sie aus dem Weg zu räumen? Derjenige, der Liz umgebracht hatte (wahrscheinlich der große, bärtige Kerl, der sie umgerannt hatte), war auf jeden Fall ein Kandidat, aber aus welchem Grund sollte er *sie* umbringen wollen? Es hatte etwas mit dem Bild zu tun, davon war sie nach wie vor überzeugt, trotzdem wusste sie nicht, *warum*? Damit sie es nicht als Fälschung entlarven konnte? Das schien naheliegend, aber rechtfertigte es wirklich einen Mord? Derjenige, der es verschachern wollte, konnte es sich doch einfach wiederholen, sobald die Polizei es freigab, es ein paar Jahre behalten und dann anderswo anbieten – in Idaho, Montana oder Georgia –, irgendwo weitab vom normalen Kunstbetrieb, wo es sich, ohne Verdacht zu erregen, verkaufen ließ. Etwas umständlich, aber weit weniger umständlich oder riskant als Mord. Oder er hätte …

Fast ohne es zu merken, war sie aufgestanden. Vom Fenster im ersten Stock schaute sie geistesabwesend hinunter auf den Parkplatz. Schließlich merkte sie, dass sie auf einen Transporter starrte, der gerade eingeparkt hatte und aus dem jetzt zwei Männer stiegen. Sie musste zweimal hinschauen.

»Chris, bis du wach?«, fragte sie über die Schulter. Nach allem, was sie gemeinsam durchgemacht hatten, fand Alix, war es an der Zeit, sich zu duzen.

»Wach?«, antwortete Chris benommen. »Hmm, ich bin mir nicht sicher. Ich muss erst mal drüber nachdenken. Warum?«

»Weil ich an deiner Stelle ein bisschen Lippenstift auflegen würde, aber nur, wenn du wach bist.«

»Lippenstift? Warum das denn?«

»Weil du Besuch bekommst?«

»Besuch?« Sie kicherte. Ganz untypisch für sie. »Ich plappere alles nach, merkst du das? Tut mir leid, ich bin noch ganz benebelt von dem Zeug, das die mir gegeben haben. Also wer kommt mich denn besuchen?«

»Nun, ich sehe zwei Männer, die gerade aus einem Transporter gestiegen sind …«

»Aus einem …«

»Aus einem Mietwagen. Und sie gehen ins Krankenhaus. Der eine sieht deinem Piloten verteufelt ähnlich.«

»Meinem … meinst du … meinem … meinst du CRAIG? Craig ist HIER?« Mit einem Schlag war sie hellwach. Sie saß kerzengerade im Bett. »Wo ist mein Spiegel?«, fragte sie panisch. »Wo ist mein Kamm, mein Lippenstift, mein … Alix, wo sind meine Sachen? Schnell, gib mir deine Handtasche! Das ist ein Notfall!«

»Würde ich ja gern, aber meine Tasche befindet sich mittlerweile wahrscheinlich dreißig Kilometer weiter flussabwärts.« Das erinnerte sie daran, dass sie unbedingt wegen Führerschein, Kontokarte und dem ganzen Zeug telefonieren musste. Und das zusätzlich zu all dem anderen Stress! Während sie redete, ging sie an den Schrank des Einzelzimmers, wo sie Chris' Handtasche fand. »Bitte schön«, sagte sie und warf sie aufs Bett.

Chris griff hinein, holte einen kleinen Spiegel raus und betrachtete ihr Gesicht. Sie war entsetzt. »Oh Gott, *beide* Augen blau? Ich sehe aus wie ein Waschbär! Und meine Nase! Die ist ganz, ganz ...«

»Na ja, wegen der blauen Augen kann man nichts machen, aber deine Nase sieht gar nicht so schlimm aus ...«

»Nicht so *schlimm*? Meine Nase sieht aus wie eine ... eine Steckrübe!«

»Hmm, eher wie eine Rote Bete«, konnte sich Alix nicht verkneifen. »Die Farbe, weißt du?«

»Alix!«, jammerte Chris.

»Ach, Chris, ganz so furchtbar ist es wirklich nicht. Wenn du dir die Haare ein bisschen kämmst, dir die Lippen schminkst ...«

Chris war schon dabei, Lippenstift aufzutupfen. »Oh, und dieses schreckliche Nachthemd, das die mir verpasst haben! Wie soll man darin gut aussehen? Kannst du ihn nicht abfangen, damit er nicht hier reinkommt?«

»Chris, wenn er sich so sehr um dich sorgt, dass er hierherkommt, wird er sich wohl kaum davon abhalten lassen, dich zu sehen.«

»Oh Gott, meine Augen«, stöhnte Chris. Sie sah Alix traurig an. »Das geht doch wieder weg, oder?«

»Ganz bestimmt, aber nicht, bevor Craig hier ist.«

»Das ist nicht zum Lachen«, sagte Chris, musste aber selbst lachen. »Ach, was soll ich nur machen, es ist hoffnungslos.« Sie warf den Spiegel hin und ließ sich ins Kissen fallen. »Hoffentlich mag er Waschbären. Kannst du bitte das Bett hochstellen? Und wenn es dir nichts ausmacht, uns ein bisschen allein zu lassen ...«

»Aber klar doch, ich gehe sofort«, sagte Alix, nachdem sie mit der Fernbedienung den Kopfteil des Betts hochgestellt hatte, sodass Chris aufrecht saß. »Aber du musst die Sache von der positiven Seite sehen.«

»Und die wäre?«

»Wenn er dich so sieht und immer noch Interesse hat, dann ist es ihm ernst.«

»Oh vielen Dank, das baut mich auf. Moment, hast du nicht gesagt, es sind zwei? Wer ist denn der andere?«

»Noch nie gesehen«, sagte Alix. »Bis später.«

✦✦✦

Aber noch bevor sie die Tür hinter sich zugezogen hatte, wurde ihr bewusst, dass sie ihn wohl schon einmal gesehen hatte. Er war ihr irgendwie bekannt vorgekommen, so wie ein Schauspieler, den man mal gesehen hat, oder jemand, mit dem man vor langer Zeit mal zu tun hatte. Und dann machte es klick: Es war dieser Hochstapler de Beauvais. Wahrscheinlich hatte sie ihn nicht sofort erkannt, weil sie von oben auf ihn herabgeschaut hatte, und außerdem hatte sie ihn hier nicht erwartet. Was wollte der denn hier im Krankenhaus? Und woher kannte er Craig? Und warum tauchte er überall auf, wo sie war – in Liz' Galerie, auf der Polizeiwache …

Die beiden Männer eilten den Flur entlang, Craig vorweg. Als er Alix vor der geschlossenen Tür sah, war er sichtlich beunruhigt. »Ist alles in Ordnung? Stimmt irgendwas nicht?«

»Alles in Ordnung, sie hat nur ein paar Beulen, aber sie wird schon wieder.«

»Ähm … kann ich einfach so reingehen?«, fragte er.

»Na klar. Ich habe Sie vom Fenster aus gesehen und ihr gesagt, dass Sie kommen. Sie freut sich.« Sie überlegte kurz, ob sie ihm von den Waschbäraugen erzählen sollte (sogar der Notarzt hatte diesen Ausdruck benutzt), aber dann entschied sie sich, den Dingen ihren Lauf zu lassen.

Er legte seine Hand auf den Türgriff, doch dann drehte er sich um, nahm sie plötzlich in die Arme und drückte sie fest. Sie hatte gar nicht bemerkt, wie groß er war, mindestens eins achtundachtzig, also ideal für Chris. Bei dem Gedanken musste sie lächeln. Im Grunde versuchte sie, die beiden zu verkuppeln, und dabei hasste sie es, wenn jemand das bei ihr versuchte.

»Ich habe gehört, Sie haben ihr das Leben gerettet«, murmelte er in ihr Ohr. »Danke.«

»Ich habe doch nur …« Aber er war schon im Zimmer. Sie hörte, wie er sagte: »Hallo Chris, hoffentlich …« Doch dann ging die Tür zu und sie war mit de Beauvais allein, der ein paar Meter entfernt stand und sie mit einem öligen, arroganten, übertrieben selbstbewussten Lächeln bedachte.

»Wollten Sie irgendwas?«, sagte sie schnippisch.

»Ja, erstens möchte ich sagen, wie froh ich bin, dass Ihnen nichts zugestoßen ist. Wie ich gehört habe, haben Sie heute Morgen auf der Straße eine Glanzleistung hingelegt.«

»Danke.« Sie wartete darauf, dass er weiterredete.

»Und zweitens muss ich etwas gestehen.«

»Ich weiß, Sie sind ein Hochstapler.«

Er sah sie ganz ruhig an und ließ sich nichts anmerken. »Aber wie kommen Sie denn auf die Idee?«

»Wegen des aufgesetzten Bostoner Oberschichtakzents«, sagte sie, aber das war gelogen. Der Akzent wirkte tatsächlich aufgesetzt, das stimmte, aber sie hätte ihn ihm abgenommen, wenn sie nicht aus dem Nebenzimmer seine Unterhaltung mit Mendoza mitangehört hätte, wo er ganz normal gesprochen hatte. »Das nimmt Ihnen doch keiner ab. So spricht doch heute kein Mensch mehr. Nicht mehr seit …« Seit Paynton Whipple-Pruitt, hätte sie hinzufügen können. »Seit … ich weiß auch nicht, seit wann.«

Er sah sie noch eine Weile an – ziemlich streng, wie sie fand –, doch dann veränderte sich sein Gesicht wie von Zauberhand. Seine Züge entspannten sich und er lächelte sie an. Ein einnehmendes Lächeln, musste sie zugeben, offen und direkt und kein bisschen gekünstelt. Seine ganze Körperhaltung war aufrechter und um seine unglaublich blauen Augen zeigten sich reizende Lachfalten. Er war ein richtig charmantes Schlitzohr, verdammt, und das machte sie nervös. Sie wusste nicht, was für ein Spiel er spielte, aber sie wollte sich auf gar keinen Fall mit ihm einlassen. Es gab in ihrem Leben schon einen charmanten alten Schurken. Einen charmanten jungen Schurken konnte sie nun wirklich nicht gebrauchen.

»Ja, aber Sie müssen bedenken, wir verdeckten Ermittler versuchen gar nicht, vollkommen authentisch zu sein«, sagte er. »Wir dürfen nur nicht auffliegen. Wir verhalten uns so, wie man es von uns erwartet.«

Er hatte den aufgesetzten Akzent abgelegt, aber seine Offenbarung war für sie so überraschend gekommen, dass es ihr kaum aufgefallen war. *Wir verdeckten Ermittler …*? Sie starrte ihn nur an. Zu mehr war sie nicht in der Lage und sie musste sich zusammenreißen, damit ihr die Kinnlade nicht runterfiel. »Soll das heißen, Sie sind bei der *Polizei*?«

Ohne zu antworten, nahm er eine lederne Ausweishülle aus seiner Gesäßtasche, öffnete sie und hielt sie ihr vor die Nase. Er klappte die Hülle nicht sofort wieder zu, wie sie es im Fernsehen machen, sondern sie hielt lange genug hoch, dass sie alles genau lesen konnte. Im unteren Fach steckte ein goldenes Abzeichen mit einem Adler, das ganz echt aussah, jedoch genauso gut aus einer Cornflakes-Packung stammen konnte. Aber der Ausweis im oberen Fach kam ihr echt vor: Darauf stand in fetter, blauer Schrift »Department of Investigation FBI Special Agent«, außerdem waren dort das Siegel der Behörde und ein kleines, aber deutliches Foto von de Beauvais zu sehen, nur dass die Unterschrift »Theodore Ellesworth« lautete.

Daraufhin brach sie, für sie selbst ebenso überraschend wie für ihn, in schallendes Gelächter aus. Ob es an der Anspannung der vergangenen Tage lag oder an der Absurdität der ganzen Situation, wusste sie nicht, aber sie konnte gar nicht mehr aufhören. Sie hatte seit Monaten, vielleicht seit Jahren nicht mehr so gelacht. Beauvais – oder vielmehr Ellesworth – sah ihr schweigend zu.

Als sie sich die Tränen weggewischt hatte und wieder sprechen konnte, sah sie ihn an. »Das ist doch wohl nicht Ihr Ernst. FBI? Theodore Ellesworth?«

Er klappte die Hülle zu und steckte sie wieder in die Tasche. »So heiße ich leider nun mal. Und ich bin tatsächlich beim FBI. Ehrlich.« Lächelnd hielt er drei Finger zum großen Pfadfinderehrenwort hoch.

Ihre Einstellung ihm gegenüber war zu diesem Zeitpunkt mehr als wirr, aber ihr Instinkt sagte ihr, dass er diesmal nicht log. »Okay, ich glaube Ihnen, aber was ist denn hier überhaupt los? Warum steht Special Agent Theodore Ellesworth in einem Krankenhausflur in Española und unterhält sich mit mir, statt sich seiner wichtigen FBI-Arbeit zu widmen?«

»Das ist eine ziemlich lange Geschichte. Aber unten ist eine Cafeteria, sollen wir da einen Kaffee trinken?«

Alix zögerte, aber nur eine Sekunde. »In Ordnung, Mr Ellesworth, gehen Sie vor.«

»Nennen Sie mich einfach Ted«, sagte er und ging den Flur entlang.

✦✦✦

Die Cafeteria war so wie jede andere Krankenhaus-Cafeteria auf der Welt: Die helle, freundliche Einrichtung konnte die Aura von Sorge und Trübsinn nicht verdrängen, die von den Leuten dort ausging. Auch dass sie in einem fensterlosen Keller untergebracht war, war der Atmosphäre nicht zuträglich. Nur an einem Tisch mit Krankenschwestern herrschte gute Stimmung. An den anderen Tischen saßen Leute einzeln oder zu zweit, in sich gekehrt und schweigsam. Ted und Alix setzten sich an einen Tisch an der Wand, weit weg von den anderen Leuten.

»Also …«, sagte Ted, als er sich mit seinem Kaffee hinsetzte. »Wo soll ich anfangen?«

»Fangen wir doch mit Roland de Beauvais, dem formidablen

Kunstbetrüger, an. Was hatte der in Santa Fe zu schaffen?«

»In Ordnung. Ich bin einer Kette von Betrugsfällen auf der Spur: Fälschungen, die an ausländische Käufer verschachert werden, hauptsächlich nach Asien. In fünf Fällen sind wir uns ganz sicher und in vier weiteren so ziemlich. Die Galerie Blue Coyote war einer der Hauptverkaufskanäle, deshalb wussten wir, dass Liz eine zentrale Rolle spielte, ob wissentlich oder nicht.«

»Und? War sie an der Sache beteiligt?«

»Ja, sie steckte bis über beide Ohren mit drin.«

»Hmm.« Alix dachte darüber nach. »Ich frage mich nur, warum?«

»Warum was?«

»Warum hat sie sich auf so was eingelassen? Ich meine, sie hatte Geld wie Heu …«

»Wie kommen Sie denn darauf? Liz war pleite.«

»Sind Sie da sicher? Ich dachte …«

»Ja, sie hatte keinen Cent mehr. Sie hatte sich mit der Galerie total übernommen und ein paar katastrophale Investitionen gemacht. Sie hatte jede Menge Kredite und stand seit Jahren immer knapp vor der Zahlungsunfähigkeit. Seit Kurzem hatte sie auch noch Riesenschulden bei einem Kredithai aus Phoenix.« Er schüttelte mit dem Kopf. »Ziemlich dumm von ihr.«

»Verstehe«, sagte Alix nachdenklich. »Kein Wunder, dass sie angefangen hat zu trinken.«

»Und der Alkoholkonsum hat sicher ihr Urteilsvermögen getrübt. Wie Mendoza sagt: Wie wäre sie sonst auf die hirnrissige Idee gekommen, Sie umzubringen? Als hätte das irgendwas an ihren Problemen geändert.«

Jetzt war Alix allerdings überrascht. »Moment mal. Lieutenant Mendoza glaubt, dass sie hinter der Explosion steckte? Aber er hat mich praktisch ausgelacht, als ich davon angefangen habe.«

»Das war mal. Jetzt sieht er die Sache anders.« Er erzählte ihr von Liz' Anruf in der Hacienda Encantada. »Wahrscheinlich hatte sie nicht damit gerechnet, dass Chris ihre eigene Sachverständige mitbringt …«

»Ja, wahrscheinlich hat sie erst kurz zuvor davon erfahren. Noch ein paar Tage vorher wusste ich es ja selbst noch nicht.«

»Sie hatte also nicht viel Zeit. Sie konnte sich ausrechnen, dass Sie das Bild als Fälschung entlarven, deshalb musste sie Sie loswerden, bevor Sie das Geschäft ruinieren konnten. Und deshalb der Mordversuch. Keine sehr kluge Entscheidung, aber zu dem Zeitpunkt konnte sie wahrscheinlich sowieso nicht mehr klar denken.«

»Nein. Nun gut, das erklärt, warum Liz mich vorgestern umbringen wollte. Aber wer hat versucht, mich heute Morgen umzubringen? Und warum?«

»Woher wissen Sie, dass sie es nicht auf Chris abgesehen hatten?«

»Glauben Sie das etwa?«

»Nein, es ging schon um Sie. Aber warum, daran arbeiten wir noch.« Dann verstummte er.

»Ich habe mir selbst so meine Gedanken darüber gemacht«, sagte Alix. »Und ich kann mir einfach keinen Reim darauf machen.«

»Vielleicht haben alle, die in die Sache verwickelt sind, ein Alkoholproblem«, sagte er mit einem schwachen Lächeln.

»Aber trotzdem … Die hatten also Angst, dass ich merke, dass das Bild eine Fälschung ist. Na und? Warum haben sie's nicht einfach vom Markt genommen, abgewartet und dann versucht, es anderswo an den Mann zu bringen? Oder falls es sie nervös gemacht hat, hätten sie es einfach verbrennen können, keinen Gedanken mehr dran verschwenden und sich dem nächsten Schwindel widmen. So würde ich das machen. Ich würde nicht rumlaufen und Leute umbringen.«

»Freut mich zu hören.« Er witzelte zwar, aber sie konnte sehen, dass er sie ernst nahm.

»Und dann ist da noch Liz«, fuhr sie angespornt fort. »Wenn sie hinter allem steckte oder zumindest beteiligt war, warum wurde dann *sie* ermordet? Nach allem, was sonst noch passiert ist, kann ich mir nicht vorstellen, dass es einfach nur Pech war und sie jemanden überrascht hat, der das Bild stehlen wollte. Und warum überhaupt stehlen? Es ist doch eine Fälschung … Puh, mir brummt schon der Schädel.«

»Es ist schon verwirrend, aber in einem Punkt haben Sie absolut recht: Es hat alles etwas mit dieser Fälschung zu tun. Oder damit, dass Sie das Bild als Fälschung erkannt hätten.«

»Mit dieser *Fälschung*? Glauben Sie jetzt etwa auch, dass es eine Fälschung ist? Mann, in nur einem Tag hat sich aber eine Menge getan.«

»Nun, Mendoza sagt, Sie hätten ihn gestern angerufen und kaum noch einen Zweifel.«

»Und darauf verlassen Sie sich? Gestern in der Asservatenkammer haben Sie mir aber nicht getraut.«

»Nein, nein, nein«, sagte er und lächelte wieder. Ein neckisches Lächeln. »Der verachtenswerte Roland de Beauvais traute Ihnen nicht. Special Agent Ellesworth vertraut Ihnen bedingungslos. So sehr sogar, dass er Sie bei seinem Streben nach Recht und Gerechtigkeit zurate ziehen möchte.« Der schelmische Ausdruck schwand aus seinem Gesicht. »Ich meine es ernst, Alix. Sie könnten mir bei diesem Fall eine große Hilfe sein. Es würde allerdings zwei Tage in Anspruch nehmen.«

Pass jetzt bloß auf, warnte eine innere Stimme, aber sie wusste bereits, dass sie es tun würde, gleichgültig, worum es sich handelte. Nicht nur ihm ging es um Recht und Gerechtigkeit. Alix war nur ganz knapp zwei Mordanschlägen entgangen und außerdem war ihre Traumkarriere schon vorbei, bevor sie richtig angefangen hatte. Wenn sie also Ted und Mendoza irgendwie helfen konnte – egal wie –, die Verantwortlichen dingfest zu machen, dann war sie dabei.

Und dann war da natürlich noch eine Kleinigkeit im Spiel, nämlich Ted selbst. Wenn sie sein Angebot nicht annahm, würde sie ihn wahrscheinlich nie wiedersehen, und das wollte sie nicht riskieren. Ihr wurde plötzlich peinlich bewusst, dass sie diesen offenen, lächelnden Ted Ellesworth ebenso attraktiv fand, wie sie Rollie de Beauvais abstoßend gefunden hatte. Und das wollte einiges heißen. Sie konnte es sich selbst nicht erklären. Noch vor einer

Stunde hatte sie ihn verachtet, fand ihn total widerlich und jetzt fühlte sie … Sie wusste gar nicht, was sie fühlte.

»Wie kann ich denn helfen?«, fragte sie in angestrengt unbeteiligtem Tonfall.

»Ich weiß, Sie waren zu dieser Konferenz in Taos unterwegs. Wollen Sie da immer noch hin?«

»Ich weiß nicht. Das hängt von Chris ab, aber wenn wir fahren, dann sicher nicht heute. Sie wollen sie über Nacht hierbehalten.«

»Das wird wohl nichts. Craig ist fest entschlossen, sie noch heute Abend nach Seattle zurückzufliegen. Er wird sich bestimmt durchsetzen.«

»Nach Seattle? Warum?«

»Er scheint zu glauben, dass sich die medizinische Versorgung in New Mexico auf Rasseln und Blutegel beschränkt. Er will sie zurück in die Zivilisation bringen. Er hat ihr schon ein Zimmer in der Klinik der University of Washington besorgt.«

»Ach so.« Sie dachte einen Moment nach. »Dann fliege ich wohl mit zurück.«

»Nur wenn Sie wollen, Sie müssen nicht.« Ted nahm ganz langsam einen Schluck Kaffee, er machte eine regelrechte Zeremonie daraus. Alix hatte den Eindruck, dass er seine Worte mit Bedacht wählte. »Ich fahre heute Nachmittag direkt von hier aus nach Taos. Ich nehme an der Konferenz teil, als Roland de Beauvais natürlich. Liz hat diese Konferenz ins Leben gerufen und da werden jede Menge Leute sein, die sie kannten. Dort bekomme ich hoffentlich ein paar Anhaltspunkte in dieser Betrugssache. Und wenn ich außerdem noch etwas über den Mord herausfinde, freut sich Mendoza auch.«

»Klingt einleuchtend. Aber welche Rolle soll ich dabei spielen?«

»Nun …« Er zögerte. »Ich kenne mich selbst ganz gut mit Kunst aus, aber natürlich nicht so gut wie Sie. Vielleicht bin ich überfordert und vergeige die Sache. Aber wenn ich einen richtigen Experten dabeihätte, jemanden, dem ich vertrauen kann, das wäre eine unschätzbare Hilfe.«

Sie zog die Augenbrauen hoch. »Und dieser Experte bin ich?«

Er nickte. »Sie könnten mitfahren. Sie sind ja schon für die Tagungen angemeldet und haben auch schon ein Zimmer im Luhan House reserviert …«

»Woher wissen Sie das denn?«

Er grinste. »Ma'am, ich bin beim FBI. Wir wissen so was. Auf jeden Fall werden alle wichtigen Leute im Luhan House übernachten, deshalb habe ich auch versucht, dort unterzukommen. Dort wird bestimmt auch über Liz geredet und das hätte ich zu gern gehört. Aber es ist ausgebucht. Ich übernachte in der Casa Benavides, ganz in der Nähe.«

»Also ich soll für Sie die Ohren spitzen?«

»Ja, darauf läuft's hinaus«, sagte er überraschend ehrlich. Sie hätte erwartet, dass er irgendwie herumdrucksen würde.

»Oh.« Eigentlich hatte sie auf eine Aufgabe gehofft, bei der ihr Fachwissen zum Einsatz kam, stattdessen sollte sie sich den Klatsch und Tratsch der Leute anhören, aber immerhin …

Er fasste ihre Nachdenklichkeit als Besorgnis auf. »Also, wenn Sie Angst um Ihre Sicherheit haben, da kann ich Sie beruhigen. Mendoza hat gestern die Medien darüber informiert, dass es sich bei dem O'Keeffe-Bild um eine Fälschung handelt. Er hat ihnen auch weitere Einzelheiten erzählt. Die waren natürlich begeistert. Das war eine Riesenstory. Alle haben sie gebracht, die Fünf-Uhr-Nachrichten gestern, die Zeitung heute Morgen. ›Drei-Millionen-Dollar-Bild im Mordfall der prominenten Galeristin eine Fälschung!‹ Jetzt ist es also allgemein bekannt und keiner hat mehr einen Grund, Ihnen den Tod zu wünschen. Deswegen brauchen Sie sich keine Sorgen mehr zu machen.«

Darüber hatte sie sich in dem Moment zwar gar keine Gedanken gemacht, es war aber trotzdem beruhigend zu wissen. »Ich muss zuerst mit Chris reden«, sagte sie.

»Natürlich, Sie können ja nicht einfach wegfahren, ohne sich zu verabschieden.«

»Ja, das auch, aber …« Jetzt war es an ihr zu zögern. »Aber Chris hat bisher für alles bezahlt und allein kann ich es mir nicht leisten, im Luhan House zu übernachten. Ich muss sie um einen Vorschuss bitten.«

»Einen Vorschuss?« Obwohl er sich so gut verstellen konnte, war ihm seine Überraschung anzumerken, aber er fasste sich schnell wieder. »Ach so, das hätte ich vielleicht erwähnen sollen«, sagte er gelassen. »Selbstverständlich übernimmt das FBI sämtliche Spesen.«

Seine Reaktion machte sie etwas stutzig. Was hatte ihn denn so schockiert? Es dauerte einen Moment, bis es ihr dämmerte: Aber ja, er hatte sie für *reich* gehalten. Jetzt, wo sie darüber nachdachte, war es gar nicht so abwegig. Sie *wirkte* einfach reich, dessen war sie sich bewusst. Das lag an dieser Kombination aus gutem Aussehen, anerzogener Körperhaltung und ihrer zwar sehr dürftigen, aber sorgfältig zusammengestellten Garderobe von Le Frock. Außerdem dachte er wahrscheinlich, dass sie durch den Reibach aus Geoffs kriminellen Machenschaften ausgesorgt hatte.

Wenn er nur wüsste.

»Dann gibt's kein Problem«, sagte sie einfach. »Klar, ich komme mit.«

Er lächelte. »Großartig.« Er trank seinen Kaffee aus und machte Anstalten aufzustehen. »Also, Sie wollen sicher mit Chris reden und ich …«

»Nein, warten Sie, Ted. Ich war seit dem Unfall die ganze Zeit eingesperrt. Wir haben doch Zeit, etwas frische Luft zu schnappen und uns die Beine zu vertreten, bevor wir losfahren, oder nicht?«

»Klar, es sind nur rund achtzig Kilometer.«

»Gut, gehen wir ein bisschen spazieren. Ich hätte da eine Frage.«

✦✦✦

Rund ums Krankenhaus gab's zwar reichlich frische Luft, aber keinen Ort, um sich die Beine zu vertreten, außer dem riesigen Parkplatz. Doch die Sonne schien, es wehte eine frische Brise und es tat gut, draußen zu sein, deshalb beschlossen sie, den Weg entlangzulaufen, der um den Parkplatz herumführte.

»Also«, sagte Ted, nachdem sie ein paar Minuten schweigend nebeneinanderher gelaufen waren, »was wollten Sie mich denn fragen?«

Alix wünschte fast, er hätte es vergessen. Trotzdem, sie musste es einfach wissen. Sie holte tief Luft, atmete langsam aus – es war fast ein Seufzen – und dann begann sie: »Ich nehme an, Sie sind beim Kunstdezernat des FBI oder wie das heißt.«

»Stimmt, ich bin beim Art Crime Team, kurz Art Squad.«

»Wie lange sind Sie schon dabei?«

»Ach, so circa neun Jahre.«

»Die ganze Zeit bei der Art Squad?«

»Alix, ich weiß, warum Sie fragen, und die Antwort lautet ja, ich weiß, wer Ihr Vater ist. Ich habe damals noch nicht offiziell zu diesem Dezernat gehört, ich war aber an den Ermittlungen beteiligt.«

Sie wäre beinah stehen geblieben, lief dann aber weiter. »Sie haben mitgeholfen, ihn zu überführen?«

Sie sah ihn nicht an, aber sie konnte hören, wie er seufzte. Er wollte das Thema genauso wenig vertiefen wie sie.

»Irgendwie ja, aber ich habe nur zugearbeitet. Ich habe für zwei Anklagepunkte Informationen gesammelt. An einem der Verhandlungstage war ich auch im Gericht dabei – als Zeuge, aber ich wurde nicht aufgerufen, also habe ich zugeschaut.«

»Verstehe. Also … dann frage ich mich, was Sie … na ja, von mir halten. Ich meine, meine Rolle in dieser Sache.«

»Das hat doch gar nichts miteinander zu tun …«, begann er etwas steif, aber dann setzte sich seine angeborene Ehrlichkeit durch. »Okay, ich gebe es zu. Als ich gehört habe, dass Sie was mit Liz zu tun haben, da habe ich mich gefragt … nein, ich habe angenommen, dass Sie an dem Schwindel beteiligt sind.«

Alix nickte. Wer hätte das nicht angenommen?

»Und dann, als ich gehört habe, dass Ihr Vater so vieles für Sie arrangiert hat, unter anderem – oder eher ganz besonders – diesen Auftrag für Chris LeMay, da dachte ich, Sie beide hätten ganz sicher was …«

Es dauerte eine Weile, bis seine Worte zu ihr durchdrangen, doch dann legte sie plötzlich eine Hand auf seinen Arm und hielt ihn an. »Wie bitte?« Sie war fassungslos und brachte kaum ein Wort raus. »Was soll das heißen? Er hat mir diesen Job besorgt?«

Er sah sie verwundert an. »Wie? Sie wussten nichts davon?«

»Er hat mir diesen Job besorgt?«, fragte sie noch einmal. Sie konnte ihren Puls in den Ohren pochen hören.

Ted zögerte. »Hören Sie, Alix, vielleicht sollte ich lieber …«

»Ted, bitte!«

»Also gut.« Mit einem Schulterzucken erzählte er ihr alles ganz offen, beinahe brutal. Als Geoff erfahren hatte, dass Alix versuchte, in Seattle Fuß zu fassen, hatte er ein paar alte Freunde aus der Kunstszene angerufen und sie gebeten …

Alix verschluckte sich fast an ihrem gequälten Lachen. »Und das soll ich glauben?« Aber eine Bemerkung, die Geoff bei ihrem letzten Gespräch gemacht hatte, hallte in ihrem Kopf nach. *Ich kann dir gar nicht sagen, wie leid es mir tut, dass ich dich da hineinmanövriert habe*, hatte er gesagt und anschließend hatte er unverständliches Zeug gefaselt. Gott, es stimmte also!

»Alix, glauben Sie mir, das ist die Wahrheit. Er hat seine alten Freunde gebeten, Ihnen Arbeit zu beschaffen oder Sie wenigstens zu empfehlen, und einer von denen ist Kurator am Museum in Seattle. Ich habe seinen Namen vergessen. Für Renaissance zuständig, glaube ich.«

»Christopher Norgren«, sagte Alix matt. Den Namen hatte sie irgendwo gespeichert. Chris hatte gesagt, Norgren habe ihr von Alix' Ausbildung bei Santullo erzählt.

»Verdammt!«, sagte sie plötzlich und drehte sich genervt einmal um sich selbst. »Verdammt noch mal!« Sie war so … was? Wütend auf Geoff, weil er sich heimlich in ihr Leben eingemischt hatte? Oder auf Ted, weil er ihr die unerfreuliche Nachricht übermittelt hatte? War sie enttäuscht, weil selbst dieser bescheidene Erfolg gar nicht ihr eigener Verdienst war? Oder schämte sie sich vielleicht …?

»Weiß Chris, dass mein Vater dahintersteckte?«, presste sie durch ihre Lippen.

»Ich weiß nicht. Ich glaube nicht.«

Fassungslos schüttelte Alix den Kopf und dachte darüber nach, was er gesagt hatte. Es dauerte eine Weile, bis sie wieder sprechen konnte. »Sie haben gesagt, er hätte ›so vieles für mich arrangiert‹. Was denn noch?«

»Alix, vielleicht sollte nicht gerade ich …«

»Sagen Sie schon, verdammt!«

Er zuckte wieder mit den Schultern und gab widerwillig nach. Die Ausbildung in Italien war kein Glücksfall gewesen, wie sie geglaubt hatte. Ihr Vater hatte seinen alten Freund Santullo angerufen und ihn überredet, sie einen Monat auf Probe zu nehmen. Glücklicherweise war er mit ihr zufrieden, aber ohne ihren Vater hätte sich diese Chance nie ergeben. Und was den Job als Hüterin der Eigentumswohnung in Seattle anging …

Sie hielt abwehrend die Hand hoch. »Es reicht.« Ihr schwirrte der Kopf. Die kleinen Rädchen in ihrem Hirn fingen an zu holpern. All die Jahre hatte sie gedacht, *sie* hätte heimlich *Geoff* wieder auf die Beine geholfen – mit den sechzigtausend Dollar, die eigentlich für ihr Studium vorgesehen waren. Und jetzt musste sie erfahren, dass *er ihr* die ganze Zeit geholfen hatte. Er hatte für sie seine Beziehungen spielen lassen und bei alten Bekannten Gefallen eingefordert. Das war einfach zu viel. Sie musste das Ganze erst einmal verarbeiten.

»Ted, wieso wissen Sie eigentlich so viel über mich?«

»Na ja, unser Operations Specialist hat einiges über Sie rausgefunden. Ich hatte sie darum gebeten.«

»Sie haben sie darum gebeten …? Also jetzt raus mit der Sprache: Stehe ich unter Verdacht oder nicht?«

»Hören Sie, Alix …«

»Und diese Geschichte, die Sie mir da aufgetischt haben, von wegen, ich sollte mit nach Taos kommen, weil ich eine ›unschätzbare Hilfe‹ für Sie wäre, ist das Ihr Ernst oder wollen Sie mich nur im Auge behalten, in der Hoffnung, mich auf frischer Tat zu ertappen …?«

»Aber natürlich nicht! Alix, halten Sie mich wirklich für so falsch …«

Da musste sie einfach lachen. »Oh Entschuldigung, was sagten Sie noch, Mr de Beauvais?«

Er stöhnte entnervt. »Das FBI ist nicht darauf aus, Sie bei irgendwas zu ertappen«, sagte er steif. »Ich versichere Ihnen, das FBI ist nur an Ihnen als Expertin interessiert …«

»Als Expertin? Ach, bekomme ich etwa Geld für meine Beratertätigkeit?«

»Wenn Sie wollen«, sagte er und sah sie mit seinen eisig blauen Augen ganz fest an. »Sicher können wir ein für Ihre Qualifikationen angemessenes Honorar zahlen.«

»Ach, scheren Sie sich zum Teufel, ich will Ihr blödes Geld gar nicht.« Sie ärgerte sich über sich selbst, denn sie war den Tränen nahe.

»Dann wollen Sie also doch nicht mitmachen?«

»Vorsichtig, Ellesworth, Ihre überlegene de-Beauvais-Fassade bröckelt.«

Er wurde noch ein wenig steifer. »In Ordnung, Ms London, warum vergessen wir das Ganze nicht einfach? Vielen Dank, dass Sie sich die Zeit genommen haben. Ich kümmere mich um einen Wagen für Sie …«

»Ach, verflixt noch mal«, sagte sie empört, »wer hat denn gesagt, dass ich nicht mitmachen will? Ich habe nur gesagt, ich will Ihr Geld nicht.«

Er sah sie unsicher an. »Also …?«

»Ich muss mich zuerst von Chris verabschieden und ihr sagen, was los ist. Am besten fahren wir anschließend direkt los, wenn wir noch heute Nachmittag in Taos ankommen wollen. Ich treffe Sie in zwanzig Minuten an Ihrem Wagen.«

Sie drehte sich auf dem Absatz um und ging quer über den Parkplatz zurück zum Krankenhaus. Aus seinem Gesichtsausdruck wurde sie einfach nicht schlau. Er wirkte sauer und verwirrt, mehr konnte sie in seinem Gesicht nicht lesen. Wahrscheinlich machte sie selbst auch so ein Gesicht. Obwohl beide sichtlich verärgert waren, lag unverkennbar noch eine ganz andere Spannung in der Luft, eine prickelnde Anziehungskraft, die sie schon lange nicht mehr verspürt hatte. Aber gleichzeitig konnte dieser Typ sie total auf die Palme bringen. Und das beruhte offenbar auf Gegenseitigkeit.

Auf jeden Fall kam da in den nächsten zwei Tagen in Taos sicher noch einiges auf sie zu.

KAPITEL 18

Sie hatte sich tapfer gehalten, aber sobald sie sich auf den Beifahrersitz des rot-weißen Transporters sinken ließ, forderten die Ereignisse des Tages – und dieser ganzen seltsamen Woche – ihren Tribut.

»Verzeihen Sie dieses proletarische Gefährt«, sagte er. »Normalerweise, wenn ich als betrügerischer Kunsthändler unterwegs bin, fahre ich eine Edelkarosse. Aber Mercedes und Porsche findet man in Española nicht so leicht und das hier war das Beste – nein, das Einzige –, was ich dort auftreiben konnte.«

»Ich werd's überleben«, sagte sie. »Ich döse sicher sowieso weg, sobald wir unterwegs sind.« Und noch bevor er den Schlüssel im Zündschloss umgedreht und sogar noch bevor sie den Gurt angelegt hatte, fielen ihr die Augen zu. Sie war gerade noch in der Lage, sich schläfrig lallend, aber ehrlich dafür zu entschuldigen, dass sie die Fassung verloren hatte. Und auch Ted bat um Verzeihung. Dann traten sie die einstündige Fahrt an, und als er auf den Highway 68 Richtung Norden einbog, schlief sie bereits tief und fest. Auch als sie irgendwann spürte, dass der Wagen angehalten hatte und der Motor aus war, wurde sie nicht wach. Erst als Ted sanft ihre Schulter drückte und leise sagte: »Alix, wir sind da … Alix?«, um sie aus dem unendlich tiefen, schwarzen Loch zurückzuholen, in das sie gefallen war, da wurde sie endlich wach.

Sie war vollkommen desorientiert und ein paar Sekunden lang glaubte sie, sie wäre wieder ein kleines Mädchen und auf der langen Strecke zwischen ihrer Wohnung in Manhattan und dem Sommerhaus in Watch Hill eingeschlafen, die ihre Familie damals jeden Sommer mehrmals zurückgelegt hatte. Sie hatten sie nie richtig wach bekommen, und zu ihren schönsten Erinnerungen gehörte das Gefühl von Geborgenheit und Wärme, wenn ihr Vater sie in seinen starken Armen – sie den Kopf auf seiner Schulter und die Augen fest geschlossen – nach oben ins Bett getragen und liebevoll zugedeckt hatte. Diese Erinnerung war in ihrem schlaftrunkenen Hirn so lebendig, dass sie beinah Ted gebeten hätte, sie in *seinen* starken Armen nach oben zu tragen und zuzudecken. Und bitte schön liebevoll.

Wie verrückt! Nur gut, dass sie ganz wach wurde, bevor sie diesem Drang nachgab. Trotzdem wurde sie bei dem Gedanken vor Scham rot. Als er anbot, ihre Tasche zu tragen, lehnte sie barsch ab, worauf er sie verständlicherweise überrascht ansah, während sie rasch in dem Lehmziegelbau verschwand.

Sie kam in einen großen Raum, in dem die Cocktailstunde im Gange zu sein schien. Etwa ein Dutzend Leute standen oder saßen in Grüppchen herum und plauderten. Ein paar bekannte Gesichter waren auch dabei. Gregor Gorzynski war da. Der mit den Frühstücksflocken, Reisnudeln und M&M's. Er trug denselben abgewetzten Lederblouson, den er auf der Vernissage angehabt hatte, und anscheinend auch dieselbe enge, zerrissene Jeans. (Ließ er die sich etwa so anfertigen?) Er hielt eine überschwängliche Rede, und eine Blondine in mittleren Jahren mit zu stark getuschten Wimpern beobachtete gebannt jede seiner großen Gesten. Wer hier wen verführte, war nicht zu erkennen und wohl auch unwichtig.

In einem Sessel ganz in der Nähe saß mit unverhohlen verächtlichem Gesichtsausdruck der Museumsarchivar Clyde Moody, während ein älteres Pärchen ihm die Ohren vollplapperte und über die eigenen Geschichten lachte. Der arme Moody sah aus, als wäre er lieber ganz weit weg und wüsste nicht, wie er sich loseisen sollte. Alix winkte ihm zaghaft zu, aber er ignorierte sie. Vielleicht sah er sie auch nicht: Als sie sich umdrehte und gehen wollte, kam halb schleichend, halb stolzierend ein unbekannter junger Mann auf sie zu. In der Hand hielt er einen Martini auf Eis.

»Hallo, hübsche Frau«, sagte er und hauchte sie mit seiner Ginfahne an. »Kennen wir uns nicht irgendwoher?« Er trug eine schwarze Levi's und ein eng anliegendes, schwarzes T-Shirt, das seinen mit viel Liebe trainierten Oberkörper und die muskulösen Arme gut zur Geltung brachte. Sein Südstaatenakzent – Mississippi, Alabama, vielleicht Louisiana – wirkte irgendwie anzüglich und plumpvertraulich.

»Ich glaube nicht.« Sie ging einen Schritt zurück.

Er ging einen Schritt vor. »Vielleicht können wir uns kennenlernen.«

Sie wich weiter zurück. »Glaube ich kaum.« Sie erhaschte einen Blick auf den Namensaufkleber direkt unter seinem Schlüsselbein: »Hi! Ich bin Cody Mack Burley.« Es dauerte einen Moment, aber dann erinnerte sie sich wieder. Das war doch Liz' Schützling, der Maler, dessen Arbeiten Chris nicht in ihrem Lokal ausstellen wollte. Chris hatte sie angewidert als Bilder von seltsam verrenkten Frauen abgetan, deren Eingeweide man sehen konnte. Alix wich noch weiter zurück.

Cody Mack merkte es gar nicht und hielt sein Glas hoch. »Kann ich Ihnen was zu …«

»Vielleicht ein andermal. Entschuldigen Sie bitte, ich muss mich noch anmelden«, sagte sie und wandte sich von ihm ab, aber in letzter Sekunde zwang sie sich dann doch zu einem Lächeln. Schließlich hatte er Liz ziemlich nahegestanden und vielleicht wollte sie ja doch noch einmal mit ihm reden. Aber darüber würde sie sich später Gedanken machen. Jetzt wollte sie einfach nur ins Bett fallen und wieder in Tiefschlaf versinken.

»Sie haben das große Zimmer oben, Mabels altes Zimmer«, sagte Janet, die Frau am Empfang.

»Stimmt«, sagte Alix, obwohl sie es vergessen hatte.

»Und kommt Ms LeMay später?«

»Nein, sie kann nicht. Sie hatte einen Unfall. Ich bin allein.«

»Oh, das tut mir leid. Ich hoffe, es ist nichts Schlimmes.«

»Es geht ihr gut«, sagte Alix. Wahrscheinlich ließ sich Chris gerade von ihrem überaus besorgten, fürsorglichen Craig nach Seattle zurückfliegen und fühlte sich bestens dabei. Waschbäraugen hin oder her.

Die Treppe zu Mabels Zimmer im Obergeschoss lag hinter dem Empfang. Sie war ungewöhnlich schmal und niedrig und schraubte sich an allen vier Seiten des quadratischen Treppenschachts entlang nach oben. Da ihr fast die Augen zufielen, achtete Alix kaum darauf, wohin sie lief, und an der ersten Biegung stieß sie sich den Kopf an der Unterseite der oberen Treppe. Offenbar war sie nicht die Erste, der das passierte, denn man hatte die Treppenunterseite gut gepolstert. Trotzdem tat es weh. Eigentlich mochte sie charaktervolle alte Gebäude, an diesem Abend jedoch hatte sie für dieses Haus nur ein paar deftige Flüche übrig. Sie schaffte es aber ohne weitere Zwischenfälle bis zum Obergeschoss, wo in ihrem müden Hirn alle Eindrücke ineinanderflossen: eine alte Holztür, ein riesiges Zimmer mit Holzfußboden und einem Bett mit dicken Pfosten und dann nichts weiter als die wunderbar glatten, kühlen, sauberen Laken und die wohlige Sanftheit, die sie umhüllte, als sie tiefer und immer tiefer sank.

* * *

Sie tauchte erst wieder auf, als das unwiderstehliche Aroma von frischem Kaffee sie wachrief. Der Duft züngelte sich seinen Weg von der Küche her durch die Lücken zwischen den alten Holzdielen. War es schon Morgen? Hatte sie wirklich so lange geschlafen? Sie öffnete die Augen und stellte fest, dass es so war. Es war noch nicht hell, aber der Wecker am Bett zeigte in roten Ziffern 06:11 an. Sie hatte zwölf Stunden lang fest geschlummert. Kaum zu glauben. So lang hatte sie doch noch nie geschlafen. Allerdings hatte sie auch noch nie einen Tag wie den erlebt, den sie gerade hinter sich hatte. Natürlich abgesehen von kürzlich, als ihre Casita in die Luft geflogen war.

Mann, was für eine Woche, dachte sie, als sie sich so lange und genüsslich reckte, dass jede Katze beeindruckt gewesen wäre. Der Kaffeeduft war so verlockend und außerdem hatte sie Hunger – sie konnte jetzt auch Pfannkuchen riechen –, aber zuerst musste sie sich dringend um Aussehen und Körperpflege kümmern. Am Vorabend war sie voll bekleidet ins Bett gefallen, ohne sich das Gesicht zu waschen oder die Zähne zu putzen. Sie rollte zum Bettrand und stand auf, gähnte und fühlte sich, als hätte sie die Nacht bei Regen im Freien verbracht und nicht in dem wohl bequemsten Bett auf Erden.

Als sie zwanzig Minuten später ihre Haare föhnte, fiel ihr ein, dass sie ihre Anrufe schon länger nicht mehr abgehört hatte. Sie holte das Handy aus der Reisetasche, das Chris ihr beim Abschied im Krankenhaus aufgedrängt hatte. Zu ihrer eigenen Mailbox durchzudringen, war mit dem üblichen Theater verbunden, aber als es ihr schließlich gelang, hatte sie ein Dutzend Nachrichten von Leuten, die sie nicht kannte – Journalisten, nahm sie an –, und die sie löschte, nachdem sie jeweils ein paar Sekunden reingehört hatte.

Sie hörte sich aber eine kurze Nachricht ihres Vaters an. Ob sie versehentlich den Katalog der Galería Xanadu aus dem Museum in Santa Fe mitgenommen hätte? Als die Expertin, die Geoff kannte, sich den Katalog hatte anschauen wollen, war er anscheinend nirgends zu finden gewesen, und Mr Moody hatte sich gefragt, ob Alix, die als Letzte Zugang zu dem Dokument gehabt hatte, es eingesteckt haben könnte, ohne es zu merken.

Nein, dachte Alix ein bisschen eingeschnappt, *ich habe den Katalog nicht eingesteckt, auch nicht versehentlich.* Unter Clyde Moodys Adleraugen irgendetwas mitgehen zu lassen, wäre schon eine Meisterleistung. Er hatte sie gebeten, den Ordner auf dem Tisch zu lassen, und das hatte sie auch getan. Das wusste sie noch ganz genau. Sicher würde sie ihm hier in Taos im Laufe des Tages noch begegnen und die Sache dann klarstellen.

Sie hatte auch drei Nachrichten von Katryn Lombard, für die sie in Seattle die Bilder restaurierte. Zuerst machte sie sich Sorgen. Katryn war schon seit Monaten weg und hatte ihr bisher nur eine Postkarte und ein paar E-Mails aus der Provence geschickt, aber nie angerufen. Und jetzt direkt *drei* Nachrichten, zwei vom Vortag und eine vom gleichen Tag (in Frankreich war's acht Stunden später), und jedes Mal bat sie Alix darum, so schnell wie möglich zurückzurufen. Wollte sie sie rausschmeißen? Brauchte Katryn ihre Wohnung wieder selbst? Aber sie hörte sich die Nachrichten noch einmal an und es klang nicht danach. Kein Anzeichen von schlechten Neuigkeiten, eher im Gegenteil. Aber trotzdem machte es Alix nervös und sie beschloss, noch vor dem Frühstück kurz in Frankreich anzurufen, nur um ganz sicherzugehen.

»Alix, Darling, ich bin so froh, dass Sie anrufen!«, sagte Katryn in ihrer gewohnten Art, fröhlich, hektisch und eindringlich wie eine Türklingel. »Ich war krank vor Sorge um Sie. Ich habe gelesen, was in Santa Fe passiert ist und dass *Sie* die Leiche gefunden haben! Wie grauenvoll.« Sie hörte sich geradezu begeistert an, aber sie merkte es anscheinend selbst und fügte schnell hinzu: »Es ist doch alles in Ordnung mit Ihnen, oder?«

Alix seufzte. Gott, sogar in Moustiers-Sainte-Marie wusste man über sie Bescheid. Ihre einstmals rosigen Zukunftsaussichten als ehrbare Kunstberaterin verdüsterten sich von Minute zu Minute. »Mir geht's gut, Katryn«, sagte sie. »Danke, dass Sie angerufen haben.«

»Also, eigentlich war das nicht der Grund, nicht der einzige, meine ich. Alix, was schätzen Sie, wie lange Sie noch brauchen, bis Sie mit den Restaurationen fertig sind? Noch einen Monat vielleicht?«

Jetzt verließ Alix erst recht der Mut. Katryn wollte sie also doch aus der Wohnung haben. Sie sah nicht nur einer Zukunft ohne Arbeit, sondern auch ohne Dach über dem Kopf entgegen. Ein Ärger kam selten allein. »Nun …«

Katryn, die manchmal durchaus scharfsinnig war, begriff, warum sie zögerte. »Darling, ich will Sie nicht aus der Wohnung werfen. Wir haben uns auf ein Jahr geeinigt und dabei bleibt's. Aber wenn Sie die Arbeit etwas schneller erledigen könnten …?«

Puh. »Nun, der Signac ist fertig, Katryn. Das Bild wird Ihnen sicher gefallen. Und bei dem Utrillo bin ich schon ziemlich weit. Aber bei dem Royle und dem Luce gibt's noch einiges zu tun. Ich werde wahrscheinlich bald zurück …«

»Verschieben wir den Royle und den Luce erst mal auf später. Und den Malharro auch. Wie lang würden Sie brauchen, um den Utrillo fertigzustellen und außerdem den Bonnard zu restaurieren?«

Alix zuckte mit den Schultern, obwohl das niemand sehen konnte. »Ich weiß nicht … zwei Monate? Nein, sagen wir sicherheitshalber drei. Wissen Sie, es ist nicht so sehr die Arbeit selbst, aber das Trocknen dauert lange, und ich muss vielleicht Material aus Europa bestellen ...«

»Drei Monate sind vollkommen in Ordnung«, sagte Katryn. »Drei Monate sind einfach perfekt.«

»Aber warum die Eile, Katryn? Was ist los?«

»Weil ich sie versteigern lassen will«, sagte sie hastig, »und sie sollen in möglichst gutem Zustand sein!«

Alix war schockiert. Der Bonnard und der Utrillo waren die Glanzstücke der Sammlung und auch die wertvollsten Bilder. Sie waren mehr wert als die anderen vier zusammen. »Aber warum?«

»Weil ich die alten spätimpressionistischen Schmierer total überhabe, Sie etwa nicht?«

»Äh, nein, nicht …«

Aber es war eine rhetorische Frage gewesen. »Das sind doch alte Kamellen. Dafür interessiert sich heute kein Mensch mehr. Die haben doch gar keinen Bezug zu unserer modernen Welt, finden Sie nicht auch?«

Auch auf diese Frage wollte sie nicht wirklich eine Antwort. Alix wartete ab.

»Und deshalb will ich sie loswerden und in die *Zukunft* investieren, nicht in die Vergangenheit, nicht in alte, tote Künstler, sondern in lebendige, geniale neue.«

»Die Zukunft?«, fragte Alix vorsichtig. Der Gedanke, dass jemand Bonnards strahlend sinnliche *Badende* loswerden wollte, ließ sie erschaudern, insbesondere, da das Bild moderner Kunst weichen sollte.

»Ja! Es gibt da einen wundervollen neuen Künstler. Ein wahrer Visionär! Ich betrachte ihn als einen Erben Picassos, nur vollkommen anders. Bahnbrechend. Er wird den Kunstbegriff ganz neu definieren und *ich* werde seine amerikanische Mäzenin. Ist das nicht unglaublich?«

Diesmal erwartete sie eine Antwort. »Ja, allerdings«, erwiderte Alix, unfähig, mehr Begeisterung aufzubringen. »Herzlichen Glückwunsch.«

»Er ist praktisch gerade erst in der Kunstszene aufgetaucht«, plapperte Katryn weiter. »Ich hatte so ein Glück, ihn als Erste zu entdecken. Ich folge ihm auf Twitter«, sagte sie stolz. »Und ich habe mit ihm telefoniert. Schon zweimal. Ein wundervoller Mensch und sehr tiefsinnig, einfach ein Genie.« Alix hörte eine Art Schniefen, vielleicht Katryns Version eines mädchenhaften Kicherns. »Und was für ein heißer Typ! Ich habe sein Video auf YouTube gesehen.«

»Wie heißt er?«, fragte Alix. »Könnte ich schon von ihm gehört haben?« Sie bekam langsam ein komisches Gefühl dabei.

»Das würde mich nicht überraschen. Vielleicht sind Sie ihm sogar schon begegnet! Danach wollte ich Sie auch fragen.«

Das komische Gefühl wurde stärker. Es war doch sicher nicht … Es konnte doch nicht …

»In seinen Tweets hat er geschrieben, seine erste Ausstellung in Amerika stehe kurz bevor, in der Galerie Blue Coyote in Santa Fe, deshalb habe ich mich natürlich gefragt …«

Das konnte doch nicht wahr sein! War's aber doch. Alix war total entgeistert »Gregor Gorzynski«, sagte sie tonlos.

»Gregor *Stanislav* Gorzynski«, sagte Katryn affektiert. »Kurz Stani. Haben Sie ihn tatsächlich getroffen? Haben Sie seine Arbeiten gesehen? Sind sie nicht fantastisch?«

»Katryn«, begann Alix, aber Katryn schnitt ihr das Wort ab, was auch gut war, denn sie wusste nicht, was sie sonst gesagt hätte.

Aber sicher etwas, das Katryn gar nicht gefallen hätte. »Alix, ich muss jetzt Schluss machen. Wir hören voneinander. *Au revoir, ma chère.* Ich bin so aufgeregt!«

Alix stand kurz einfach da und starrte aus dem Fenster, dann setzte sie sich kraftlos wieder aufs Bett. Wütend löschte sie alle drei Nachrichten von Katryn. Übelkeit stieg in ihr auf. Hatte etwa jemand Katryn dazu angestiftet, ihr einen üblen Streich zu spielen? Oder waren hier kosmische Kräfte im Spiel? Man erntet, was man sät? Alles rächt sich irgendwann? Die Geschichte wiederholt sich? Die Sünden des Vaters sollen die Tochter heimsuchen? Dann gingen ihr die klugen Sprüche aus.

Geoff war es im Grunde genauso gegangen und deshalb war er auch kriminell geworden, wenn man seiner Geschichte Glauben schenkte. Seine Fälschungen waren allesamt Kopien von Gemälden, die ihm zur Reinigung oder Restauration anvertraut worden waren. Und die Fälschungen waren so gut, dass er sie gegen die Originale austauschen konnte, ohne dass die Besitzer etwas merkten. Sahen sie nicht irgendwie anders aus? Strahlten sie nicht wie neu? Natürlich, das war das Ergebnis der fachmännischen Reinigung. Anschließend verkaufte er die Originale an gutgläubige und manchmal auch zwielichtige Sammler und machte jedes Mal eine Menge Geld.

Die Beweislage war so eindeutig, dass es aussichtslos gewesen wäre, seine Unschuld zu beteuern, und er hatte es auch nicht getan. Stattdessen hatte er in einer eloquenten Verteidigungsrede erklärt, er habe die westliche Zivilisation retten wollen. Er hatte darauf hingewiesen, dass alle Gemälde, sechzehn an der Zahl, restauriert werden sollten, um sie anschließend zu verkaufen, damit die Besitzer Geld für Neuanschaffungen hatten. Und bei all diesen Neuanschaffungen habe es sich um postmoderne Scheußlichkeiten des zwanzigsten Jahrhunderts gehandelt. »Scheußlichkeiten«, so hatte er sie genannt. Mal war es Neo-Dada, dann wieder Neoexpressionismus oder Dekonstruktivismus oder irgendetwas, für das es keinen Namen gab. Und den Gedanken, etwa einen Akt von Ingres zu verkaufen, um ihn durch ein »Statement« aus Drähten und in Harz gegossenen Tiereingeweiden zu ersetzen, fand er einfach empörend. Er erklärte mit seinem gewohnten Überschwang, er habe die Kunstwerke retten wollen, indem er sie den Banausen wegnahm, denen sie ohnehin nichts bedeuteten und die es gar nicht merkten, um sie in die liebevolle Obhut derer zu geben, die Schönheit und wahre Werte zu schätzen wussten.

Alix hatte sich damals ihren Teil gedacht. Sie erinnerte sich noch, wie sie in der Zeitung über den Prozess gelesen und laut vor sich hingebrummt hatte: *Was für eine gequirlte Kacke.* Er war einfach ein Gauner und bei seinem vermeintlichen Streben, die Kunst vor den Barbaren zu retten, hatte er nicht ganz zufällig eine Menge Geld verdient (was mittlerweile natürlich alles weg war).

Aber das war lange her. Das Gespräch mit Katryn ließ die Sache in einem neuen Licht erscheinen. Zum ersten Mal konnte sie Geoffs Gefühle nachvollziehen. Sie wollte seine Gaunereien nicht rechtfertigen, aber … diesen erlesenen Utrillo, in den sie ihr ganzes Herzblut gesteckt hatte, gegen … gegen … M&M's und Reisnudeln einzutauschen? Geoff hatte recht, die Kunstbanausen übernahmen das Ruder.

Ihr war immer noch übel und jetzt hatte sie auch noch Bauchkneifen. Aber die Ursache dafür war nicht ihre gerechte Empörung, wie ihr jetzt klar wurde.

Seit dem Frühstück am Vortag hatte sie nichts mehr gegessen. Sie hatte einfach *Hunger.*

Die kosmischen Kräfte mussten warten. Kaffee und Pfannkuchen hatten Vorrang.

✦✦✦

Als sie in den Flur hinausging, sah sie durch eine halb offene Tür ein altmodisches Badezimmer, das von diffusem Licht in allen Regenbogenfarben durchflutet war. Zuerst dachte sie, die Ursache wären Buntglasscheiben, aber als sie neugierig einen Blick hineinwarf, sah sie ganz normale Glasfenster, die dick mit primitiven

Bildern übermalt waren: indianischer Federschmuck, ein Huhn, ein anderes Tier (Katze, Hund oder Streifenhörnchen vielleicht), außerdem verschiedene geometrische Formen, alles in einem grellbunten Durcheinander verschiedener Rot-, Gelb-, Blau- und Grüntöne. Das also war das berühmte Badezimmer, von D.H. Lawrence aus Entrüstung darüber ausgemalt, dass seine Gastgeberin ihre Waschungen für jeden (der äußerst seltenen) Passanten sichtbar vollzog. Eine Inschrift in einer Ecke bestätigte: *D. H. Lawrence hat dieses Fenster bemalt.*

Nun, sie hatte schon früh gelernt, dass ein Genie bei seinen Leisten bleiben sollte, und das traf hier ganz besonders zu. Nur gut, dass Lawrence sich nicht entschieden hatte, Maler zu werden. Aber trotzdem war es beeindruckend, und obwohl das Bad zu einem anderen Zimmer gehörte, nahm sie sich vor, sich dort wenigstens einmal die Zähne zu putzen, nur damit sie später damit angeben konnte.

Auf dem Weg nach unten fiel ihr ein, dass sie sich den Kopf gestoßen hatte, und sie duckte sich rechtzeitig an der niedrigen Stelle, wo die Treppe um die Ecke ging. Als sie den Kopf hinunterbeugte, stieß sie fast mit der Nase an ein kleines Bild, das sie am Vortag nicht bemerkt hatte. Tafelberge, Felsentürme, Wüste. Es war eine sehr gute Arbeit und ihr erster Gedanke war, dass es sich um ein Bild von Georgia O'Keeffe handeln könnte, das die Künstlerin nach einem Besuch zurückgelassen hatte. Aber auf den zweiten Blick ähnelte es zwar ihrem Stil, war aber zu schön, zu offensichtlich dekorativ, einfach als hübsche Wandverzierung gedacht. Es war allerdings schön gemalt und viel zu schade für den düsteren Treppenabsatz. Unten rechts hatte das Bild eine kleine, blaue Signatur: Brandon Teal. Den Namen kannte sie nicht.

Sie ging weiter die Treppe hinunter, bog links um eine Ecke, folgte dem Duft von Kaffee und Pfannkuchen … und jetzt roch sie auch noch Speck, *hmmm* … Doch dann blieb sie plötzlich stehen. Ihr Hirn lief auf Hochtouren. Irgendetwas an dem Bild …

Sie eilte die Treppe hoch, um es sich noch einmal anzusehen. Oben am Rahmen war eine kleine Bilderleuchte befestigt. Sie knipste sie an und sah ganz genau hin. *Bingo!* Am Fuß eines Felsenturms, in Schatten gehüllt, war kaum wahrnehmbar ein Mann im Profil abgebildet. Die gleiche Figur – und zwar *genau* die gleiche Figur –, die auf dem Bild *Felsen auf der Ghost Ranch* zu sehen war und es als Fälschung identifizierte.

Sie wusste auch, was es damit auf sich hatte. Geoff hatte es ihr erklärt, als sie ihn von der Ghost Ranch aus angerufen hatte. Die Figur diente als Versicherung für alle Fälle, hatte er gesagt. Mancher sehr vorsichtige Fälscher fügte jedem seiner Gemälde ein unauffälliges, aber unverkennbares Element hinzu, sowohl den Fälschungen als auch Bildern, die er in seinem eigenen Namen malte. Es war eine Art Erkennungszeichen, das beweisen sollte, dass der Maler gar keinen Betrug geplant hatte. Nein, nein, das Bild war schlicht eine Kopie, eine Hommage, eine Studie. Etwas anderes hatte er doch nie behauptet. Hätte er eine Fälschung anfertigen wollen, dann hätte er doch niemals etwas in das Bild hineingemalt, das dort nicht hingehörte. Zumal es sich um sein Markenzeichen handelte. Falls irgend so ein skrupelloser Halunke das Bild erstanden hatte, um es als echtes Werk eines berühmten Meisters anzupreisen, dafür konnte man doch den armen, unschuldigen Künstler nicht verantwortlich machen.

Je länger sie das Bild betrachtete, desto sicherer war sie sich, dass Brandon Teal, falls das sein richtiger Name war, auch Chris' »O'Keeffe«-Bild gemalt hatte. Es war unglaublich, eine sensationelle Entdeckung! Sie überlegte, Ted auf der Stelle anzurufen, aber es war kaum sieben und sie konnte sich nicht vorstellen, dass Ted Ellesworth ein Frühaufsteher war. Oder verwechselte sie ihn mit Roland de Beauvais? So oder so, es eilte nicht. Es gab jetzt Wichtigeres: Pfannkuchen.

Das Speisezimmer war ein spärlich eingerichteter, düsterer Raum, der mit seinen schlichten Holzmöbeln, dem Standleuchter und den stumpfen, rot-schwarzen Bodenfliesen an ein Kloster erinnerte. Es war schon eingedeckt, aber Gäste waren noch nicht da. In der großen, altmodischen Küche direkt neben dem Speisezimmer fand sie zwei emsige Köchinnen. All die Wohlgerüche bestätigten ihr, dass trotz der verrückten Ereignisse der letzten Tage die Welt noch im Lot war. Dazu trug auch die anheimelnde Szene bei, die sich ihr darbot: Zwei Frauen in mittleren Jahren mit rosigen Wangen und mehlbestäubten Schürzen schnitten Teig in keilförmige *scones*, während eine dritte, jüngere mit einer Kaffeetasse in der Hand auf einem hohen Hocker saß und schweigend zuschaute. Alix erkannte die junge Frau. Es war Janet, die Rezeptionistin, bei der sie sich am Vortag angemeldet hatte.

Sie hatte kaum Guten Morgen gesagt, da wurde sie schon mit Kaffee und einem noch warmen Teilchen versorgt und bekam einen Hocker am Tisch zugewiesen. Einfach himmlisch. Sie machten ein bisschen Small Talk, redeten übers Wetter; Alix erzählte, dass es ihr erster Besuch war, und es wurden Anekdoten über das Haus zum Besten gegeben. Eine der Köchinnen arbeitete schon seit den Siebzigern dort, als das Haus Dennis Hopper gehört hatte. Ob Alix wüsste, dass er sich geweigert hatte, in Mabels Bett zu schlafen – ihr Bett der letzten Nacht –, weil er glaubte, dass Mabels ruheloser, bösartiger Geist darin herumspukte? Nein, das hatte sie nicht gewusst (auch mit dem Namen Dennis Hopper konnte sie auf Anhieb nicht viel anfangen, was sie allerdings für sich behielt), sie konnte aber mit Sicherheit sagen, dass Mabel sie nicht heimgesucht hatte. Sie hatte geschlafen wie ein Stein.

Janet schenkte sich Kaffee nach. »Das kann ich mir vorstellen. Kein Wunder, dass Sie fertig waren. Wir haben gehört, was passiert ist. Ihre Freundin wird doch hoffentlich wieder, oder?«

»Die kommt wieder in Ordnung. Keine bleibenden Schäden.«

»Schön. Äh ... wegen Liz ...« Janet machte ein passend ernstes Gesicht. »Ich kann mir vorstellen, wie schmerzlich ihr ... ihr Tod für Sie gewesen sein muss. Waren Sie nicht beide schon lange mit ihr befreundet?«

»Ja«, sagte Alix, ohne zu zögern, »obwohl ich sie noch nicht ganz so lang kannte wie Chris.« *Drei Stunden lang, um genau zu sein*, aber wenn sie ihnen das auf die Nase band, würde sie niemals vertrauliche Informationen über Liz aus ihnen herausquetschen. Das einzig Schmerzliche in diesem Moment war, dass ihre gute

Erziehung sie daran hinderte, sich das ganze Teilchen auf einmal in den Mund zu stopfen. Stattdessen nahm sie nur einen kleinen Bissen und einen Schluck Kaffee. »Chris war so enttäuscht, dass sie nicht mitkommen konnte. Sie hatte sich schon darauf gefreut, ein paar von Liz' anderen Freunden kennenzulernen. Ich freue mich auch schon. Es hilft einem sicher, in alten Zeiten zu schwelgen und sich Geschichten zu erzählen.« *Seit wann bin ich eine so gute Lügnerin?*, fragte sich Alix. *Ist das noch so ein Talent, das mein Vater mir in die Wiege gelegt hat?*

Die drei Frauen nickten mitfühlend und wirkten nachdenklich, was Alix die Gelegenheit bot, ein paar Brocken Gebäck mit Marzipanfüllung zu verschlingen, das Köstlichste, was sie jemals gegessen hatte.

»Also«, sagte Janet und stand auf, »ich mache mich wohl besser an die Arbeit.«

»Ach, ich wollte Sie noch etwas fragen«, sagte Alix. »An der Treppe hängt ein wunderschönes, kleines Gemälde, eine Wüstenlandschaft ...«

»Ach ja, das hat Brandon gemalt. Er hat es uns geschenkt. *So* ein netter Kerl.«

Brandon? »*Kennen* Sie den Maler? Ich meine, persönlich?«

»Brandon?«, sagte sie und setzte sich wieder. »Na klar, er kommt oft her. Er wohnt in Santa Fe. Er nimmt auch an der Konferenz teil. Sie werden ihn sicher treffen.«

»Das wäre schön. Wie sieht er denn aus?«

»Hmm ...« Sie verdrehte die Augen, während sie sein Bild heraufbeschwor. »Na ja, er ist kaum zu übersehen«, sagte sie lächelnd. »Gut eins neunzig groß und ziemlich stämmig. Er hat rote Haare und sein Bart sieht aus wie orange Stahlwolle ...«

Alix blinzelte nervös. *Groß, stämmig, roter Bart ...* »Raucht er ... raucht er Pfeife?«, fragte sie, während sie versuchte, ihre wachsende Aufregung zu verbergen.

»Wie ein Schlot. Ich habe ihn noch nie ohne Pfeife gesehen. Es beruhigt ihn, sagt er.«

»Tatsächlich?«, sagte eine der Köchinnen. »Dann würde ich ihn gern mal sehen, wenn er unruhig ist.«

»Ja«, sagte Janet lachend, »er ist so groß und kräftig, aber trotzdem ein Nervenbündel. Er weigert sich, seine Medikamente zu nehmen. Er sagt, sie würden seine Kreativität unterdrücken. Aber was er nicht begreift: Er ist einfach *zu* kreativ. Er hat einfach keine klare Linie. Ein Jahr malt er neoimpressionistisch, im nächsten surrealistisch und so weiter. Ich finde, er müsste einen Stil entwickeln, seinen eigenen Stil, verstehen Sie? Den Brandon-Teal-Stil …«

Schließlich fiel ihr Alix' seltsamer Gesichtsausdruck auf. »Oh, habe ich etwas Falsches gesagt? Ist er ein Freund von Ihnen?«

Alix hörte gar nicht mehr richtig zu, seit Janet rote Haare, Bart und Pfeife erwähnt hatte. *Oh Gott!* Einfach unfassbar! Sie hatte darüber sogar ihr Teilchen vergessen, vorübergehend jedenfalls.

»Entschuldigung«, sagte sie, »haben Sie eine Frage gestellt?«

»Ich habe gefragt, ob Sie ihn kennen.«

»Ich glaube, äh, ich bin schon mal irgendwo über ihn gestolpert«, sagte Alix.

KAPITEL 19

Ihre Aufregung war aber nicht so groß, dass ihr der Appetit vergangen wäre. Deshalb setzte sie sich allein in den großen Speiseraum (Frühstück wurde eigentlich erst ab acht serviert) und verputzte einen großen Teller Pfannkuchen einmal mit Ahornsirup und einmal mit Speck. Außerdem zwei gewendete Spiegeleier, auf einem zweiten Teller. Und noch mehr Kaffee. Und noch eins von den leckeren Marzipanteilchen, vielleicht auch zwei. Gesättigt und mit neuem Schwung überschüttete sie die beiden strahlenden Köchinnen mit ehrlicher Dankbarkeit und Lob, ließ sich einen Pappbecher Kaffee geben und ging hinaus in den gepflasterten Säulenvorbau. Dort stand sie eine Weile, verdaute zufrieden ihr Frühstück, trank ihren Kaffee und atmete die saubere Luft ein, die nach einem herannahenden Wüstenregen roch. Aber vor allem freute sie sich schon darauf, Ted mit dieser Neuigkeit zu überraschen. Sicher würde er *sie* mit Lob überschütten, wenn er erfuhr, dass sie den Fälscher von *Felsen auf der Ghost Ranch* identifiziert hatte, der zufällig auch der Dieb war, den Chris und sie kurz nach dem Mord überrascht hatten. Und um es dem FBI besonders leicht zu machen, stand Mr Teal hier in Taos für ein vertrauliches Gespräch zur Verfügung, wann immer es Ted passte. Alles ging wunderbar auf.

Ach, ich bin so glücklich, stellte sie fest. Die Geschehnisse dieses Morgens – das Gespräch mit Katryn, das plötzliche Verständnis für Geoffs Motive und die Entdeckung des Bildes an der Treppe –, all das ließ Selbstmitleid und Verbitterung, die sie so lange geplagt hatten, langsam von ihr abfallen. Und der lange Schlaf und das gute Frühstück taten das Ihre. Es war, als würde ihr eine schwere Last genommen und sie würde aus einem tiefen, dunklen Loch auftauchen, das sie sich selbst gegraben hatte. Es kam alles darauf an, wie man die Dinge betrachtete. Die Welt war unendlich faszinierend. Auf Schritt und Tritt begegneten einem unerwartete Wendungen, Fehlschläge und Überraschungen. Was war denn daran so schrecklich? Und wenn plötzlich die ganze Welt verrücktspielte wie in den letzten Tagen, dann konnte man nur darüber lachen.

Sie war jung, gesund und begabt. Und sie war am Leben! Worüber beschwerte sie sich eigentlich? Nun gut, ihre Karriere lief nicht wie erhofft. Na und? Sie konnte immer zurück nach Italien, ins romantische, wonnige Italien, um an der Seite des grandiosen Fabrizio Santullo zu arbeiten und zu lernen, und wie viele Leute in ihrem Alter hatten solche Möglichkeiten schon? Er hatte sie geradezu angefleht zu bleiben und würde sie mit Kusshand wieder nehmen.

Es gab da aber noch etwas, wovon ihr ganz warm ums Herz wurde, und es wurde ihr erst jetzt klar. Sie hatte Zeit gehabt zu verarbeiten, was Ted ihr erzählt hatte, dass nämlich fast alles Gute, das ihr passiert war, von ihrem Vater eingefädelt worden war, und sie sah die Dinge jetzt mit anderen Augen. Wie konnte sie ihm das nur übelnehmen? Da war Geoff, vollkommen am Ende und von der ganzen Welt gemieden (selbst von seinem einzigen Kind), der im Knast seine verbleibenden Jahre verrinnen sah, und an wen dachte er in dieser Zeit? An sie. Er hatte die wenigen beruflichen Beziehungen, die ihm noch geblieben waren, nicht für sich genutzt, sondern um Möglichkeiten für sie aufzutun. Und zwar, ohne auf Dankbarkeit oder Anerkennung zu hoffen, sondern nur aus Liebe. Sie war den Tränen nah.

Als ihr Telefon piepte, schreckte sie aus ihren Gedanken, und ihre Heulattacke war gebannt. Sie setzte sich auf eine der blauen Holzbänke unter den Säulen und klappte das Handy auf.

Es war Ted, der sich anhörte, als wäre er auch schon so lange wach wie sie. »Hi Alix, ich habe mir gedacht, wir fangen schon mal an, den Tag zu planen. Die Konferenz fängt um …«

»Moment«, sagte sie und platzte fast vor Aufregung. »Ich muss Ihnen unbedingt was erzählen und ich glaube, das wird Ihnen gefallen. Mit ist hier ein kleines Bild aufgefallen und als ich es mir näher angeschaut habe …«

Sie brauchte fünf Minuten, um ihm alles zu berichten, und er war gebührend beeindruckt, sowohl von ihrer Entdeckung als auch von ihren Schlussfolgerungen, aber seine Reaktion auf die Riesenneuigkeit an sich fiel anders aus als erwartet. Eher lauwarm. Ja, es sei sicher schön zu wissen, wer der Fälscher war, und Ted würde sich auch schon auf eine »Unterhaltung« mit ihm freuen, aber er sei nicht hinter dem Fälscher her. Teal sei wahrscheinlich nur ein kleiner Fisch, den jemand für diesen Job angeheuert hatte. Ted wollte an die Hauptakteure herankommen.

»Aber es ist doch möglich, dass Teal etwas über diese Leute weiß«, sagte Alix.

»Möglich«, erwiderte Ted zweifelnd, »aber normalerweise arbeitet so ein Ring, falls es sich um einen Ring handelt, nach dem Need-to-know-Prinzip. Das heißt, je weniger die Randfiguren wissen, desto besser. Ich nehme an, der Typ war gar nicht eingeweiht.«

»Okay, was ist mit dem Mord an Liz? Wollen Sie dem nicht …«

»Teal hat Liz nicht umgebracht«, sagte Ted.

»Was?« Sie zuckte zusammen, stieß den fast vollen Becher von der Armlehne der Bank und ihr Kaffee ergoss sich auf das Kopfsteinpflaster. »Wie können Sie da so sicher sein? Wir haben ihn gesehen, wie er aus ihrem Büro kam … *gerannt* kam …«

»Ja, zwei Stunden nach dem Todeseintritt.«

»Zwei Stunden?«, wiederholte sie. »Ich dachte …«

»Am Tatort hat der Gerichtsmediziner gesagt, sie sei höchstens zwei Stunden tot. Mendoza hat gestern den Obduktionsbericht bekommen. Demnach waren es ziemlich genau zwei Stunden.«

»Nun gut, aber das beweist nicht, dass er sie nicht umgebracht hat.«

»Nein, Alix, aber Mörder bleiben nicht am Tatort. Die machen sich für gewöhnlich so schnell wie möglich aus dem Staub. Überlegen Sie doch mal: Wieso sollte er denn so lange dortbleiben? Das ergibt doch keinen Sinn. Nein, jemand anders hat sie umgebracht. Teal ist später gekommen, hat die Situation ausgenutzt und sich das Bild geschnappt.«

Alix seufzte. Ted hatte recht, der Fall war noch lange nicht gelöst. »Das wirft aber eine andere Frage auf«, sagte sie nachdenklich. »Warum stiehlt er sein eigenes Bild?«

»Gute Frage«, sagte Ted. »Darauf werde ich kommen, wenn ich ihn mir vornehme. Alix, die Konferenz beginnt um zehn mit einem Brunch. Da sollten wir dabei sein. Liz wird dort sicher auch Thema sein.«

»Okay, wir treffen uns dort.«

»Nun.« Er räusperte sich. »Bis dahin sind es noch ein paar Stunden. Haben Sie schon gefrühstückt?«

Und ob! Eher Frühstück, Mittag- und Abendessen auf einmal! »Ja, ich habe eine Kleinigkeit gegessen«, antwortete sie, doch dann wurde ihr bewusst, dass es eine Einladung sein sollte. »Aber wir könnten uns auf einen Kaffee treffen«, fügte sie geistesgegenwärtig hinzu.

Aber anscheinend hatte sie zu lange gezögert. »Nein, schon in Ordnung«, sagte er. »Ich esse morgens meistens sowieso nicht viel.« Dann eine Pause. »Also was haben Sie heute Morgen vor?«

»Ich dachte, ich schaue mir die Gegend an. Die Frauen aus der Küche haben gesagt, es gebe ein Stück weiter an der Morada Lane einen schönen Park. Da gehe ich vielleicht spazieren.«

Nun war der Ball in seinem Feld – *ach, da komme ich mit* –, aber er stellte sich genauso dumm an wie sie. »Ja, das ist der Kit Carson State Park. Der hat hier gelebt. Kit Carson meine ich. Und ist hier auch gestorben.«

»Ach, tatsächlich?«

Es wurde einfach immer alberner. Sie schlichen umeinander herum wie zwei Sechzehnjährige, beide zu ungeschickt, den ersten Schritt zu tun. Er wusste natürlich, dass sie Single war (er wusste ja auch alles andere über sie), und ihr so berühmter Instinkt sagte ihr, dass er unverheiratet war und sie auch attraktiv fand. Oder irrte sie sich in diesem Fall? Vielleicht waren ihre Fähigkeiten, ganz wie bei D.H. Lawrence, in manchen Bereichen besser entwickelt als in anderen.

»Also, sehen wir uns dann später?«, fragte sie. Nun hatte sie ihm den Ball wieder zugespielt. Er musste nur etwas daraus machen.

Aber er wollte anscheinend nicht. Oder konnte nicht. »Alles klar«, sagte er und legte auf.

»In Ordnung«, grummelte sie in ihr Handy, obwohl er nicht mehr dran war. »Du willst also eine reine Geschäftsbeziehung? Die kannst du haben. Andere Mütter haben auch schöne Söhne.«

Nach diesem Gespräch hatte sie erst recht einen Spaziergang nötig, aber zuerst wollte sie sich umziehen und für den Fall, dass es regnete, die gute Hose und die relativ neuen flachen Schuhe gegen Jeans und Turnschuhe austauschen und ihre Windjacke anziehen. Aber sobald sie auf ihrem Zimmer war, fing sie an zu gähnen. Kaum zu glauben, nachdem sie so lang geschlafen hatte, aber das Bett sah sehr einladend aus. Ach, warum nicht? Bis zum Brunch war noch genug Zeit für ein Nickerchen. Sie zog Schuhe und Hose aus, schlüpfte zufrieden zwischen die Laken, seufzte einmal und schlief dann ein, ohne von Mabels Geist behelligt zu werden.

✦✦✦

Direkt nach dem Gespräch mit Alix hatte Ted Mendoza wegen Brandon Teal angerufen und war dann runter in den Speisesaal der Casa Benavides gegangen. Es stimmte, dass er morgens wenig zu sich nahm, meistens nur einen Kaffee mit einem Bagel oder einem englischen Muffin, aber er ließ sich gern Zeit und las bei seiner zweiten Tasse Kaffee die Zeitung. An diesem Morgen hatte er zwar die aktuelle *Taos News* aufgeschlagen vor sich liegen, aber er las nicht wirklich. Warum war er bei der Unterhaltung mit Alix so steif gewesen? Er hatte sich so dumm angestellt. Das sah ihm überhaupt nicht ähnlich. Er mochte Frauen, war gern mit ihnen zusammen, und Alix hatte etwas, das ihm ganz besonders gefiel. Aber warum hatte er sich dann so seltsam verhalten? Es lag doch nicht etwa an ihrer etwas anrüchigen Herkunft? Nein, so engstirnig war er nicht. Menschen hatten ihren eigenen Charakter, sie waren keine Abziehbilder ihrer Eltern. Er hatte zwar erst vor zwei Tagen zu Mendoza gesagt, dass er sie wegen ihres Vaters verdächtig fand, aber das stimmte nicht. Er hatte sie auf Anhieb unsympathisch gefunden und nur nach einem Grund dafür gesucht. (Wie schnell sich so was doch ändern konnte.)

Nein, sein Problem an diesem Morgen hatte nichts mit solchen Überlegungen zu tun. Es kam vom Bauch her. Er hatte den Mund nicht aufbekommen, weil er sie nicht abschrecken wollte. Er wollte nicht mit der Tür ins Haus fallen. Stattdessen hatte er es versaut, weil er völlig uninteressiert gewirkt hatte. Und uninteressant obendrein.

Als sein Handy piepte, war er dankbar für die Ablenkung. Es war Mendoza, der direkt zur Sache kam: »Teal ist tot, Ted.«

»*Er ist …?*« Ted schaute sich schnell um und verstummte. Er hatte seinen aufgesetzten Akzent vergessen. Nur zwei Wörter, aber wenn die Falschen mithörten, flog er auf. Jedoch schien keiner der Frühstücksgäste es bemerkt zu haben. Er stand auf, eilte hinaus in den Hof und stellte sich neben den maurischen Springbrunnen.

»Ich habe zwei Leute hingeschickt, um ihn zu verhören«, fuhr Mendoza fort. »Der Vermieter hat sie reingelassen. Sie haben ihn im Badezimmer gefunden …«

»Eduardo, meinen Sie mit *tot* etwa *umgebracht*?

»Genau das meine ich. Es sollte wie ein Unfall aussehen, als ob er ausgerutscht wäre und sich den Kopf am Waschbecken gestoßen hätte, aber es war sehr laienhaft inszeniert. Der Gerichtsmediziner brauchte nur fünf Minuten, um auf ein Tötungsdelikt zu schließen.«

»Großer Gott«, sagte Ted, »das hört ja gar nicht mehr auf.« Er schüttelte den Kopf. »Ich nehme an, er ist schon mindestens zwei Tage tot, stimmt's? Seit Samstag oder noch länger.«

»Wie kommen Sie darauf?«

»Weil seit Samstag allgemein bekannt ist, dass es sich bei dem Bild um eine Fälschung handelt. Es gibt also keinen Grund mehr, jemanden deswegen umzubringen.«

»Hmm, vielleicht doch. Der Todeseintritt liegt zwischen zwölf und zwanzig Stunden zurück. Wir werden es noch genauer erfahren …«

»Aber … aber das heißt ja, er ist erst *gestern* umgebracht worden!«

»Ja«, sage Mendoza zögernd, »und was genau sagt uns das?«

»Dass immer noch jemand rumläuft und Leute umbringt, obwohl mittlerweile jeder weiß, dass das O'Keeffe-Bild eine Fälschung ist!«

»Ja, sicher …«

»Das heißt, ich habe mich geirrt. Und Alix ist immer noch in Gefahr. Jemand versucht vielleicht noch mal … und ich habe sie mit hierhergeschleppt, wo sie alle versammelt sind, und lasse sie ganz allein draußen rumlaufen. Jeder von denen könnte … Oh Gott, Eduardo, in was habe ich sie da reingezogen? Ich muss sie finden!«

KAPITEL 20

Der Kit Carson State Park mit seinen Tennis- und Baseballplätzen war eher eine Sportanlage als ein Park, aber es gab auch Bäume und weitläufige Rasenflächen. An diesem Morgen hingen die Wolken sehr niedrig und es sah nach Regen aus, deshalb hatte Alix den Park fast für sich allein. Es waren nur ein paar Jugendliche da, die Baseball spielten, zwei einsame Jogger und ein paar Spaziergänger. Sie war auf dem Joggingparcours und hielt an einer Gruppe Pappeln, um einem Geräusch zu lauschen, das sie noch nie bewusst gehört hatte: das sanfte Rascheln der trockenen, vergilbenden Pappelblätter im Wind.

Bevor sie weiterging, ließ sie einen Jogger in hautenger Sportbekleidung vorbei. Sie würde die Joggingpiste noch ein- oder zweimal umrunden, dann zum Luan House zurückgehen, um sich umzuziehen, und dann hinüber zum Konferenzzentrum gehen. Sie ärgerte sich über sich selbst, weil sie die reguläre Frühstückszeit verschlafen und so die Gelegenheit verpasst hatte, die anderen Gäste zu belauschen, aber dafür wollte sie möglichst früh bei der Konferenz erscheinen.

»Ach, ist das nicht Ms London? Alix?«, hörte sie eine bekannte, heisere Stimme sagen und dann sah sie Clyde Moody, der in seinem riesigen Trenchcoat, der Humphrey Bogart alle Ehre gemacht hätte, ziemlich verloren aussah. Auf dem Kopf trug er eine Art übergroße griechische Fischermütze aus Jeansstoff, die er bis zu den Ohren heruntergezogen hatte. Er sah aus, als hätte er sich für einen Orkan gewappnet. Zwischen seinen Revers schaute wie immer eine Fliege hervor (an diesem Morgen kleine Pinguine und Eisberge).

»Ja, ich bin's. Wie geht's Ihnen, Mr Moody? Ich wollte Sie gestern Abend begrüßen, aber Sie waren von Horden von Bewunderern umgeben und haben mich nicht gesehen.«

»Das kann ich mir kaum vorstellen. Das letzte Mal war ich von Bewunderern umgeben, als ich mich beim Sportunterricht in der Schule beim Versuch, einen Klimmzug zu machen, selbst k. o. geschlagen habe.«

Alix lachte. Moody war anscheinend bester Laune, jedenfalls für seine Verhältnisse. »Ach, ich wollte mit Ihnen über etwas reden«, sagte sie. »Ich habe gehört, einer der Kataloge, die ich mir angeschaut habe, ist Ihnen abhandengekommen und Sie dachten, ich könnte …«

»Sie sind alle verschwunden. Glauben Sie mir, ich wollte nicht andeuten … ich meine, natürlich haben Sie sie nicht absichtlich mitgenommen, aber vielleicht versehentlich.«

»Nein, ich habe alle Kataloge zurück in den Ordner gesteckt. Der stand mitten auf dem Tisch. Wissen Sie das nicht mehr?«

»Ja, daran konnte ich mich noch erinnern, aber der Ordner war später nicht an seinem Ort, auch nicht in der Nähe oder sonst wo. Und ich habe wirklich gründlich gesucht, das können Sie mir glauben. Na, jedenfalls habe ich gedacht, dass Sie ihn haben könnten. Es war nur so eine Hoffnung.« Resigniert zuckte er mit seinen schmalen Schultern.

»Das tut mir leid«, sagte sie mitfühlend. »Hoffentlich finden Sie ihn noch.«

»Ach, ganz bestimmt«, sagte er seufzend. »So was passiert nun mal.« Er lächelte. »Nur mir sollte so was eigentlich nicht passieren.« Sie gingen zur Seite, um einen weiteren Jogger vorbeizulassen. »Also

…«, sagte er, »nett, mal wieder mit Ihnen zu plaudern. Ich bin gerade auf dem Weg, Ms Luhan die Ehre zu erweisen.« Dann lüftete er seinen Hut. Das sah man heutzutage auch nicht mehr oft.

»Ms Luhan?«, fragte Alix

»Ja, die ist hier im Park begraben. Wussten Sie das nicht?«

»Im *Park*?«

Er lächelte. »Nun ja, der Kit Carson State Park ist etwas ungewöhnlich, teils öffentliche Grünanlage, teils Friedhof. Der Friedhof – also der Kit Carson *Memorial* Park – ist eigentlich nur ein Teil der Anlage. Er ist da drüben. Sehen Sie den Zaun und die Bäume? Mr Carson liegt dort natürlich auch begraben, aber ich gehe wegen Mabel hin. Eine außergewöhnliche Persönlichkeit und eine große Förderin der Künste.«

»Ja, ich weiß.«

»Ach ja … Möchten Sie nicht mitkommen?«

Alix überlegte kurz. »Ja, gern. Ich möchte ihr auch die Ehre erweisen.« Wenigstens aus Dankbarkeit, dass Mabel nicht in ihrem Zimmer herumspukte.

Moody nickte erfreut. »Kommen Sie.«

Der Friedhof sah so aus wie die meisten Kleinstadtfriedhöfe, gepflegt, aber nicht makellos, mit spärlichem, zertretenem Gras und verwitterten, altersschiefen Grabsteinen, die nicht in Reihen, sondern kreuz und quer standen – eine Atmosphäre, die an vergangene Zeiten und verschwundene Bräuche erinnerte. Sie waren ganz allein und machten kurz an der Ruhestätte des Nationalhelden Halt, auf dessen schlichtem Grabstein, umgeben von wenigen gemeißelten Verzierungen, eine einfache Inschrift zu lesen war: Kit Carson, verstorben am 23. Mai 1868 im Alter von 59 Jahren.

Mabels Gedenkstätte war noch bescheidener, eine rechteckige Marmorplatte, nicht einmal kniehoch, auf einem flachen Sockel, mit einer ebenso kurzen Inschrift: Mabel Dodge Luhan, 26. Feb. 1879, 13. Aug.1962. Ansonsten war der Stein vollkommen schmucklos, ohne Meißelungen oder andere Verzierungen. Er stand in einer besonders trostlosen Ecke des Friedhofs, weitab von Carson und den anderen Honoratioren der Stadt.

Alix war überrascht. Nach allem, was sie über die Luhan wusste – oder über Mabel, wie sie anscheinend jeder hier nannte –, hätte Alix irgendetwas Pompöses oder Extravagantes erwartet. »Sie liegt im billigen Teil des Friedhofs, was?«, sagte sie.

»Ja, sieht ganz so aus«, sagte Moody, als sie zu beiden Seiten des Steins standen. Er schien sehr ergriffen, geradezu aufgewühlt von Mabels Präsenz. Er hatte respektvoll seine Mütze abgenommen, die er jetzt in beiden Händen wrang. »Ich meine, eine Frau, die so viel für … für …« Er presste die Lippen zusammen, schloss die Augen und schüttelte den Kopf.

Oh Mann, fang bloß nicht an zu heulen, dachte Alix. »Aber trotzdem«, sagte sie rasch, »es ist gut zu wissen, dass die Menschen sie nicht vergessen haben. Sehen Sie sich die ganzen Steine an.« Zum Gedenken hatten Leute Flusssteine und Kiesel auf Mabels Grabstein gelegt.

Moody nickte heftig. »Wissen Sie«, sagte er, wobei er sehr schnell sprach und sogar ein bisschen stotterte, »dieser Brauch, Steine auf Gräber zu legen, ist eine uralte jüdische Tradition. Die Leute halfen sozusagen mit, eine Gedenkstätte für den Verschiedenen zu bauen, denn damals gab es noch keine Grabsteine, wie wir sie kennen, sondern nur Steinhaufen. Aber heute, heute ist es ein Akt des ... des Gedenkens, um ... um …« Er verschluckte sich beinah an seinem Redeschwall.

Was ist eigentlich los?, fragte sich Alix, die immer beunruhigter wurde, während er wie irre weiterbrabbelte. *Hat er einen Nervenzusammenbruch oder so was?* Plötzlich wurde ihr bewusst, dass sie vollkommen allein waren. Niemand in Sicht- oder Hörweite. Sie wich einen Schritt zurück. Irgendetwas stimmte hier nicht, ganz und gar nicht …

Peng! Bei dem Geräusch zuckte sie zusammen und gleichzeitig verspürte sie einen stechenden Schmerz außen an ihrem rechten Oberschenkel. Sie schlug mit der Hand darauf, denn sie dachte, es wäre eine Biene, aber als sie Fleisch fühlte anstatt Stoff, schaute sie hinunter auf einen fünf Zentimeter langen Riss in ihrer Jeans und darunter eine oberflächliche, drei Zentimeter lange, schmierig aussehende Wunde in ihrem Bein. Während sie fassungslos darauf starrte, traten kleine Blutstropfen aus. *Ein Streifschuss?* Sie sah hoch zu Moody, der noch schockierter zu sein schien als sie selbst.

»Haben Sie gerade auf mich *geschossen*?«

»Ich ... ich …«

Doch jetzt sah sie das Loch in der Mütze in seiner Hand, von der Rauch aufstieg. Panisch sah sie sich um, wollte wegrennen, sich hinter einem Baum verstecken, aber er hatte den Hut fallen lassen und zielte nun mit der Pistole direkt auf ihre Brust. Er zitterte so heftig, dass die Waffe in seiner Hand auf- und abwippte, als würde jemand mit einem Bindfaden daran ziehen, und trotzdem konnte er sie nicht verfehlen, nicht aus zwei Meter Entfernung. Sie sah, dass es sich um eine halbautomatische Waffe handelte. Das hieß, falls der Schuss doch danebenging, konnte er direkt noch mal schießen – und noch mal und noch mal, so schnell, wie er es schaffte abzudrücken.

Obwohl sie wusste, wie dumm das war, hielt sie sich die Hände vor die Augen. Etwas anderes fiel ihr in dem Moment nicht ein. »Mr Moody …«

Er streckte seinen Arm aus und zielte. »Es tut mir wirklich leid, aber Sie sind selbst schuld.«

Wie betäubt starrte sie ihn an und schüttelte den Kopf, als ob ihn das aufhalten würde. »Aber … aber warum …?

Sie wusste bereits warum. Es war ihr in dem Moment klargeworden, als sie die Frage stellte. Die Antwort war so einfach, so offensichtlich, dass sie nicht verstand, warum sie nicht früher darauf gekommen war. Der gefälschte Katalog. Moody war nicht Opfer des Betrugs, er war der Täter. Und wer weiß, wie viele Betrügereien er noch auf dem Kerbholz hatte. Alix hatte das Pech gehabt, ihn zu erwischen.

»Es tut mir leid«, sagte er wieder. »Aber ich habe keine Wahl.« Er presste die Lippen zusammen.

Und so sterbe ich also, dachte sie, während sie stocksteif dastand. Sie konnte es nicht wirklich glauben. Sollte ihr Leben wirklich hier auf diesem Provinzfriedhof enden, erschossen von einem … einem verrückten Museumsarchivar? Nein, das war einfach zu absurd. Es konnte nicht …

Und tat es auch nicht. Als er abdrückte, passierte gar nichts. Alix hatte unwillkürlich die Augen zugedrückt, aber als sie das leise Klicken hörte, riss sie sie wieder auf. Er versuchte es noch mal. Wieder ein Klicken. Er knurrte ungehalten und schüttelte die blockierte Waffe wie eine Ketchupflasche.

Da wurde Alix lebendig. Sie nahm sich einen golfballgroßen Stein von Mabels Grab, schleuderte ihn Moody an den Kopf und stürzte sich auf ihn. Moody konnte dem Stein ausweichen, aber nicht Alix. Mit gesenktem Kopf rammte sie ihn auf Hüfthöhe, legte beide Arme um ihn und stemmte sich mit den Beinen ab. Alix war nicht viel leichter als er und die Wucht ihrer Attacke ließ ihn zurücktaumeln, während sie noch immer an ihm hing wie eine Klette und sich mit den Füßen vom Boden abstieß. Neben Mabels Grab war noch ein Gedenkstein, ein schwarzer Basaltbrocken, über den er stolperte. Während Moody in hohem Bogen rückwärts über den Stein flog, wurde die Waffe zur Seite geschleudert. Moody landete auf dem Rücken, eingezwängt zwischen dem Felsbrocken und der Ecke der Einzäunung. Alix fiel der Länge nach auf ihn. Die Waffe war ganz in der Nähe gelandet.

Blitzschnell hechtete sie nach der Pistole, während er versuchte, sich aus seiner Ecke zu befreien. Er wollte sich gerade umdrehen, da sah er direkt in den Lauf der Pistole.

Zuerst zitterte er, drückte sich weiter in die Ecke und hob die Hände hoch, doch dann überlegte er sichs anders, kicherte nervös, zog die Beine an …

»Keine Bewegung, verstanden?«

… und richtete sich ganz auf. Er ließ die Hände sinken. Seltsamerweise wirkte er ohne die Waffe in der Hand viel ruhiger und selbstsicherer. »Was wollen Sie jetzt tun?«, fragte er und machte einen Schritt auf sie zu. »Die klemmt. Damit können Sie mich nicht erschießen.« Dann machte er noch einen Schritt.

Alix versuchte hartnäckig, ihr eigenes Zittern zu unterdrücken, und wich nicht von der Stelle. Um das Magazin richtig reinzudrücken, schlug sie mit dem Ballen der linken Hand fest unter den Griff der Pistole, riss den Schlitten zurück und ließ ihn vorschnellen. Sie hatte gehofft, das unheimliche Ritsch-Ratsch beim Durchladen würde reichen, um ihn aufzuhalten, aber er schien es gar nicht zu hören. Er zögerte nur einen Sekundenbruchteil und kam dann noch näher auf sie zu. Sie hielt den Lauf nach oben, betete innerlich kurz und drückte ab.

Entweder lag es an ihrem Gebet oder an dem Versuch, die Kammer freizumachen, aber es ging tatsächlich ein Schuss los. Das laute *Peng!* war Musik in ihren Ohren, der heftige Rückstoß wie eine Liebkosung.

Moody blieb abrupt stehen und machte große Augen. »Wie haben Sie ... Die war doch ...«

»Reinhauen, durchladen ... *abdrücken*«, sagte Alix so gelassen wie möglich. »Erste Hilfe für eine blockierte Halbautomatische.« Sie trug ziemlich dick auf, als wäre sie eingefleischte Waffenexpertin. Dabei hatte sie nur Jahre zuvor mal zwei Schießstunden genommen. Nach der Scheidung von Paynton hatte sie mit dem Gedanken gespielt, sich eine Waffe zuzulegen, und zwar genau diese Glock 30, die beliebteste Pistole der Welt. Dann hatte sie es sich aber anders überlegt und seither keine Waffe mehr angerührt. Von dem Unterricht wusste sie fast nichts mehr, nur das Mantra des Schießlehrers, »reinhauen, durchladen, abdrücken«, hatte sich ihr glücklicherweise eingeprägt.

»Ja, aber Sie schießen ja doch nicht auf mich«, sagte Moody, aber es war klar, dass sie jetzt das Sagen hatte. Er sah ängstlich aus und war ziemlich blass um die Nase. Er bluffte nur.

Das nutzte sie aus. »Und ob ich schieße«, fauchte sie und ging auf ihn zu. »Zurück oder ich knall Sie ab!« Sie fuchtelte mit der Pistole vor ihm herum. »Glauben Sie mir, es wäre mir eine wahre Freude.«

Alix bluffte auch, aber ein Bluff mit Waffe in der Hand ist allemal besser als ohne. Aber würde sie wirklich auf ihn schießen, wenn sie müsste? *Ohne zu zögern*, sagte sie sich und es war ihr wirklich ernst. Schließlich hatte er versucht, sie umzubringen. Offenbar sogar zweimal. Und wahrscheinlich hatte er auch Liz auf dem Gewissen. Sie würde abdrücken, ohne mit der Wimper zu zucken. Moody erkannte ihren Gemütszustand wohl an ihrem Blick, jedenfalls war er klug genug zurückzuweichen.

Sie schritt langsam auf ihn zu. Ihr Hirn arbeitete auf Hochtouren. »Sie haben auch Mr Merriam umbringen lassen, nicht wahr?«

»Ich kenne keinen …«

»Oh doch.«

Während sie redete, wurde ihr alles nach und nach klar. Nach dem, was Barb ihnen auf der Ghost Ranch erzählt hatte, fiel es nicht schwer, den Ablauf der Ereignisse zu rekonstruieren. Merriam hatte vom Sohn eines Freundes erfahren, dass *Felsen auf der Ghost Ranch* von der Galerie Blue Coyote in Santa Fe zum Verkauf angeboten wurde, und zu den Provenienzunterlagen des Bildes gehörte auch ein alter Katalog der Galería Xanadu, der sich nun im Museumsarchiv befand.

Ganz sicher, dieses Bild nie in seiner Galerie angeboten zu haben, hatte Merriam im Archiv angerufen, um die Sache zu klären. Er hatte mit Moody gesprochen, der wahrscheinlich aus allen Wolken gefallen war, weil Merriam nicht nur quicklebendig, sondern auch verärgert und kurz davor war, die ganze Sache platzen zu lassen. Damit hatte der alte Mann sein eigenes Todesurteil gesprochen.

»Sie waren es, mit dem er damals telefoniert hat, nicht wahr? Er wollte nach Santa Fe, um sich mit Ihnen zu treffen. Sie haben ihn an derselben Stelle des Highway umgebracht, an der Sie mich auch umbringen wollten.« Sie stieß mit der Waffe nach ihm. »Stimmt's?«

»Ich …« Panisch riss Moody die Hände hoch und sprang zurück.

Und wieder stolperte er über denselben Basaltbrocken und fiel nach hinten zwischen Grabstein und Zaun. Er lag auf dem Rücken, in der Ecke eingezwängt, und zappelte wie ein Käfer.

»Keine Bewegung, verdammt noch mal!«, herrschte Alix ihn an.

Moody zappelte weiter und es gelang ihm, sich umzudrehen, er traute sich jedoch nicht so richtig aufzustehen.

»Ich warne Sie«, sagte Alix. »Stehen … Sie … nicht …auf.«

Aber Moody zog, ohne sie aus den Augen zu lassen, vorsichtig die Beine an und ging in die Hocke.

»Lassen Sie es nicht drauf ankommen«, sagte sie durch zusammengepresste Lippen. »Es ist mein Ernst. Runter auf den Boden.« Als er sich nicht rührte, richtete sie die Pistole auf seine Stirn, wie der Schießlehrer es ihr gezeigt hatte: Arme ausgestreckt, aber die Ellbogen nicht durchgedrückt; der Ballen der rechten Hand in der linken ruhend. Er setzte sich nicht wieder hin, aber er stand auch nicht auf, und ein paar lange Sekunden starrten sie sich nur gegenseitig an. Er versuchte, Mut zu fassen, das konnte sie sehen. Ihr Adrenalinspiegel hatte den Höhepunkt erreicht und ebbte jetzt langsam ab. Und damit auch ihr Wagemut. Was nun? Würde er wirklich aufstehen? Und dann? Wäre sie tatsächlich in der Lage, auf einen Menschen zu schießen – auch wenn er ein Mörder war? *Ja*, sagte sie sich wieder. Sie würde sich bemühen, ihn nicht zu töten, denn sie wollte, dass er von Polizei und FBI verhört wurde. Schließlich gab es eine Menge zu klären. Aber sie würde ihm eine Kugel ins Bein oder in den Arm oder sonst wohin jagen, da hatte sie keine Zweifel. Aber wenn eine Kugel nicht reichte, um ihn außer Gefecht zu setzen? Und wenn …? Nein. Kein Wenn und kein Aber. Sie würde tun, was sie tun musste.

Moody war da anderer Meinung. Ganz langsam, aber ohne zu zögern, richtete er sich auf.

»Setzen … Sie … sich«, sagte Alix ruhig, aber nachdrücklich. Ihre Arme wurden müde und sie hatte sie leicht gesenkt. Jetzt hob sie sie wieder an, zielte mit äußerster Präzision auf seine rechte Schulter und hielt ihre Hände ganz still. Sie machte einen Schritt nach vorn. Ihr Finger bog sich langsam um den Abzug.

Aber zu ihrer ungeheuren Erleichterung gab Moody sich geschlagen, warf die Hände in die Luft und ließ sich auf den Boden fallen. »In Ordnung, ich setze mich ja! Sehen Sie? Ich sitze!« Blanke Angst stand in seinen Augen, als er zu ihr hochsah.

Nein, sie sah er gar nicht an …

Sie drehte sich auf dem Absatz um und zu ihrer Überraschung sah sie Ted, der, noch drei Meter entfernt, langsam und bedächtig auf sie zukam, seine eigene Waffe in der Hand, aber nach unten gerichtet. »Das ist gut so. In Ordnung«, sagte er beschwichtigend zu Moody. »Alix, bleiben Sie, wo Sie sind, aber nehmen Sie die Waffe runter.«

Unendlich erleichtert ließ sie die Waffe sinken. »Mann, bin ich froh, Sie zu sehen«, sagte sie matt, als er bei ihr war. Sie musste all ihre Willenskraft zusammennehmen, um nicht ihrem Drang nachzugeben und dankbar an seine Brust zu sinken. Ihre Knie waren plötzlich wie Wackelpudding. »Ich kann hier wirklich ein bisschen Hilfe gebrauchen.«

Ted nahm ihr die Waffe ab – ihre Finger hatten sich so verkrampft, dass er sie kräftig umbiegen musste – und dann sah er vom kauernden Moody zu Alix und wieder zu Moody.

»Wissen Sie was, Mann?«, sagte er mit dem Anflug eines Lächelns. »Ich glaube, Sie sind derjenige, der hier Hilfe braucht.«

KAPITEL 21

Schon am nächsten Mittag war der Fall mehr oder weniger aufgeklärt, obwohl Moody sich auf Anraten seiner Anwälte geweigert hatte, irgendwelche Fragen zu beantworten. Es war noch nicht alles klar, aber im Großen und Ganzen ging die Geschichte auf. Moody und Liz waren Drahtzieher in einem groß angelegten Kunstbetrug gewesen. Liz hatte die ausländischen Käufer aufgetan und sich um den Verkauf gekümmert, während Moody die Ausstellungskataloge gefälscht hatte. Die Interessenten hatten sich dann im Museumsarchiv von der »Echtheit« der Kunstwerke überzeugen können. Brandon Teal hatte die Fälschungen angefertigt und ein paar Außenstehende waren engagiert worden, um bei der Fälschung der Katalogseiten behilflich zu sein. Natürlich hatten sie nur Kataloge von realen, aber schon lange geschlossenen Galerien verwendet, sodass potenzielle Käufer dort nicht mehr nachfragen konnten.

Dieser Teil der Geschichte war eigentlich geklärt, aber Mendoza besorgte sich einen Durchsuchungsbefehl und schickte zwei Leute, begleitet von Ted, zum Museumsarchiv. Alle Fälschungen, deretwegen Ted ermittelte, waren in Katalogen längst aufgegebener Galerien zu finden. Als sie die Digitalfotos der Fälschungen ganz genau unter die Lupe nahmen, fanden sie in jedem Bild Teals kleine »Alibi-Figur«; manchmal kaum wahrnehmbar, aber immer vorhanden.

Einige Fragen konnten nicht mit absoluter Sicherheit beantwortet werden. Ted und Mendoza konnten nur Mutmaßungen anstellen. Warum hatte Teal sein eigenes Bild stehlen wollen? Weil ihrer Ansicht nach die Abmachung gewesen war, die Fälschungen nur an Kunden im Ausland zu verkaufen, und als Teal erfahren hatte, dass *Felsen auf der Ghost Ranch* an eine Käuferin aus Seattle gehen sollte, die noch dazu eine Kunstberaterin engagiert hatte, da hatte er kalte Füße bekommen. Er war zu Liz' Büro gegangen, um ihr zu sagen, dass er aussteigen wollte, und hatte sie tot vorgefunden. Also hatte er sich kurzerhand das Bild geschnappt. Es wäre auch gut gegangen, wäre er nicht mit Chris und Alix zusammengestoßen.

Aufschluss über den mutmaßlichen Grund für den Mord an Teal gab die Liste seiner Telefongespräche. Nachdem er vier Monate lang Clyde Moody nicht einmal angerufen hatte, hatte Teal sich am Samstagmorgen bei ihm gemeldet, zwölf Stunden nach seiner Begegnung mit Alix und Chris. So viel stand fest. Der Rest waren Spekulationen. Teal hatte sich wegen seiner auffälligen Erscheinung – eins neunzig groß mit rotem Haar und Bart – sicher ausrechnen können, dass die Polizei früher oder später darauf kommen würde, dass es sich bei dem verhinderten Dieb um ihn handelte. Er musste davon ausgegangen sein, dass er auch der Hauptverdächtige im Mord an Liz war, und war in Panik geraten (Teal war bekannt für seine Nervosität gewesen und es stellte sich heraus, dass er an einer somatoformen Störung gelitten hatte, was man früher »Hysterie« nannte). Also hatte er Moody angerufen: Was sollte er tun? Wo konnte er hin? Moody war klar geworden, dass Teal ein unberechenbares Risiko darstellte, um das er sich kümmern musste – und zwar schnell. Wenige Stunden später war Teal tot, im Badezimmer »unglücklich gestürzt«.

Clyde Moody reagierte anscheinend sehr empfindlich auf unberechenbare Risiken, denn höchstwahrscheinlich musste auch Liz deswegen dran glauben. Darauf war Alix gekommen und Mendoza hatte die Idee begierig aufgegriffen. Bei den Verhören nach

Moodys Verhaftung erzählte sie Mendoza, wie sie dem Archivar bei der Ausstellungseröffnung begegnet war. Die angetrunkene Liz hatte Anspielungen gemacht, in seinem »schimmligen, alten Archiv« sei so allerhand Erstaunliches zu finden, was Moody sichtlich unangenehm gewesen war.

»Und ein paar Stunden später war sie tot«, sagte Mendoza daraufhin nickend.

»Und natürlich war ich auch ein Risiko«, sagte Alix. »Aber woher wusste er das? Gut, ich habe mir im Archiv die Kataloge der Galería Xanadu angesehen. Aber die sind doch dazu da, dass man sie sich anschaut. Wie kam er darauf, dass ich Ärger machen würde?«

Die Antwort auf diese Frage bekam sie erst am nächsten Tag, als Ted sie zum Flughafen fuhr. Die Polizei von Santa Fe hatte sich mit allen Leuten in Verbindung gesetzt, die in den letzten Tagen das Museumsarchiv aufgesucht hatten, darunter eine Clara Simons, Expertin für Dokumentenuntersuchung am Santa Fe College. Moody hatte sie gefragt, warum sie sich für die Xanadu-Kataloge interessierte, und sie hatte keinen Grund gesehen, ihm die Wahrheit zu verschweigen, nämlich dass Alix Zweifel an ihrer Echtheit hatte und sie sie deshalb erneut überprüfen wollte. Wieder hatte Moody keine Zeit verschwendet. Direkt am nächsten Tag hatte die Verfolgungsjagd auf dem Highway stattgefunden und am Tag darauf sein verzweifelter Mordversuch im Park.

Alix hatte ihre Bedenken, denn abgesehen von ihrer Aussage, dass er versucht hatte, sie auf dem Friedhof umzubringen, stützte sich der Verdacht gegen Moody nur auf Mutmaßungen. Würde sich die Jury in einem Mordprozess damit zufriedengeben? Aber Ted konnte sie auch in dieser Beziehung beruhigen. Eddie Sierra, der Fahrer des »Bimbi«-Pick-ups, war gegen alle Prognosen am Vorabend aus dem Koma erwacht. Der Bezirksstaatsanwalt hatte ihm bereits ein Angebot gemacht, das er nicht ablehnen konnte, und Sierra hatte Clyde Moody als »Harry« identifiziert, den Mann, der ihn bezahlt hatte, um Chris und Alix über den Felsrand zu drängen, und für den er auf die gleiche Weise einige Monate vorher schon Henry Merriam umgebracht hatte. Damit kamen noch zwei Anklagepunkte hinzu:

Mord und Mordversuch. Und dabei hatte Mendoza gerade erst mit seinen Ermittlungen begonnen. Am Ende würde Moody garantiert für sehr lange Zeit hinter Schloss und Riegel verschwinden.

✦✦✦

Als sie auf dem Flughafenparkplatz ankamen, machte Ted den Motor aus und sah sie an. »Also, es war wirklich sehr … interessant, Sie kennenzulernen, Alix. Über Langeweile konnte ich mich nicht beklagen.«

»Ganz meinerseits«, sagte sie. »Sehr stimulierend. Ich bin nämlich zum ersten Mal angeschossen worden.« Unwillkürlich fasste sie sich an den Schenkel, wo unter einer Kompresse die Wunde pochte. Man hatte sie im Holy Cross Hospital in Taos verbunden und ihr versichert, sie brauche sich keine Sorgen zu machen, denn es sei eher eine Brand- als eine Fleischwunde und es würde sicher noch ein paar Tage wehtun. Das stimmte allerdings.

»Und hoffentlich zum letzten Mal«, sagte Ted. »Ich muss Sie etwas fragen: Hat es Ihnen Spaß gemacht? Natürlich nicht, angeschossen zu werden, sondern die Arbeit an dem Fall, der ... der …«

»Der Nervenkitzel? Ja, ich glaube schon.« Bis dahin hatte sie noch gar nicht darüber nachgedacht. »Spaß« war nicht das richtige Wort, nicht, wenn ständig Leute umgebracht wurden, aber so was in der Art.

»Schön, auf die Antwort hatte ich gehofft.«

Sie sah ihn verwundert an. »Warum?«

»Na ja, die Art Squad braucht gelegentlich externe Gutachter, deshalb unterhalten wir einen kleinen Pool von Experten, an die wir uns bei Bedarf wenden.« Er lächelte. »Vielleicht haben Sie ja Interesse.«

»Für das FBI arbeiten?« Sie fiel aus allen Wolken.

»Ja, meistens nur jeweils ein paar Tage. Ach ja, und dann werden Sie auch für Ihre Arbeit bezahlt …« Er lächelte verschmitzt. »… Ob Sie unser blödes Geld wollen oder nicht.«

»Nun, ich … ich … Klar, warum nicht? Ja, gern!« Dieses Angebot kam so unerwartet, dass sie lachen musste. »Und wie geht's jetzt weiter? Muss ich irgendein Formular ausfüllen?«

»Natürlich müssen Sie ein Formular ausfüllen. Sie haben es schließlich mit der Regierung der Vereinigten Staaten zu tun. Sie werden auch zu einem Gespräch eingeladen. Hätten Sie irgendwann in den nächsten zwei Wochen Zeit, einen Tag nach Washington zu kommen?«

Abwesend nickte sie, während sie versuchte, diese unerwartete Entwicklung zu begreifen. *Geoff wird Augen machen!*

»Gut. Hier ist meine Karte. Rufen Sie mich an, wenn Sie so weit sind, und ich kümmere mich um alles:«

»Danke. Und danke fürs Fahren.« Sie stieg aus und war immer noch ganz benommen. *Wer hätte das geahnt?*

»Ach, Alix?«, sagte Ted, bevor er die Wagentür schloss. »Vielleicht könnten wir auch essen gehen, wenn Sie kommen?«

Sie zögerte. »Also …«

Er lächelte. »Ich bin übrigens nicht verheiratet. Ich weiß, daran haben Sie gar nicht gedacht, aber ich erwähne es einfach mal. Also, wie steht's? Können wir? Essen gehen?«

»Ja. Warum nicht?«, sagte sie und sah ihm hinterher, als er wegfuhr.

Na, die Fahrt hatte sich wirklich gelohnt!

KAPITEL 22

Ein Kritiker des *Seattle Weekly* hatte Chris' Weinlokal Sangiovese als *moltissimo rustico* bezeichnet und genauso war es auch. Man kam sich vor wie in einem toskanischen Bauernhaus: Wände mit senffarbenem Rauputz, Balken unter den geraden Decken, unglasierte Bodenfliesen in stumpfem Rosa und schlichte Stühle, Hocker und Tische aus massivem, dunklem Holz. Für Licht sorgten nach oben gerichtete Wandleuchten, die die Putzstruktur betonten. Eine Ausstellung gab es zurzeit nicht, deshalb bestand die Wanddekoration nur aus ein paar handbemalten Tellern.

Es war elf Uhr morgens und es war nur ein Angestellter da, der hinter der Theke herumwirkte und Flaschen und Gläser zurechtrückte, ansonsten hatten Chris und Alix, die an einem Tisch in der hintersten Ecke saßen, den Laden für sich allein. Alix war am Vorabend nach Seattle zurückgekommen und hatte gerade Chris auf den neusten Stand gebracht.

»Unfassbar«, sagte Chris, »einfach unfassbar. Aber eins verstehe ich immer noch nicht. Wenn es zu ihrer Masche gehörte, nur an Ausländer zu verkaufen, warum wollte sie das Bild dann ausgerechnet mir verkaufen?«

»Darüber habe ich auch nachgedacht, Chris. Ich denke, Liz saß ziemlich in der Klemme. Sie hatte das ganze Geld von Sytex durchgebracht und hatte große Geldsorgen, nicht wahr? Du bist zur gleichen Zeit bei der Firma ausgestiegen, hast aber dein Geld vorsichtig angelegt und dir geht's jetzt gut. Sogar prächtig. So wie ich sie einschätze, hatte sie daran ziemlich zu knabbern. Ich glaube, sie wollte dir eins auswischen, dir einen Dämpfer verpassen. Was meinst du?«

»Ach, das kann ich mir nicht …«

»Vor allem, wo sie in letzter Zeit … na ja, ständig vom Alkohol benebelt war.«

Chris rutschte unangenehm berührt hin und her. »Nun ja, vielleicht«, gestand sie ein. »Und dann hatte ich auch noch die Bilder ihres Freundes abgelehnt. Willy Moe irgendwas.«

»Cody Mack.«

»Richtig, Cody Mack irgendwas. Wer weiß, vielleicht war das einfach zu viel.« Sie seufzte. »Unfassbar«, sagte sie wieder. »Aber das ist alles Schnee von gestern. Ich habe eine viel wichtigere Frage.« Sie zog ihren Stuhl näher zu Alix und sah ihr bang in die Augen, ihre Gesichter auf gleicher Höhe, nur dreißig Zentimeter voneinander entfernt. »Also, wie sehe ich aus? Ganz ehrlich.«

»Chris, der Unfall ist erst drei Tage her. Du kannst nicht erwarten …«

Chris stöhnte theatralisch. »Oh Gott, du musst gar nichts sagen! Ich sehe furchtbar aus, was? Was soll ich nur machen? Craig kommt morgen. Vielleicht sollte ich absagen, mir irgendeine Ausrede einfallen lassen. Wundbrand oder so was.«

»Sei nicht albern. Er hat dich doch kurz nach dem Unfall schon gesehen und das hat ihn auch nicht abgeschreckt, oder? Und jetzt siehst du viel besser aus. Viel, viel besser.«

Chris sah sie zweifelnd an. »Wirklich?«

»Natürlich. Deine Nase ist abgeschwollen, deine Haare sehen toll …«

»Aber ich sehe immer noch wie ein Waschbär aus:«

»Chris, du siehst *überhaupt nicht* wie ein Waschbär aus! Glaub mir, ich würde dich nicht anlügen«

Ein Hoffnungsschimmer. »Ehrlich nicht?«

»Nein, überhaupt nicht.« Aber dann konnte sie nicht anders. »Waschbären haben schwarze Ringe um die Augen, deine sind mittlerweile grün.«

Chris sah sie einen Moment böse an, aber dann brachen beide in Gelächter aus.

»Deine Augenringe sind jetzt viel attraktiver«, brachte Alix heraus, bevor sie wieder lachen mussten.

»Ach, hör auf«, sagte Chris, die immer noch lachte und sich die Tränen wegwischte. »Ich muss jetzt arbeiten.«

Alix stand auf. »Bis später dann. Um sechs im Salmon Cooker?«

»Gut, dann können wir meine neuste Anschaffung feiern. Vor dir sitzt die stolze Besitzerin von *Felsen auf der Ghost Ranch*.«

Baff ließ sich Alix zurück auf ihren Stuhl fallen. »Du hast es tatsächlich *gekauft*?«

Chris lächelte zufrieden. »Bis heute konnte ich die Sache noch abblasen. Also habe ich Liz' Nachlassverwalter angerufen und ihm gesagt, dass ich vom Kauf zurücktrete, da es eine Fälschung ist und ich ganz sicher keine drei Millionen dafür hinlegen würde. Dann haben wir uns eine Weile unterhalten und schließlich hat er gefragt: ›Wie viel würden Sie denn dafür hinlegen?‹ Und ich: ›Wie wär's mit dreitausend?‹ Und er hat gesagt: ›Abgemacht!‹« Sie schmunzelte. »Na ja, wer könnte schon einem Preisnachlass von neunundneunzig Komma neun Prozent widerstehen? Zumal mir das Bild wirklich gefällt. Also sobald die Polizei es freigibt, gehört es mir. Ein tolles Andenken.«

»Andenken? An dein Nahtoderlebnis in der Wildnis von New Mexico?«

»An ein aufregendes Abenteuer«, sagte sie mit einem breiten Lächeln, »und den Beginn einer wunderbaren Freundschaft.«

✦✦✦

Alix ging nicht sofort nach Hause, sondern lief hinunter zur First Avenue und nahm dort die Buslinie 24 zum East Marginal Way

South, mitten in Seattles rauem Industriegebiet, ein paar Kilometer vom Stadtzentrum entfernt. Dann zog sie einen ausgedruckten Google-Straßenplan zurate und lief zwei Block Richtung Osten, vorbei an Wellblechschuppen und alten Backsteinlagerhäusern, bis sie 51 South Hinds Street fand, einen schäbigen braunen Ziegelbau, der sich nicht groß von den Gebäuden ringsum unterschied. Es gab nur einen Eingang von der Straße her, eine pockennarbige Stahltür mit abblätterndem gelben Anstrich und einer verblichenen Aufschrift in einstmals blauen Lettern: Handelsgesellschaft Venezia.

Hinter der Tür befand sich ein kurzer Gang, Wände und Boden aus ungestrichenem Beton. Bis auf einen schmuddeligen grauen Läufer, zwei nackte Glühbirnen an der Decke und ein paar sich aufrollende, fliegendreckfleckige Bescheinigungen der Bauaufsicht, mit Klebeband an der Wand befestigt, gab es hier nichts. Von dem kahlen Beton ging ein kalter, deprimierender Geruch aus, der ihr Schauer über den Rücken jagte, und sie überlegte, ob es zu spät war umzukehren. Sie stand einen Moment lang unentschlossen da, drückte dann ihr Rückgrat durch und ging weiter.

Am Ende des Flurs befanden sich zwei Holztüren mit Milchglasscheiben und neuen selbstklebenden Schildern. Auf dem einen stand »Verkaufsraum«, auf dem anderen »Büros«. Sie nahm die Letztere und kam in eine Art Großraumbüro mit einem halben Dutzend kleiner Kabinen mit Glastrennwänden und hinten einer größeren für den Chef. Die kleinen waren alle leer – nicht verwunderlich, denn es war Mittag –, aber ob Mittag oder nicht, der Chef war da und arbeitete konzentriert an einem hölzernen Schreibtisch.

Ihr wurde ganz eng ums Herz. Er sah so *alt* aus! Er war siebzig, das wusste sie natürlich, aber sie hatte sich von seiner Stimme am Telefon täuschen lassen, die genauso klang wie die des fröhlichen, lebhaften Geoff ihrer Kindheit. Sie konnte sehen, dass die Jahre im Gefängnis und die damit einhergegangene Demütigung ihren Tribut gefordert hatten. Die kräftigen, weichen Schultern, an denen sie einst auf ihren langen Autofahrten so bequem geschlafen hatte, waren nun gebeugt. Seine ganze Gestalt schien geschrumpft und in sich zusammengefallen. Niemand würde ihn jetzt noch »knuddelig«

nennen. Oder von seinem »rauen Charme« sprechen. Er war blass und ausgezehrt. Sein gestutzter weißer Bart (Geoff mit *weißem* Bart!) konnte seine eingefallenen, tief gefurchten Wangen kaum verbergen. Als er in mittleren Jahren und noch Kurator gewesen war, hatte man ihn häufig gebeten, einen weißen Bart anzulegen und bei Bürofeiern den Weihnachtsmann zu spielen. Nun, da er einen echten weißen Bart hatte, würde ihn wohl niemand mehr darum bitten.

Sie war schon fast an der türlosen Kabine, ohne das er sie bemerkt hatte.

»Hallo Geoff«, sagte sie leise.

Er zuckte zusammen. Sie meinte auch zu hören, wie er leise die Luft einzog. Aber er zögerte ein paar Sekunden und schaute nicht hoch. Was sollte sie davon halten? Vielleicht war dieser Besuch doch keine so tolle Idee.

Schließlich legte er seinen Füller hin (er hatte Kugelschreiber nie gemocht; wenigstens das hatte sich nicht geändert) und sah sie an.

»Hallo, mein Liebes«, sagte er und seine gewohnt heitere Stimme beruhigte sie. Der Geoff, den sie kannte, war noch da drin – und zwar quicklebendig. Er sah vielleicht nicht mehr aus wie der Weihnachtsmann, aber er klang so – wie eine britische Version zumindest.

Sie kam näher und stellte sich in den Türrahmen. »Ich, äh, war zufällig in der Gegend …«

Diese wenig überzeugende Lüge quittierte er mit einem amüsierten Funkeln in den Augen und plötzlich sah sie ihn ganz anders, als hätte sie wieder den alten Geoff vor sich.

»… und ich dachte, wir könnten irgendwo zusammen was essen.«

Er sah sie fest an. Das einzige Anzeichen einer Gefühlsregung war ein leichtes Beben seiner Oberlippe, das er schnell unter Kontrolle brachte.

»Ich glaube, das lässt sich zeitlich einrichten.«

Ende

DANKSAGUNGEN

Alix Londons besonders aufregende Abenteuer wurden von den tatsächlichen Heldentaten unserer guten Freundin Alicia Lampert, Lieutenant (i. R.) bei der Polizei von San Diego, inspiriert.

Außerdem hat uns Karen Stewart von CenturyLink bei verschiedenen Ereignissen in diesem Buch fachkundig beraten.

Unsere Agentin Lisa Erbach Vance von der Literaturagentur Aaron Priest hat uns bei jedem Schritt tatkräftig unterstützt und hilfreiche Ratschläge gegeben – weit über das übliche Maß hinaus. Vielen Dank, Lisa!

Mehrere Szenen des Buchs spielen auf der Ghost Ranch (Abiquiu, New Mexico) und im Mabel Dodge Luhan House (Taos, New Mexico). Wir haben uns bemüht, diese realen Orte möglichst akkurat zu beschreiben. Wir möchten uns auch bei den hilfsbereiten Mitarbeitern dieser beiden wundervollen historischen Stätten bedanken.

2439276R00152

Printed in Germany
by Amazon Distribution
GmbH, Leipzig